옮긴이 **허진**

서강대학교 영어영문학과와 이화여대 통역번역대학원 번역학과를 졸업했다. 옮긴 책으로는 엘리너 와크텔의 인터뷰집 『작가라는 사람』, 『오리지널 마
도나 타트의 『황금방울새』,
마푸즈의 『미라마르』, 아모스
잔 브릴랜드의 『델프트 이야
『누가 개를 들여놓았나』 등이

로알드 달
THE BEST OF
ROALD DAHL
베스트 단편 3

헨리 슈거

HENRY SUGAR

로알드 달 소설

허진 옮김

교유서가

차례

로제트 부인

Madame Rosette

"세상에, 정말 좋다."

스태그가 말했다.

그는 한 손에 스카치소다, 한 손에 담배를 들고 욕조에 기대어 누워 있었다. 물이 욕조 가장자리까지 차올랐지만 스태그는 발가락으로 수도꼭지를 틀어가며 물을 따뜻하게 유지했다.

그가 고개를 들어 스카치소다를 한 모금 마시고 다시 등을 기대어 눈을 감았다.

"그만하고 좀 나와, 스태그. 한 시간도 넘었잖아."

옆방에서 어떤 목소리가 말했다.

스터피가 알몸으로 침대 모서리에 걸터앉아 천천히 술을 마시며 자기 차례를 기다리는 중이었다.

"알았어. 지금 물 빼는 중이야."

스태그가 이렇게 말하고 다리를 뻗어 발가락으로 마개를 뺐다.

스터피가 침대에서 일어나 술잔을 들고 욕실로 어슬렁어슬렁 들어갔다. 스태그는 욕조에 잠시 더 기대어 있다가 비누 받침대에 술잔을 조심스럽게 올려놓고 일어나 수건으로 손을 뻗었다. 땅딸막하고 다부진 체형에 다리는 두껍고 튼튼했고 장딴지 근육이 비대했다. 굵은 적갈색 머리카락은 곱슬거렸고 홀쭉하고 약간 뾰족한 얼굴은 주근깨로 뒤덮여 있었다. 가슴에는 옅은 적갈색 털이 한 겹 덮여 있었다.

"세상에. 내가 사막 모래를 반은 끌고 왔나봐."

스태그가 욕조를 내려다보며 말했다.

"나 들어가기 전에 씻어내. 다섯 달 만에 하는 목욕이라고."

스터피가 말했다.

때는 영국이 리비아에서 이탈리아와 싸우던 전쟁 초기였다. 당시에는 전투기 조종사가 많지 않았기 때문에 출격이 잦았다. 본토 항공전 때문에 영국 본토에서 지원병을 보낼 수 없었으므로 이미 사막에 배치된 조종사가 기이하고 부자연스러운 사막 생활을 오래 할 수밖에 없었다. 그들은 작고 더러운 텐트에서 지내면서 매일 자기가 머그잔에 뱉은 양칫물로 세수와 면도를 하고 항상 음식과 차에 빠진 파리를 건져

냈고, 모래폭풍이 바깥뿐만 아니라 텐트 안까지 들이쳤기 때문에 본래 차분하던 사람들도 심술을 부리면서 동료들과 자기 자신에게 성질을 냈다. 게다가 이질과 설사, 유양돌기, 사막궤양까지 돌았고, 이탈리아 S79 폭격기가 폭격을 퍼부었고, 물도 여자도 없고, 꽃 한 송이 피지 않는 땅에는 모래, 모래, 모래뿐이었다. 영국 조종사들은 낡은 글로스터 글래디에이터를 타고 이탈리아 CR42 전투기와 맞섰는데, 출격이 없을 때는 뭘 해야 할지 몰랐다.

그래서 가끔 전갈을 잡아다가 빈 석유 깡통에 넣고 기르면서 한 마리가 죽을 때까지 끝나지 않는 무시무시한 대결을 벌였다. 비행중대에는 무적의 조 루이스(미국의 권투선수. 12년 동안 타이틀 방어 25회라는 세계 최고 기록을 세웠다—옮긴이)처럼 싸울 때마다 승승장구하는 챔피언 전갈이 꼭 하나씩 있었다. 챔피언 전갈은 이름도 생겼을 뿐 아니라 유명해졌고, 훈련 식단은 주인만 아는 절대 비밀이었다. 전갈의 훈련 식단은 매우 중요하게 여겨졌다. 몇몇은 전갈에게 절인 쇠고기를, 몇몇은 매코노치라는 맛없는 고기 스튜 통조림을, 또 몇몇은 살아 있는 딱정벌레를 먹였는데, 맥주를 마시면 기분이 좋아지고 자신감이 생길 것이라며 시합 전에 전갈에게 맥주를 억지로 먹이는 병사들도 있었다. 맥주를 마신 전갈은 졌다. 정말이지 대단한 대결이 벌어지고 대단한 챔피언이 나왔다. 비행이 끝난 오후면 조종사들과 항공병들이 모래밭에 동그랗게 둘러서서 무릎에 손을 짚고 싸움을 구경하며 링 위의 권투 선수나 레슬링 선수에게 소리치듯이 전갈을 소리쳐 응원하는 모습이 종종 보였다. 승자가 정해지면 이긴 전갈 주인은 신이 나서 모래밭에서 춤을 추며 고함을 질렀고, 양팔을 높이 흔들며 승리자 전갈을 큰소리로 칭찬했다. 그중에서도 최고의 전갈을 가진 사람은 위시풀이라 불리는 중사였는데, 그는 전갈에게 마멀레이드만 먹였다. 그의 전갈은 입에 담을 수 없는 이름을 가지고 있었는데, 42연승을 거둔 뒤 위시풀이 이제 그만 은퇴시키고 번식이나 시킬까 고민하며 훈련시키던 중 조용히 숨을 거두었다.

사막 생활에는 큰 즐거움이 없기 때문에 이렇듯 작은 즐거움이 큰 즐거움이 되고 아이들의 즐거움이 어른의 즐거움이 되었다. 모든 사람들이, 조종사와 정비공과 기체 정비원과 취사 담당 하사와 비품 관리병 모두가 마찬가지였다. 스태그와 스터피도 마찬가지였는데, 그랬기 때문에 48시간 외출 허가를 받아 비행기를 얻어 타고 카이로의 호텔에 도착했을 때 두 사람은 신혼여행 첫날밤처럼 목욕이 하고 싶었다.

스태그는 몸을 닦고 나서 허리에 수건을 두른 채 양손을 베고 침대에 누웠고, 스터피는 욕조에 머리를 기대고 누워 황홀한 한숨을 내쉬며 신음했다.

스태그가 말했다.

"스터피."

"응."

"이제 뭐할까?"

"여자. 같이 저녁 먹을 여자를 찾아야지."

"나중에. 그건 좀 이따 해도 되잖아."

아직 이른 오후였다. 스터피가 말했다.

"안 될 거 같은데."

"아니야. 좀 이따 해도 돼."

스태그는 나이도 많고 현명해서 결코 서두르는 법이 없었다. 스물일곱 살의 스태그는 부대 지휘관을 포함해 모든 중대원보다 나이가 훨씬 많았고, 따라서 대원들은 그의 판단을 존중했다.

스태그가 말했다.

"쇼핑부터 하자."

욕실에서 목소리가 들렸다.

"그다음에는 뭐해?"

"그다음에는 상황을 봐야지."

정적이 흘렀다.

"스태그?"

"응."

"여기 아는 여자 있어?"

"있었지. 피부가 아주 하얀 터키 여자 웬카랑, 나보다 15센티미터는 큰 유고슬라비아 여자 키키, 그리고 시리아인인가 하는 여자를 알았는데 이름은 기억 안 나."

"전화해봐."

"벌써 했어. 네가 위스키 사러 갔을 때 다 해봤지. 아무도 없대. 헛수고였어."

"늘 그렇지 뭐."

"쇼핑부터 하자. 시간은 많아."

한 시간 뒤 스터피가 욕조에서 나왔다. 두 사람은 깨끗한 카키색 반바지를 챙겨 입고 내려가서 호텔 로비를 가로질러 환하고 뜨거운 거리로 나갔다. 스태그가 선글라스를 썼다.

스터피가 말했다.

"맞다. 나도 선글라스 하나 사야겠어."

"좋아. 사러 가자."

두 사람은 마차를 잡아타고 시쿠렐 백화점으로 가자고 말했다. 스터피는 선글라스를, 스태그는 포커 주사위를 몇 개 산 다음 뜨겁고 북적대는 거리로 다시 나갔다.

스터피가 말했다.

"그 여자 봤어?"

"선글라스 파는 여자?"

"응. 그 가무잡잡한 애."

"터키 여자일 거야."

"어디 여자든 상관없어. 끝내주더라. 그렇지?"

두 사람은 주머니에 손을 넣은 채 샤리아 카스르엘닐을 따라 걸었고, 스터피는 방금 산 선글라스를 쓰고 있었다. 먼지 자욱한 뜨거운 오후였고, 이집트인과 아랍인과 맨발의 꼬마 남자애들로 보도가 붐볐다. 윙윙거리는 파리떼가 아이들을 쫓아다니며 눈가의 염증에 가서 앉으려고 애를 썼는데, 아이들이 더 어렸을 때 엄마들이 아들을 징집 대상에서 제외시키려고 저지른 끔찍한 짓 때문에 생긴 염증이었다. 아이들은 스태그와 스터피를 따라 달리며 새된 목소리로 "백시시, 백시시"(팁, 또는 자선이라는 뜻—옮긴이)라고 끈덕지게 외쳤고, 파리떼가 그 뒤를 쫓았다. 카이로에서는 어떤 도시와도 다른 특유의 냄새가 났다. 특정한 물건이나 장소가 아니라 모든 장소의 모든 물건에서 나는 냄새였다. 도랑과 인도에서, 집과 가게와 가게 물건과 가게에서 요리하는 음식에서, 말과 거리에 널린 말똥에서, 하수구에서 그 냄새가 피어올랐다. 사람들에게서, 사람들에게 내리쬐는 햇볕 때문에, 도랑과 하수구와 말과 음식과 거리의 쓰레기에 내리쬐는 햇볕 때문에 나는 냄새였다. 그것은 달달하면서도 썩는 냄새, 뜨겁고 짜고 쓴 것이 풍기는 톡 쏘는 듯한 낯선 냄새인데, 서늘한 새벽에도 절대 사라지지 않았다.

두 조종사가 사람들을 따라 천천히 걸었다. 스터피가 말했다.

“끝내주지 않았어?”

그는 스태그의 생각을 알고 싶었다.

“괜찮더라.”

“괜찮고말고. 저기, 스태그?”

“왜?”

“오늘밤에 걔랑 데이트하고 싶다.”

그들은 길을 건너서 조금 더 걸었다.

스태그가 말했다.

“아, 그러면 되겠다. 로제트한테 전화를 걸어.”

“로제트가 도대체 누군데?”

“로제트 부인. 대단한 여자지.”

그들은 팀스 바 앞을 지나고 있었다. 팀 길필런이라는 영국인이 운영하는 술집으로, 지난 전쟁에 병참 중사로 참전했던 팀은 어쩌다보니 군대가 귀환할 때 혼자 카이로에 남았다.

스태그가 말했다.

“팀스 바네. 들어가자.”

가게 안에는 손님이 하나도 없고 팀 혼자 바 뒤에서 찬장에 술병을 정리해 넣고 있었다.

팀이 돌아서며 말했다.

"이런, 이런, 이런. 그동안 어디 갔었어?"

"안녕하세요, 팀."

팀은 두 사람을 기억하지 못했지만 얼굴을 보고 사막 중대에서 왔음을 알아차렸다. 그가 돌아서서 카운터에 팔꿈치를 괴며 말했다.

"우리 친구 그라치아니 총사령관(제2차세계대전 당시 아프리카에서 활약했던 이탈리아군 총사령관—옮긴이)은 요즘 어떻게 지내시나?"

스태그가 대답했다.

"빌어먹을 만큼 가까이 있죠. 머사 외곽에 있어요."

"자네들은 요즘 뭘 타지?"

"글래디에이터요."

"말도 안 돼, 8년 전에도 그거였는데."

"그때 전투기 그대로예요. 완전히 낡았죠."

두 사람이 위스키를 시킨 다음 잔을 받아들고 구석 테이블로 갔다.

스터피가 말했다.

"로제트가 누군데?"

스태그가 길게 한 모금 마시더니 잔을 내려놓고 말했다.

"대단한 여자지."

"그래서 누구냐고."

"파렴치하고 늙은 창녀."

"알았어, 알았다고. 그런데 그 여자는 왜?"

"음. 들어봐. 로제트 부인은 세상에서 제일 큰 매음굴 주인이야. 원하면 카이로의 어떤 여자랑도 연결해준대."

"거짓말."

"아니, 진짜야. 마음에 드는 여자가 있으면 로제트 부인한테 전화해서 어디서 봤는지, 어디서 일하는지, 어떤 가게 어느 카운터에 있었는지 정확하게 설명하는 거야. 그러면 나머지는 로제트가 다 알아서 해."

"바보 같은 소리 하지 마."

"진짜야. 정말 진짜라니까. 33중대에서 들었어."

"속았네."

"좋아. 그러면 전화번호부에서 한번 찾아봐."

"에이, 전화번호부에 그런 이름으로 실려 있진 않겠지."

"맞다니까. 가서 로제트라는 이름을 찾아봐. 내 말이 맞을걸."

스터피는 스태그의 말을 믿지 않았지만 팀에게 가서 전화번호부를 받아 자리로 돌아왔다. 그가 전화번호부를 펼치고 '로-ㅈ' 부분이 나올 때까지 책장을 넘겼다. 스터피는 세로 단을 따라 손가락을 죽 내리며 찾았다. 로제피…… 로저리…… 로제트. 있었다, 로제트 부인, 그리고 또렷하게 인쇄된 주소와 전화번호. 스태그가 그를 보며 말했다.

"알겠냐?"

"그래, 있네. 로제트 부인."

"음, 그럼 전화해봐."

"뭐라고 하지?"

스태그가 잔을 내려다보고 손가락으로 얼음을 찌르며 말했다.

"대령이라고 해. 히긴스 대령이라고. 그 여자는 공군 소위를 안 믿거든. 시쿠렐에서 선글라스 파는 까맣고 예쁜 여자를 봤는데 마음에 든다고, 아까 말한 것처럼 오늘 저녁을 같이 먹고 싶다고 말해봐."

"여기 전화 없잖아."

"아, 있어. 저기 하나 있잖아."

스터피가 주변을 둘러보자 바 좌석 끝 벽에 붙은 전화기가 보였다.

"잔돈 없는데."

"음, 나한테 있어."

스태그가 주머니에서 1피아스터(이집트, 시리아, 레바논 등 중동 나라의 화폐 단위, 1파운드의 100분의 1—옮긴이)를 꺼내 탁자에 올렸다.

"뭐라고 하는지 팀이 다 들을 텐데."

"무슨 상관이야? 팀도 아마 그 여자한테 전화할걸. 넌 입만 살았구나."

"넌 개똥이고."

스터피는 아직 어린애였다. 열아홉 살로, 스태그와 일곱 살 넘게 차이 났다. 스터피는 키가 꽤 크고 날씬했고, 숱 많은 검은 머리에 입이 컸으며, 잘생긴 얼굴은 사막의 태양 때문에 커피처럼 갈색으로 탔다. 그는 단연 중대 최고의 조종사였고, 전쟁 초기였는데도 벌써 이탈리아 전투기를 열네 대나 격추했다. 스터피는 땅에 있을 때는 지친 사람처럼 느릿느릿 움직이고 졸린 아이처럼 느릿느릿 생각했지만, 하늘로 올라가면 두뇌 회전도 빠르고 움직임도 워낙 빨라서 마치 반사 활동 같았다. 조종석에 올랐을 때 생기를 재빨리 되찾고 두 시간 동안 고도의 집중력을 발휘하기 위해서 땅에서는 쉬거나 약간 졸며 준비라도 하는 듯했다. 지금 스터피는 비행장에서 한참 떨어져 있었지만 마음속에 떠오른 생각 때문에 비행할 때처럼 깨어났다. 오래가지 않을지도 모르지만 아무튼 지금 당장은 집중력을 발휘했다.

스터피가 전화번호부를 다시 보고 번호를 확인하더니 자리에서 일어나 전화기로 천천히 걸어갔다. 동전을 넣고 다이얼을 돌리자 신호가 갔다. 스태그는 자리에 앉아서 스터피를 지켜보았고 팀은 여전히 술병을 정리하는 중이었다. 팀은 겨우 4, 5미터 떨어져 있었으므로 통화 내용이 들릴 것이 뻔했다. 스터피는 약간 바보가 된 기분이었다. 그는 바에 기대어 서서 기다리면서 아무도 받지 않기를 바랐다.

그때 달칵, 수화기가 들리더니 여자 목소리가 흘러나왔다.

"알로."

"여보세요, 거기 로제트 부인 계십니까?"

스터피는 팀을 보고 있었다. 팀은 술병을 계속 정리하며 모르는 척했지만 스터피는 그가 귀를 기울이고 있음을 알았다.

"내가 로제트 부인인데요. 누구지요?"

여자의 목소리는 초조하고 걸걸했다. 누구의 방해도 받고 싶지 않은 것 같았다.

스터피가 아무렇지 않은 목소리를 내려고 애쓰며 말했다.

"히긴스 대령입니다."

"무슨 대령?"

"히긴스 대령이요."

스터피가 철자를 불러주었다.

"아, 대령님. 무슨 일이지요?"

성마른 목소리였다. 허튼수작에 넘어갈 여자는 분명히 아니었다. 스터피는 여전히 아무렇지 않은 목소리를 내려고 애썼다.

"음, 로제트 부인, 작은 부탁이 하나 있어서요."

스터피가 팀을 지켜보았다. 아니나 다를까 그는 분명히 귀를 기울이고 있었다. 안 듣는 척하면서 열심히 듣는 사람은 항상 티가 난다. 그런 사람은 뭘 하고 있든 소리를 내지 않도록 조심하면서 자기 일에 무척 집중하는 척한다. 바로 지금 팀이 그랬다. 그는 술병을 살펴보면서 한 선반에서 다른 선반으로 소리 없이 얼른 옮겼고, 절대 가게를 둘러보지 않았다. 저멀리 구석에서는 스태그가 탁자에 양 팔꿈치를 올린 채 몸을 숙여 담배를 피우고 있었다. 그는 스터피가 팀 때문에 얼마나 난처한지 빤히 알면서 재미있다는 듯 보고 있었다. 스터피는 밀어붙일 수밖에 없었다.

"좀 도와주실 수 있나 해서요. 오늘 시쿠렐에서 선글라스를 사다가 어떤 여자를 봤는데, 같이 저녁식사를 하고 싶어서요."

"이름이 뭐죠?"

귀에 거슬리는 불쾌한 목소리가 더없이 사무적으로 말했다.

"몰라요."

스터피가 쭈뼛거리며 대답했다.

"어떻게 생겼죠?"

"음, 머리는 까맣고, 키가 크고, 음, 아주 예뻐요."

"무슨 옷을 입고 있었죠?"

"어, 잠깐만요. 전체적으로 빨간 꽃이 프린트된 흰 원피스였던 것 같은데요."

그러다가 어떤 생각이 뒤늦게 떠올라 덧붙였다.

"빨간 벨트를 했어요."

그녀가 차고 있던 반짝이는 빨간색 벨트를 기억해낸 것이다.

정적이 흘렀다. 스터피는 아무 소리도 내지 않고 술병을 옮기는 팀을 바라보았다. 팀은 술병을 조심스럽게 집어들고 조심스럽게 내려놓았다.

잠시 후 크고 걸걸한 목소리가 다시 흘러나왔다.

"돈이 많이 들 수도 있어요."

"괜찮습니다."

갑자기 스터피는 이 통화가 내키지 않았다. 빨리 끝내고 가고 싶었다.

"6파운드가 될 수도 있고, 8파운드나 10파운드가 될 수도 있어요. 내가 그 여자를 직접 보기 전까지는 몰라요. 괜찮아요?"

"네, 네, 괜찮습니다."

"어디 사시지요, 대령님?"

"메트로폴리탄 호텔입니다."

스터피가 아무 생각 없이 말했다.

"좋아요, 나중에 전화를 드리지요."

여자가 수화기를 쾅 내려놓았다.

스터피는 전화를 끊고 느릿느릿 자리로 돌아와 앉았다.

스태그가 말했다.

"음. 괜찮았지, 응?"

"응, 그런 것 같아."

"뭐래?"

"나중에 호텔로 전화한대."

"호텔로 전화해서 히긴스 대령을 찾는다는 말이야?"

"이런, 제길."

"괜찮아. 호텔 데스크에다가 대령이 우리 방에 있으니까 전화 오면 방으로 연결해달라고 하면 돼. 또 뭐래?"

"돈이 많이 들 수도 있대, 6파운드에서 10파운드 정도."

"90퍼센트는 로제트가 가져갈 거야. 파렴치하고 늙은 창녀라니까."

"어떤 식으로 굴러가는 거야?"

스터피는 정말 점잖은 사람이었기 때문에 복잡해질지도 모를 일을 시작한 것이 뒤늦게 마음에 걸렸다.

"음. 로제트가 자기 포주를 하나 보내서 여자가 어디 있는지, 누군지 알아내겠지. 이미 명부에 있는 여자면 쉬워. 명부에 없으면 포주가 시쿠렐 백화점 카운터에서 여자한테 바로 제안을 할 거야. 여자가 지옥으로 꺼져버리라고 대답하면 보수를 올릴 테고, 그래도 지옥으로 꺼지라고 하면 보수를 또 올리지. 여자는 결국 돈에 끌려서 승낙할지도 몰라. 그러면 로제트가 너한테 세 배를 부르고 남는 돈은 자기가 갖겠지. 넌 그 여자가 아니라 로제트한테 돈을 줘야 돼. 그러면 이제 그 여자도 로제트의 명부에 오르는 거지. 로제트한테 한번 걸리면 끝이야. 다음부터는 로제트가 가격을 정할 거고, 여자는 대들 입장이 안 되지."

"왜?"

"거절하면 로제트가 이렇게 말할 테니까. '좋아요, 아가씨, 그럼 당신이 지난번에 무슨 짓을 했는지 시쿠렐 백화점측에 말하겠어요. 내 밑에서 일하면서 백화점을 업장으로 이용했다고 말이에요. 그럼 당신은 해고당하겠죠.' 로제트가 이렇게 말하면 불쌍한 여자는 겁에 질려서 시키는 대로 하겠지."

"좋은 사람 같은데."

"누가?"

"로제트 부인."

"매력적이지. 매력적인 사람이야."

날이 더웠다. 스터피가 손수건으로 얼굴을 닦았다.

스태그가 말했다.

"위스키나 더 마시자. 어이, 팀, 이거 두 잔 더 줘요."

팀이 잔을 가지고 와서 아무 말 없이 탁자에 내려놓더니 빈 잔을 들고 즉시 물러갔다. 스터피의 눈에는 팀의 태도가 처음 들어왔을 때와 달라진 것 같았다. 더이상 유쾌하지 않았고, 조용하고 무뚝뚝했다. 이제 "여어, 그동안 어디 갔었어?"라고 말하던 격의 없는 분위기가 사라졌고, 팀은 카운터 뒤로 돌아가더니 등을 돌린 채 술병을 계속 정리했다.

스태그가 말했다.

"돈 얼마나 있어?"

"9파운드 있는 거 같은데."

"부족할지도 몰라. 네가 그 여자한테 마음대로 하라고 했으니까. 한도를 정했어야지. 바가지 씌울 거야."

"알아."

두 사람은 잠시 말없이 술을 마셨다. 그러다가 스태그가 말했다.

"뭐가 걱정인데, 스터피?"

"아니야. 아무것도 아냐. 호텔로 돌아가자. 전화 올지도 몰라."

그들이 술값을 내고 팀에게 인사했지만 그는 고개만 끄덕일 뿐 아무 말도 하지 않았다. 메트로폴리탄 호텔로 돌아간 두 사람이 데스크 앞을 지날 때 스태그가 직원에게 말했다.

"히긴스 대령님 찾는 전화가 오면 우리 방으로 연결해줘요. 우리 방에 계실 거예요."

"네, 손님."

이집트인 직원이 이렇게 대답하고 메모했다.

침실로 들어가자 스태그가 자기 침대에 누워 담배에 불을 붙이고 말했다.

"난 오늘밤에 뭐하지?"

스터피는 호텔로 돌아오는 내내 조용했다. 한마디도 하지 않았다. 그가 주머니에 손을 넣은 채 다른 침대 모서리에 앉아서 말했다.

"이봐, 스태그, 그 로제트라는 여자랑 거래하는 게 별로 안 내켜. 돈이 너무 많이 들지도 모르고. 취소 못해?"

스태그가 일어나 앉아서 말했다.

"허, 안 되지. 넌 이미 약속을 한 거야. 이런 식으로 로제트를 물 먹일 순 없지. 지금쯤 벌써 착수했을걸. 이제 와서 어떻게 꽁무니를 빼?"

"돈을 못 낼지도 몰라."

"음, 두고 보자고."

스터피가 자리에서 일어나 낙하산 가방에서 위스키 병을 꺼냈다. 그가 유리잔 두 잔에 위스키를 따르고 욕실의 수돗물을 섞은 다음 돌아와서 스태그에게 한 잔 건넸다.

"스태그. 로제트한테 전화해서 히긴스 대령이 급히 사막으로 복귀하게 됐다고 하자. 전화해서 그렇게 말해줘. 시간이 없어서 메시지를 대신 전해달라 부탁했다고 말이야."

"네가 전화해."

"내 목소리 알아들을 거야. 제발, 스태그, 전화해줘."

"싫어. 안 할 거야."

스터피가 불쑥 말했다. 어린애처럼 떼쓰는 말투였다.

"오늘밤 그 여자랑 데이트하기도 싫고 로제트 부인이랑 거래하기도 싫어. 다른 거 하자."

스태그가 갑자기 고개를 번쩍 들고 말했다.

"알았어. 내가 전화할게."

그가 전화번호부로 손을 뻗어 번호를 찾은 다음 수화기에 대고 뭐라 말했다. 스터피는 스태그가 로제트와 통화하는 소리를, 대령의 메시지를 전하는 소리를 들었다. 스태그가 잠시 말을 멈췄다가 다시 말을 이었다.

"죄송합니다만 로제트 부인, 저랑은 상관없습니다. 저는 메시지를 전하는 것뿐입니다."

다시 말이 멈췄다가 스태그가 같은 말을 한번 더 했고, 그런 식으로 통화가 한참 이어지다가 스태그가 지쳤는지 수화기를 내려놓고 침대에 누웠다. 그는 껄껄 웃고 있었다.

"치사하고 늙은 창녀 같으니."

스태그가 이렇게 말하고 조금 더 웃었다.

스터피가 말했다.

"화냈어?"

"화냈냐고? 네가 들었어야 돼. 대령이 어느 연대 소속이냐면서 무슨 일이 있어도 돈을 받아야겠대. 자기를 갖고 놀 수 있다고 생각했다면 오산이라고, 절대 안 된다면서 말이야."

"이야, 더럽고 늙은 창녀 같으니."

"이제 뭐하지? 벌써 여섯신데."

"이집트 가게에 가서 술이나 마시자."

"좋아. 이집트 술집 순례나 하자고."

그들은 술을 한 잔 더 마시고 밖으로 나갔다. 두 사람은 엑셀시어라는 술집에 갔다가 스핑크스로 옮겼고, 그런 다음 이집트어 상호의 작은 술집에 갔다가 열시에는 상호조차 없는 가게에 느긋하게 앉아서 맥주를 마시며 공연 비슷한 것을 보고 있었다. 스핑크스에서 33중대 조종사를 우연히 만나 같이 다니게 되었는데, 이름이 윌리엄이라고 했다. 윌리엄은 스터피의 또래였지만 전투기를 몬 지 썩 오래되지 않았기 때문에 얼굴이 더 어려 보였다. 특히 입 주변이 그랬다. 학생처럼 동그란 얼굴에 작은 들창코였지만 사막에서 지내는 탓에 피부는 갈색이었다.

세 사람은 이름 없는 가게에 앉아서 맥주를 마셨다. 파는 술이 맥주밖에 없었기 때문이다. 나무로 지은 길쭉한 가게였는데, 톱밥이 흩어진 거친 나무 바닥에 나무 탁자와 나무 의자가 놓여 있었다. 제일 안쪽의 약간 높은 나무 무대에서는 공연이 한창이었다. 가게는 이집트인들로 가득했는데, 다들 머리에 빨간 터키모자를 쓰고 앉아서 블랙커피를 마셨다. 무대 위에는 반짝이는 은색 바지와 은색 브래지어 차림의 뚱뚱한 여자 두 명이 있었다. 한 명은 음악에 맞춰 엉덩이를 흔들었고 한 명은 음악에 맞춰 가슴을 흔들었다. 가슴을 흔드는 여자가 더 노련했다. 그녀는 한쪽 가슴은 가만히 둔 채 한쪽 가슴만 흔들기도 했고, 가끔 엉덩이도 흔들었다. 이집트인들은 홀린 듯이 그녀에게 박수를 계속 보냈다. 박수 소리가 클수록 여자는 더 열심히 흔들었고, 여자가 열심히 흔들수록 음악은 더 빨라졌고, 음악이 빨라질수록 여자는 더 빨리, 더 빨리, 더 빨리, 더 빨리 흔들었지만 절대 박자를 놓치거나 얼굴에 걸린 한결같이 유들유들한 미소를 잃는 법이 없었다. 속도가 빨라질수록 이집트인들은 더 많이, 더 많이, 더 크게, 더 크게 박수를 쳤다. 다들 더없이 행복했다.

무대가 끝나자 윌리엄이 말했다.

"왜 항상 무섭도록 뚱뚱한 여자들만 나올까? 예쁜 여자는 왜 안 나오지?"

스태그가 말했다.

"이집트 사람들은 뚱뚱한 여자를 좋아하거든. 저런 여자를 좋아하지."

스터피가 말했다.

"말도 안 돼."

스태그가 말했다.

"내 말이 맞다니까. 옛날부터 그랬어. 예전에는 기근이 잦아서 가난한 사람들은 다 빼빼 마르고 부자랑 귀족들은 잘 먹어서 다 뚱뚱했거든. 뚱뚱한 사람을 고르면 틀릴 수가 없는 거지. 확실한 상류층인 거야."

스터피가 말했다.

"순 거짓말."

윌리엄이 말했다.

"곧 알게 되겠지. 내가 저기 이집트인들한테 물어볼게."

그가 엄지를 들어 겨우 1미터 정도 떨어진 옆자리의 중년 이집트인들을 가리켰다.

스태그가 말했다.

"아니야. 하지 마, 윌리엄. 저 사람들이랑 합석하는 건 싫잖아."

스터피가 말했다.

"안 싫어."

윌리엄이 말했다.

"그래. 이집트 사람들이 왜 뚱뚱한 여자를 좋아하는지 알아내야지."

윌리엄이 취한 것은 아니었다. 셋 다 취하지는 않았지만 맥주랑 위스키를 상당히 마셔서 기분이 좋았고, 윌리엄이 제일 기분좋았다. 학생 같은 갈색 얼굴이 행복으로 빛났고 들창코는 약간 더 들린 것 같았다. 윌리엄은 몇 주 만에 긴장을 풀고 있었다. 그가 자리에서 일어나 세 걸음 만에 이집트인들의 자리로 가서 그들 앞에 미소 지으며 섰다.

윌리엄이 말했다.

"여러분. 저와 제 친구들과 합석해주시면 정말 영광이겠습니다."

이집트인들은 검은 피부가 번들번들하고 얼굴이 포동포동했다. 빨간 모자를 쓰고 있었는데 한 명은 금니가 있었다. 윌리엄이 말을 걸자 처음에는 약간 놀란 것 같았다. 그런 다음 무슨 말인지 알아듣고 서로 마주보더니 싱긋 웃으며 고개를 끄덕였다.

"기꺼이."

한 사람이 말했다.

"기꺼이."

또 한 사람이 이렇게 말했고, 그들이 자리에서 일어나 윌리엄과 악수를 하고 스태그와 스터피가 앉아 있는 자리로 따라

왔다.

윌리엄이 말했다.

"제 친구들입니다. 이쪽은 스태그, 이쪽은 스터피입니다. 저는 윌리엄이고요."

스태그와 스터피가 일어나서 다들 악수를 나누었고, 이집트인들이 "기꺼이"라고 한번 더 말한 다음 모두 자리에 앉았다.

스태그는 이집트인들이 종교 때문에 술을 못 마신다는 사실을 알고 있었기 때문에 이렇게 말했다.

"커피 한잔하시죠."

금니를 한 이집트인이 활짝 웃더니 손바닥을 위로 향한 채 양손을 들고 어깨를 약간 구부렸다.

"저는 익숙합니다. 하지만 제 친구는……"

그가 다른 이집트인을 향해 양손을 뻗으며 말을 이었다.

"제 친구는 저도 모르겠군요."

스태그가 다른 이집트인에게 물었다.

"커피 드실래요?"

"기꺼이. 저도 익숙합니다."

스태그가 말했다.

"좋습니다. 커피 두 잔."

그가 웨이터를 불러서 말했다.

"커피 두 잔요. 그리고, 잠깐만요. 스터피, 윌리엄, 맥주 더 마실 거야?"

스터피가 말했다.

"나는 익숙합니다. 하지만 제 친구는……"

그가 윌리엄을 향해 고개를 돌리고 말을 이었다.

"제 친구는 저도 모르겠군요."

윌리엄이 말했다.

"기꺼이. 저도 익숙합니다."

아무도 웃지 않았다.

스태그가 말했다.

"좋아. 웨이터, 커피 두 잔이랑 맥주 석 잔 줘요."

웨이터가 계산서를 가져오자 스태그가 돈을 낸 다음 이집트인들을 향해 잔을 들고 말했다.

"건배."

스터피가 말했다.

"건배."

윌리엄이 말했다.

"건배."

이집트인들도 알아들은 것처럼 커피잔을 들었다. 한 명이 말했다.

"기꺼이."

또 한 명이 말했다.

"고맙습니다."

그들은 커피를 마셨다.

스태그가 잔을 내려놓고 말했다.

"당신들 나라에 오게 되어서 무척 영광입니다."

"좋아요?"

스태그가 말했다.

"네. 아주 훌륭해요."

어느새 음악이 다시 시작되어 은색 바지 차림의 뚱뚱한 여자 둘이 앙코르 공연을 하고 있었다. 앙코르는 정말 대단했다. 근육을 통제하는 그 기술은 지금까지 누구도 보지 못한 것이었다. 엉덩이 흔드는 여자는 여전히 엉덩이만 흔들었지만 가슴 흔드는 여자는 참나무처럼 팔을 머리 위로 번쩍 들고 무대 정중앙에 서 있었다. 왼쪽 가슴은 시계방향으로 돌았고 오른쪽 가슴은 반시계방향으로 돌았다. 여자는 엉덩이도 같이 흔들었는데, 음악과 박자가 딱딱 맞았다. 음악이 점차 속도를 더했고, 그에 따라 돌리기와 흔들기도 더 빨라졌으며, 서로 반대 방향으로 도는 가슴을 보고 혼이 완전히 빠진 몇몇 이집트인은 양손을 들고 원을 그리며 가슴의 움직임을 무의식적으로 따라 했다. 다들 기뻐서 발을 구르며 소리쳤고 무대 위 두 여자의 얼굴에 걸린 유들유들한 미소는 사라질 줄 몰랐다.

마침내 무대가 끝나고 박수 소리가 차츰 가라앉았다.

스태그가 말했다.

"대단하군."

"좋아요?"

"기꺼이. 대단했어요."

금니를 한 사람이 말했다.

"저 여자들은 아주 특별해요."

더이상 기다릴 수 없었던 윌리엄이 탁자 위로 몸을 숙이고 말했다.

"하나 물어봐도 될까요?"

금니가 대답했다.

"기꺼이. 기꺼이."

윌리엄이 말했다.

"음, 어떤 여자가 좋아요? 이런 날씬한 여자?"

그가 손으로 날씬한 모양을 그린 다음 말을 이었다.

"아니면 이런 뚱뚱한 여자?"

함박웃음 속에서 금니가 밝게 빛나더니 통통한 손 한 쌍이 허공에 커다란 원을 그렸다.

"나는, 이런, 뚱뚱한 거 좋아요."

윌리엄이 물었다.

"당신 친구는요?"

그가 대답했다.

"내 친구는, 나도 모릅니다."

친구가 말했다.

"기꺼이. 이런 거요."

그가 싱긋 웃더니 양손으로 허공에 뚱뚱한 여자를 그렸다.

스터피가 물었다.

"뚱뚱한 여자가 왜 좋아요?"

금니가 잠시 생각하더니 말했다.

"당신은 날씬한 게 좋아요?"

스터피가 말했다.

"기꺼이. 난 날씬한 여자가 좋아요."

"왜 날씬한 여자가 좋아요? 말해봐요."

스터피가 손바닥으로 뒷목을 문지르며 말했다.

"윌리엄. 우리가 날씬한 여자를 왜 좋아하지?"

윌리엄이 말했다.

"나는, 난 익숙해."

스터피가 말했다.

"나도 그래. 하지만 왜지?"

윌리엄이 잠시 생각하더니 이렇게 말했다.

"모르겠어. 우리가 왜 날씬한 여자를 좋아하는지 나도 모르겠어.”

금니가 말했다.

“하. 모르네요.”

그가 탁자 위로 몸을 숙이더니 윌리엄을 향해 의기양양하게 말을 이었다.

“그리고 나도, 나도 모릅니다.”

그러나 윌리엄에게는 뭔가 부족했다. 그가 말했다.

“스태그 말로는 이집트에서 부자들은 다 뚱뚱했고 가난한 사람들은 날씬했다던데요.”

금니가 말했다.

“아닙니다. 아니, 아니죠, 아니에요. 저기 저 여자들 봐요. 아주 뚱뚱해요. 아주 가난해요. 이집트 여왕, 파리다여왕 봐요. 아주 날씬해요. 아주 부자예요. 틀렸어요.”

윌리엄이 말했다.

“그렇죠, 하지만 옛날에도요?”

“옛날에 뭐요?”

윌리엄이 말했다.

“아, 됐어요. 관두죠.”

이집트인들은 욕조에서 물이 마지막으로 빠질 때 같은 소리를 내며 커피를 마셨다. 커피를 다 마시자 두 사람이 그만 가려고 일어섰다.

스태그가 말했다.
"가시려고요?"
금니가 말했다.
"기꺼이."
윌리엄이 말했다.
"고맙습니다."
스터피가 말했다.
"기꺼이."
다른 이집트인이 "기꺼이"라고 말했고 스태그가 "고맙습니다"라고 했다. 다들 한차례 악수를 나눈 후 이집트인들이 나갔다.
윌리엄이 말했다.
"수준 낮은 사람들이군."
스터피가 말했다.
"정말. 정말로 수준 낮은 사람들이야."
세 사람은 자리에 앉아서 흡족하게 술을 마셨지만 자정이 되자 웨이터가 이제 문을 닫는다고, 술이 더 없다고 말했다. 세 사람은 술을 너무 천천히 마셔서 별로 취하지도 않고 멀쩡한 기분이었다.
"나가야 된대."
"좋아. 어딜 가지? 어디 갈까, 스태그?"

"모르겠어. 어디 가고 싶어?"

윌리엄이 말했다.

"여기랑 비슷한 데 가자. 여기 괜찮네."

정적이 흘렀다. 스터피가 손으로 뒷목을 어루만지고 있었다. 그가 천천히 말을 꺼냈다.

"스태그. 어디 가고 싶은지 생각났어. 로제트 부인 집에 가서 거기 있는 여자들을 다 구출하고 싶어."

윌리엄이 말했다.

"로제트 부인이 누구야?"

스태그가 말했다.

"대단한 여자."

스터피가 말했다.

"늙고 더러운 창녀야."

스태그가 말했다.

"치사하고 늙어빠진 창녀지."

윌리엄이 말했다.

"좋아, 가자. 그런데 진짜 도대체 누구야?"

두 사람은 로제트가 누군지 말해주었다. 그들이 로제트와 했던 통화에 대해서, 히긴스 대령에 대해서 말하자 윌리엄이 이렇게 말했다.

"그래, 가자. 가서 여자들을 다 구출하자."

자리에서 일어나 밖으로 나온 그들은 이곳이 시내 변두리였다는 사실을 기억해냈다.

스태그가 말했다.

"좀 걸어야겠다. 여긴 마차가 없어."

달이 뜨지 않아 어둡고 별이 총총한 밤이었다. 거리는 좁고 불이 다 꺼져 있었다. 카이로의 냄새가 진동했다. 걸어가는 내내 주변은 조용했고, 가끔 집 그림자 속에 숨어서 담벼락에 기대어 담배를 피우는 남자들이 한두 명 있었다.

윌리엄이 말했다.

"수준 낮은 곳이네. 맞지?"

스터피가 말했다.

"정말. 아주 형편없어."

세 명은 계속 나란히 걸었다. 땅딸막하고 떡 벌어진 옅은 적갈색 머리의 스태그, 키 크고 거무스름한 스터피, 모자를 잃어버려서 아무것도 쓰지 않은 키 크고 어린 윌리엄. 세 사람은 대충 카이로의 중심을 향해 걸었다. 그곳에 가면 로제트 부인의 집으로 데려다줄 마차가 있을 것이다.

스터피가 말했다.

"우리가 구출해주면 여자들이 기뻐하지 않을까?"

스태그가 말했다.

"아주 파티를 벌이겠지."

윌리엄이 말했다.

"여자들이 진짜로 갇혀 있는 거야?"

스태그가 말했다.

"그건 아니야. 정확히 그런 건 아니지. 하지만 우리가 구출해주면 어쨌든 오늘밤만큼은 일을 안 해도 되겠지. 있잖아, 로제트의 여자들은 낮이면 가게에서 일하는 평범한 점원이야. 로제트가 처음부터 계략을 꾸며서 실수를 유도하거나 나중에 실수를 알아내서 협박하는 거지. 저녁때 자기 집으로 오게 만들어. 하지만 여자들은 로제트를 싫어하고 그 일에 생계가 달린 것도 아니야. 기회만 있으면 로제트의 이빨을 걷어차 버릴걸."

스터피가 말했다.

"우리가 그 기회를 주자."

세 사람은 길을 건넜다. 윌리엄이 말했다.

"여자가 몇 명이나 있을까, 스태그?"

"몰라. 서른 명쯤 있겠지."

윌리엄이 말했다.

"세상에나. 진짜로 파티가 벌어지겠군. 로제트가 여자들을 그렇게 괴롭힌대?"

스태그가 말했다.

"33중대에서 들었는데, 돈을 거의 안 준대. 하룻밤에 20피아스터 정도 준다더군. 손님한테는 한 명당 백이나 2백 피아스터를 받는데 말이야. 로제트는 매일 밤 여자 한 명당 5백에서 천 피아스터를 버는 거야."

윌리엄이 말했다.

"세상에. 하룻밤에 천 피아스터씩 서른 명이라. 백만장자 됐겠네."

"맞아. 누가 계산을 해봤는데, 부업을 빼도 일주일에 1천5백 파운드 정도 번대. 그러면, 어디 보자, 한 달이면 5천에서 6천 파운드야. 1년이면 6만 파운드지."

딴생각을 하던 스터피가 정신을 차렸다.

"세상에. 이런 세상에. 늙고 더러운 창녀 같으니."

윌리엄이 말했다.

"늙고 못돼처먹은 창녀군."

세 사람은 조금 더 번화한 지역에 거의 다 왔지만 여전히 마차는 없었다.

스태그가 말했다.

"메리네 집이라고 들어봤어?"

윌리엄이 말했다.

"메리네 집이 뭐야?"

"알렉산드리아에 있어. 메리는 알렉산드리아의 로제트야."

윌리엄이 말했다.

"늙고 못돼처먹은 창녀군."

스태그가 말했다.

"아니야. 사람들이 그러는데, 그 여자는 착하대. 아무튼, 지난주에 메리네 집이 폭격을 당했어. 마침 해군이 항구에 정박 중이라서 그 집에 수병이 잔뜩 있었대."

"죽었어?"

"많이 죽었지. 그래서 어떻게 됐는지 알아? 전사라고 발표했대."

스터피가 말했다.

"제독이 신사군."

윌리엄이 말했다.

"훌륭하네."

그때 마차가 한 대 보여서 세 사람이 마차를 불렀다.

스터피가 말했다.

"주소를 모르잖아."

스태그가 말했다.

"마부가 알 거야."

그런 다음 마부에게 말했다.

"로제트 부인네로."

마부가 씩 웃더니 고개를 끄덕였다. 그때 윌리엄이 말했다.

"내가 몰아볼게요. 고삐 줘봐요. 옆에 앉아서 방향만 알려줘요."

마부는 거세게 항의했지만 윌리엄이 10피아스터를 주자 고삐를 넘겼다. 윌리엄이 높다란 마부석에 앉고 옆자리에 마부가 앉았다. 스태그와 스터피는 뒷좌석에 탔다.

스터피가 말했다.

"출발."

윌리엄이 마차를 출발시키자 말들이 달리기 시작했다.

마부가 비명을 질렀다.

"좋지 않아요. 좋지 않아, 멈춰요."

윌리엄이 외쳤다.

"로제트 집이 어느 쪽이에요?"

마부가 비명을 질렀다.

"멈춰요."

윌리엄은 기분이 아주 좋았다. 그가 외쳤다.

"로제트네가 어느 쪽이에요?"

마부는 이 미친놈을 멈추려면 목적지에 데려다주는 수밖에 없다고 결론을 내렸다. 그가 새된 목소리로 외쳤다.

"이쪽. 왼쪽으로."

윌리엄이 왼쪽 고삐를 세게 잡아당기자 말들이 모퉁이를 돌았다. 마차의 한쪽 바퀴가 들렸다.

뒷좌석에서 스터피가 소리쳤다.

"너무 기울어지잖아."

윌리엄이 소리쳤다.

"여기서는 어느 쪽이에요?"

마부가 새된 목소리로 외쳤다.

"왼쪽."

그들이 왼쪽으로 돌아서 다음 거리로 들어선 다음 오른쪽으로 꺾고, 왼쪽으로 두 번 더 꺾고, 다시 오른쪽으로 꺾자 마부가 소리쳤다.

"여기예요, 로제트 부인 집이에요. 멈춰요."

윌리엄이 고삐를 세게 당기자 말들이 서서히 머리를 들고 속도를 줄여 총총 걸었다. 그가 말했다.

"어디라고요?"

마부가 말했다.

"여기요. 제발."

그가 18미터 정도 떨어진 집을 가리켰다. 윌리엄은 그 집 바로 앞에서 말들을 세웠다.

스터피가 말했다.

"잘했어, 윌리엄."

스태그가 말했다.

"세상에. 진짜 빨랐어."

윌리엄이 말했다.

"대단했지. 안 그래?"

그는 무척 기분이 좋았다.

마부는 셔츠가 젖을 정도로 땀을 흘렸고, 너무 무서워서 화도 못 냈다.

윌리엄이 말했다.

"얼맙니까?"

"20피아스터예요."

윌리엄이 그에게 40피아스터를 주고 말했다.

"아주 고마워요. 말들이 멋지네요."

자그마한 남자가 돈을 받고 마차에 풀쩍 올라타더니 마차를 몰고 사라졌다. 그는 서둘러 빠져나갔다.

역시 좁고 어두운 거리였지만 눈에 들어오는 집들이 전부 크고 부유해 보였다. 마부가 알려준 로제트의 집은 3층 높이의 넓고 큰 회색 콘크리트 주택이었는데, 크고 두꺼운 현관문이 활짝 열려 있었다. 셋이 안으로 들어갈 때 스태그가 말했다.

"이제부턴 나한테 맡겨. 계획이 있어."

안으로 들어가자 먼지투성이에 썰렁한 회색 현관이 나왔다. 천장에는 갓 없는 알전구에 불이 밝혀져 있었고, 남자가 한 명 서 있었다. 산처럼 거대한 남자로, 밋밋한 얼굴과 콜리플라워 같은 두 귀를 가진 거구의 이집트인이었다. 레슬링을 하던 시절에는 '살인자 압둘'이나 '파멸의 파샤'로 불렸을지도 모르지만 지금은 꼬질꼬질한 흰색 면 양복을 입고 있었다.

스태그가 말했다.

"안녕하십니까. 로제트 부인 계십니까?"

압둘이 비행사 세 명을 빤히 보면서 망설이다가 말했다.

"로제트 부인은 꼭대기층."

스태그가 말했다.

"감사합니다. 정말 감사드려요."

스터피는 스태그가 공손하게 굴고 있음을 눈치챘는데, 스태그가 이럴 때면 항상 누군가 곤경에 처했다. 그는 비행 중대의 대형을 이끌다가 적을 발견해서 전투가 벌어지려고 하면 늘 존댓말로 명령을 내렸고 메시지를 받을 때도 꼭 "감사합니다"라고 덧붙였다. 그런 스태그가 지금 압둘에게 "감사합니다"라고 말하고 있었다.

세 사람은 양탄자가 없고 철제 난간이 달린 석조 계단을 올라갔다. 첫번째 층계참과 두번째 층계참을 지났지만 마치 동굴처럼 아무것도 없었다. 세번째 계단 꼭대기는 층계참 없이 벽으로 막혀 있고 계단 끝에 문이 있었다. 스태그가 벨을 눌렀다. 잠깐 기다리자 곧 문에 달린 작은 창이 스르륵 열리더니 작고 검은 눈 한 쌍이 바깥을 내다보았다. 여자 목소리가 말했다.

"무슨 일이죠?"

스태그와 스터피는 낮에 통화했던 목소리를 알아들었다. 스태그가 말했다.

"마담 로제트를 만나고 싶습니다."

그는 공손하게 구느라고 '마담'이라고 말할 때 프랑스식으로 발음했다.

"당신들 장교? 여긴 장교만 와요."

목소리가 말했다. 쪼개진 널빤지 같은 목소리였다.

스태그가 말했다.

"네. 장교입니다."

"그렇게 안 보이는데. 무슨 장교?"

"영국 공군 장교입니다."

정적이 흘렀다. 스태그는 그녀가 고민중임을 알아차렸다. 로제트는 조종사들과 마찰을 겪은 적이 있을 것이다. 스태그는 그녀가 윌리엄을, 그의 눈동자에서 춤추는 빛을 보지 않기만을 바랐다. 윌리엄은 아직도 마차를 몰 때와 같은 기분이었기 때문이다. 갑자기 작은 창이 닫히고 문이 열렸다.

"좋아요, 들어와요."

그녀가 말했다. 로제트라는 여자는 욕심이 너무 많아서 손님을 신중하게 고를 수가 없었다.

세 사람이 안으로 들어가자 그녀가 있었다. 작고, 뚱뚱하고, 번들거리고, 검은 머리카락이 몇 가닥 비어져나와 이마에 드리워진 여자였다. 진홁색의 커다란 얼굴, 크고 넓적한 코, 물고기처럼 작은 입, 인중에 살짝 보이는 거뭇한 수염. 로제트는 헐렁한 검정 새틴 원피스 차림이었다.

"사무실로 가시죠."

그녀가 이렇게 말하고 왼쪽 복도를 뒤뚱뒤뚱 걷기 시작했다. 길고 넓은 복도는 길이 45미터, 너비는 3.5에서 4.5미터 정도였다. 복도는 거리와 평행하게 집 한가운데를 관통했는데, 스태그 일행은 계단에서 들어왔으므로 왼쪽으로 꺾어야 했다. 복도를 따라 양쪽으로 각각 여덟 개에서 열 개 정도의 문이 있었다. 계단에서 들어와 오른쪽으로 꺾으면 복도가 끝나는 곳이었지만 역시 문이 하나 있었다. 세 사람이 복도로 들어서자 문 뒤에서 중얼거리는 여자들 목소리가 들렸다. 스태그는 그곳이 여자들의 탈의실임을 알아차렸다.

"여러분, 이쪽으로."

로제트가 말했다. 그녀는 목소리가 새어나오는 문을 뒤로 하고 왼쪽으로 꺾어 옷을 끌며 복도를 힘겹게 걸어갔다. 세 사람이 로제트를 따랐다. 스태그가 맨 앞, 그다음 스터피, 그다음 윌리엄이 한 줄로 서서 붉은 양탄자가 깔리고 천장에 거대한 분홍색 전등갓이 여러 개 매달린 복도를 걸어갔다. 복도를 반쯤 지났을 때 뒤쪽 탈의실에서 고함소리가 들렸다. 로제트가 걸음을 멈추고 돌아보았다.

"여러분은 계속 가요. 사무실은 왼쪽 제일 끝이에요. 금방 갈게요."

로제트가 돌아서서 탈의실 문 쪽으로 다시 걸어갔다. 세 사람은 가던 길을 계속 가지 않았다. 그들은 걸음을 멈추고 로제트를 지켜보았는데, 그녀가 탈의실에 거의 도착했을 때 문이 벌컥 열리더니 어떤 여자가 달려나왔다. 그들이 선 자리에서도 여자의 얼굴 위로 온통 흘러내린 금발 머리와 흐트러진 초록색 드레스가 보였다. 여자는 문 앞에 선 로제트를 보고 그대로 멈춰 섰다. 로제트가 화를 내면서 빠르게 말하는 소리가 들렸고 여자가 대들며 외치는 소리도 들렸다. 로제트가 오른팔을 드는 것도, 손바닥으로 여자의 뺨을 찰싹 때리는 것도 보였다. 세 사람은 로제트가 다시 손을 올리더니 같은 뺨을 한 번 더 때리는 것을 보았다. 아주 셌다. 여자가 두 손으로 얼굴을 가리고 울기 시작했다. 로제트가 탈의실 문을 열고 여자를 다시 밀어넣었다.

스태그가 말했다.

"세상에. 저 여자 진짜 센데."

윌리엄이 말했다.

"나도 세."

스터피는 아무 말도 하지 않았다.

로제트가 돌아와서 말했다.

"따라와요, 여러분. 별문제 아니에요."

그녀가 세 사람을 이끌고 복도 끝으로 가서 왼쪽 마지막 문으로 들어갔다. 사무실이었다. 중간 크기의 방에 빨간 플러시 천 소파 두 개와 빨간 플러시 천 안락의자가 두세 개 있고 붉은색의 두꺼운 양탄자가 깔려 있었다. 로제트가 한쪽 구석의 작은 책상 뒤에 앉더니 방을 바라보았다. 그녀가 말했다.

"앉아요, 여러분."

스태그는 안락의자에, 스터피와 윌리엄은 한 소파에 같이 앉았다.

"음. 이제 본론으로 들어가죠."

로제트가 날카롭고 다급한 목소리로 말했다.

스태그가 의자에 앉은 채 몸을 숙였다. 짧은 적갈색 머리가 밝은 빨강 플러시 천과 어쩐지 안 어울렸다. 그가 말했다.

"로제트 부인. 만나서 정말 반가워요. 우리 모두 당신 이야기를 정말 많이 들었습니다."

스터피가 스태그를 보았다. 또다시 공손하게 굴고 있었다. 로제트 역시 스태그를 보았고, 그녀의 작고 까만 눈에 의심이 어렸다. 스태그가 말을 이었다.

"정말입니다. 우리는 꽤 오래전부터 이 순간을 정말 고대했지요."

그의 목소리는 너무나 유쾌하고 태도 역시 아주 공손했기에 로제트는 있는 그대로 받아들였다. 그녀가 말했다.

"친절하시군요. 여기서는 언제든지 좋은 시간을 보내실 수 있답니다. 제가 보장하죠. 이제 본론으로 들어갈까요?"

윌리엄은 더이상 기다릴 수 없었다. 그가 천천히 말했다.

"스태그 말로는 정말 대단한 여성분이라더군요."

"고마워요, 여러분."

스터피가 말했다.

"스태그 말로는 더럽고 늙은 창녀라던데요."

윌리엄이 얼른 말했다.

"스태그가 그러는데, 치사하고 늙은 창녀라면서요."

스태그가 말했다.

"제가 좀 잘 알죠."

로제트가 벌떡 일어났다.

"뭐하는 짓들이야?"

그녀가 비명을 질렀고, 낯빛이 진흙색에서 붉은 찰흙색으로 바뀌었다. 남자들은 움직이지 않았다. 그들은 미소를 짓거나 웃지도 않고 가만히 앉아서 몸을 약간 숙인 채 그녀를 보고 있었다.

로제트는 이전에도 문제를, 그것도 아주 많이 겪어봤고, 해결 방법도 알았다. 그러나 이번만큼은 달랐다. 이들은 취한 것 같지 않았고, 돈 문제도 아니었고, 로제트가 데리고 있는 여자 문제도 아니었다. 바로 자기를 문제삼고 있었는데, 로제트는 그 점이 마음에 들지 않았다. 그녀가 고함을 질렀다.

"나가. 곤란해지기 싫으면 나가."

그러나 남자들은 움직이지 않았다.

로제트가 말을 멈추고 책상 뒤에서 재빨리 나와 문 쪽으로 향했다. 그러나 스태그가 한발 빨랐고, 로제트가 그에게 달려들자 뒤에서 스터피와 윌리엄이 팔을 한쪽씩 잡았다.

스태그가 말했다.

"이 여자를 가두고 우린 나가자."

그러자 로제트가 정말로 고함을 지르기 시작했는데, 너무 끔찍한 말이었기 때문에 뭐라고 했는지는 차마 여기에 적을 수가 없다. 새된 목소리의 험악한 말들이 물고기 입처럼 작은 그 입에서 쉬지도 않고 줄줄이 쏟아져나왔고, 약간의 타액도 같이 나왔다. 스터피와 윌리엄이 그녀의 팔을 잡고 커다란 의자 쪽으로 당기자 로제트는 발버둥치며 도살장으로 끌려가는 크고 뚱뚱한 돼지처럼 고함을 질렀다. 두 사람이 로제트를 재빨리 밀어 의자 위로 쓰러뜨렸다. 스터피가 황급히 책상 쪽으로 달려가더니 얼른 몸을 숙이고 전화선을 뽑았다. 스태그가 문을 열었고 세 사람은 로제트가 의자에서 일어나기도 전에 밖으로 나왔다. 열쇠를 가지고 나온 스태그가 밖에서 문을 잠갔다. 세 사람은 사무실 앞 복도에 서 있었다.

스태그가 말했다.

"세상에. 정말 대단한 여자야!

윌리엄이 말했다.

"진짜 미쳤어. 뭐라는지 한번 들어봐."

그들은 복도에 서서 귀를 기울였다. 로제트의 고함소리가 들렸다. 곧 문을 쾅쾅 두드리기 시작했지만 고함도 멈추지 않았다. 여자 목소리가 아니라 화가 머리끝까지 치밀었음에도 불구하고 또박또박 말하는 황소 같았다.

스태그가 말했다.

"자, 빨리. 여자들한테 가야지. 따라와. 이제 진지하게 굴어야 돼. 진짜 심각하게 행동하는 거야."

그가 탈의실을 향해 달렸고 스터피와 윌리엄이 뒤를 따랐다. 스태그가 탈의실 앞에 멈추자 두 사람도 멈추었다. 사무실에서 로제트가 고함치는 소리가 아직도 들렸다. 스태그가 말했다.

"이제 아무 말도 하지 마. 아주 심각한 표정만 짓고 있어."

그런 다음 그가 문을 열고 들어갔다.

탈의실 안에 있던 열두 명 정도의 여자들이 일제히 고개를 들었다. 그들은 말을 멈추고 문간에 선 스태그를 올려다보았다. 스태그가 구두 뒤축을 딱 붙이더니 정색을 하고 단호한 목소리로 말했다.

"우리는 헌병입니다. 레 장담 밀리테르('헌병'을 뜻하는 프랑스어—옮긴이)입니다."

그는 모자를 쓴 채 차렷 자세로 문간에 서 있었다. 스터피와 윌리엄은 그 뒤에 서 있었다.

"헌병입니다."

스태그가 한 번 더 말하더니 신분증을 꺼내 손가락 두 개로 잡고 들어 보였다.

여자들은 움직이지도 말하지도 않았다. 다들 하던 일을 멈추고 얼어붙은 듯 있었는데, 어찌나 잠잠한지 꼭 그림 같았다. 스타킹을 신던 여자는 의자에 앉아서 다리를 뻗고 스타킹을 무릎까지 올리다가 그대로 멈췄다. 거울 앞에서 머리를 매만지던 여자는 손을 머리에 얹은 채 돌아보았다. 서서 립스틱을 바르던 여자는 입술에서 립스틱을 떼지도 않고 스태그를 올려다보았다. 몇몇은 할일없이 나무 의자에 가만히 앉아 있다가 고개를 들어 문 쪽을 보았는데, 여전히 움직이지 않았다. 대부분 반짝이는 드레스 차림이었다. 한두 명은 옷을 반밖에 걸치지 않았지만 다를 반짝이는 초록색, 반짝이는 파란색, 반짝이는 빨간색, 반짝이는 금색 드레스 차림이었다. 여자들은 고개를 돌려 스태그를 보자마자 그대로 멈췄기 때문에 마치 그림 같았다.

말을 멈추었던 스태그가 다시 입을 열었다.

"불편을 끼쳐드리게 되어 당국을 대신해 사과드립니다. 죄송합니다, 아가씨들. 하지만 등록과 기타 문제 때문에 저희와 함께 가셔야겠습니다. 그다음에는 돌아가셔도 됩니다. 형식적인 절차일 뿐입니다. 하지만 당장은 같이 가주셔야겠습니다. 마담과는 이미 이야기를 마쳤습니다."

스태그가 말을 멈췄지만 여자들은 여전히 움직이지 않았다.

그가 말했다.

"자. 외투를 입으십시오. 우리는 군인입니다."

스태그가 옆으로 한 발 비켜서서 열린 문을 잡았다. 갑자기 그림이 흩어지더니 여자들이 무슨 일인지 모르겠다는 표정으로 중얼거리며 일어섰고, 두세 명이 문을 향했다. 다른 여자들도 뒤를 따랐다. 옷을 반쯤 벗고 있던 여자들은 얼른 옷을 입고 양손으로 머리를 매만지며 나왔다. 외투를 가진 사람은 아무도 없었다.

여자들이 몰려나가자 스태그가 스터피에게 말했다.

"몇 명인지 세어봐."

스터피가 소리 내어 세어보니 열네 명이었다. 그가 중사처럼 보이려고 애쓰며 말했다.

"열네 명입니다."

스태그가 말했다.

"정확해."

그런 다음 복도로 몰려나온 여자들을 향해 돌아서서 말했다.

"자, 아가씨들, 마담에게 명단을 받았으니 도망칠 생각은 하지 않는 게 좋습니다. 걱정할 필요도 없습니다. 군대의 형식적 절차일 뿐입니다."

윌리엄이 복도에서 계단으로 이어지는 문을 열고 먼저 나갔다. 여자들이 그 뒤를 따랐고 스태그와 스터피가 마지막으로 나갔다. 여자들은 영문도 모른 채 조용히 걱정했고, 약간 겁이 나서 말이 없었다. 다들 말이 없었지만 검은 머리의 키 큰 여자만이 이렇게 말했다.

"몽 듀('이런, 세상에'라는 뜻의 프랑스어—옮긴이), 형식적인 절차라니. 몽 듀, 몽 듀, 이제 어떻게 되는 거야."

그러나 그뿐이었고 다들 계단을 내려갔다. 그들은 복도에서 밋밋한 얼굴에 콜리플라워 같은 귀를 가진 이집트인을 만났다. 순간적으로 충돌이 일어날 것만 같았다. 그러나 스태그가 남자의 얼굴에 대고 신분증을 흔들며 "헌병대입니다"라고 말하자 이집트인 남자는 너무 놀란 나머지 순순히 내보내주었다.

그렇게 해서 다들 거리로 쏟아져나오자 스태그가 말했다.

"좀 걸어야 합니다. 아주 조금만 걸으면 됩니다."

일행은 오른쪽으로 꺾어서 보도를 따라 걸었다. 스태그가 맨 앞, 스터피가 맨 뒤에서 걸었고 윌리엄은 도로로 내려가서 대열을 호위하며 걸었다. 이제 달이 떠서 주변이 잘 보였다. 스터피는 윌리엄과, 윌리엄은 스태그와 보조를 맞추려 애썼다. 고개를 빳빳하게 들고 팔을 흔들며 걷는 세 남자는 무척 군인다워 보였고, 전체적으로 참 볼만한 광경이었다. 반짝이는 드레스 차림의 여자 열네 명이, 반짝이는 초록색, 반짝이는 파란색, 반짝이는 빨간색, 반짝이는 검은색, 반짝이는 금색 옷을 입은 여자 열네 명이 달빛을 받으며 거리를 따라 행진했고 스태그가 앞, 윌리엄이 옆, 스터피가 뒤에서 걸었다. 상당히 볼만한 광경이었다.

여자들이 잡담을 시작했다. 스태그는 말소리를 들었지만 돌아보지 않았다. 그는 대열의 맨 앞에서 걸었고, 교차로가 나오자 오른쪽으로 꺾었다. 나머지가 뒤를 따랐다. 블록을 따라 45미터 정도 걸어가자 이집트 카페가 나왔다. 스태그가 카페를, 암막 커튼 뒤에서 타는 듯한 조명을 보았다. 그가 돌아서서 외쳤다.

"정지!"

여자들은 걸음을 멈추었지만 계속 떠들었고, 대열에서 반항심이 고개를 드는 것이 이제 누가 봐도 뚜렷했다. 한밤중에

하이힐과 반짝이는 드레스 차림의 여자 열네 명을 이끌고 도시 전역을 행진할 수는 없는 법이다. 어쨌든 오래는 안 된다. 아무리 군대의 형식적 절차라 해도 오래가지 못한다. 스태그는 그 사실을 알았고, 그래서 이렇게 말했다.

"아가씨들. 제 말을 들어보세요."

그러나 이미 반항심이 고개를 들었기 때문에 여자들은 계속 이야기했고, 검은 머리의 키 큰 여자가 이렇게 말했다.

"몽 듀, 이게 뭐죠? 도대체 이게 무슨 일이에요, 몽 듀?"

스태그가 말했다.

"조용히 하세요."

그런 다음 두번째에는 소리치며 명령했다.

"조용!"

잡담이 멈췄다.

"아가씨들."

스태그가 다시 공손하게 말했다. 그는 최대한 예의바르게 말했는데, 그럴 때면 누구나 그의 말을 들었다. 정말 놀랍게도 스태그는 입으로는 미소를 짓지 않으면서 목소리로 미소를 지을 수 있었다. 목소리가 미소를 짓는 동안 얼굴은 진지한 표정 그대로였다. 이것은 정말 효과적이었는데, 그가 친절하게 대하려고 정말 애를 쓰고 있다는 인상을 주었기 때문이다.

스태그가 다시 입을 열자 그의 목소리가 미소를 지었다.

"아가씨들. 군대에는 항상 형식적 절차가 존재합니다. 어쩔 수 없습니다. 저도 아주 유감스럽게 생각합니다. 그러나 기사도 역시 존재할 수 있습니다. 영국 공군은 기사도 정신이 무척 뛰어나다는 사실을 이미 알고 계실 겁니다. 그러니 함께 이 가게에 들어가서 같이 맥주를 한잔한다면 아주 기쁘겠습니다. 이것이 군대의 기사도입니다."

그가 한 발 나서서 카페 문을 열고 말을 이었다.

"아, 술이나 같이 마시죠. 술 마시고 싶은 사람 없어요?"

여자들은 불현듯 깨달았다. 있는 그대로의 사실을 다들 동시에 깨달았다. 여자들은 깜짝 놀라 잠시 고민했다. 그런 다음 서로서로 마주보다가 스태그를 보았고, 또 스터피와 윌리엄을 보았는데, 두 사람과 눈이 마주쳤을 때 그들의 눈에 웃음기가 담겨 있음을 깨달았다. 즉시 여자들이 웃음을 터뜨렸고, 윌리엄이 웃었고, 스터피가 웃었고, 일행은 걸음을 옮겨 카페로 쏟아져 들어갔다.

"몽 듀, 헌병이라니. 몽 듀, 오, 몽 듀."

검은 머리의 키 큰 여자가 스태그의 팔을 잡고 이렇게 말하더니 고개를 젖히며 웃었고, 스태그도 같이 웃었다.

"이것이 군대의 기사도 정신입니다."

윌리엄이 이렇게 말했고, 다들 안으로 들어갔다.

카페는 아까 세 사람이 갔던 가게와 비슷하게 나무와 톱밥으로 되어 있었고, 이집트인 몇 명이 빨간 터키모자를 쓰고 앉아서 커피를 마시고 있었다. 윌리엄과 스터피가 둥근 탁자를 세 개 붙인 다음 의자를 가져왔다. 여자들이 자리에 앉았다. 다른 자리의 이집트인들이 커피잔을 내려놓더니 의자에 앉은 채 몸을 돌리고 입을 벌린 채 바라보았다. 이집트인들은 진흙투성이의 통통한 물고기떼처럼 입을 떡 벌렸다. 몇몇은 더 제대로 보려고 아예 의자를 돌려 스태그 일행을 마주보며 앉았지만 입은 여전히 벌린 채였다.

웨이터가 다가오자 스태그가 말했다.

"맥주 열일곱 잔. 맥주 열일곱 개 갖다줘요."

"기꺼이."

웨이터가 이렇게 말하고 멀어졌다.

자리에 앉아 맥주를 기다리는 동안 여자들은 조종사 세 명을 바라보았고 조종사들은 여자들을 바라보았다. 윌리엄이 말했다.

"군대의 기사도 정신입니다."

"몽 듀, 당신들은 미쳤어요, 오, 몽 듀."

검은 머리의 키 큰 여자가 말했다.

웨이터가 맥주를 가져왔다. 윌리엄이 잔을 들고 말했다.

"군대의 기사도 정신을 위하여."

검은 머리 여자가 말했다.

"오, 몽 듀."

스터피는 아무 말도 하지 않았다. 그는 여자들을 둘러보고 재면서 곧장 작업을 걸 마음에 드는 여자를 고르고 있었다. 스태그는 미소를 지었고, 여자들은 반짝이는 드레스를, 반짝이는 빨간색, 반짝이는 금색, 반짝이는 파란색, 반짝이는 초록색, 반짝이는 검은색과 반짝이는 은색 드레스를 입고 앉아 있었다. 맥주를 홀짝이는 여자들은 상당히 흡족해 보였는데, 이제 모든 일을 사실 그대로 깨닫고 이해했기 때문에 더이상 의심하지 않는 듯했다.

스태그가 술잔을 내려놓고 주변을 둘러보며 말했다.

"세상에. 아 세상에, 일개 중대가 와도 되겠군. 일개 중대가 다 여기 있으면 얼마나 좋을까!"

그가 술을 한 모금 더 마시다가 뚝 멈추더니 재빨리 잔을 내려놓고 말했다.

"좋았어. 웨이터, 어이 웨이터."

"기꺼이."

"종이랑 연필 좀 갖다줘요."

"기꺼이."

웨이터가 잠시 물러갔다가 종이 한 장을 들고 돌아오더니 귀 뒤에 꽂아놓았던 연필을 스태그에게 건넸다. 스태그가 탁자를 쾅 쳐서 사람들을 조용히 시키고 말했다.

"아가씨들. 마지막 형식적 절차입니다. 이제 정말 마지막이에요."

윌리엄이 말했다.

"군대의 형식적 절차죠."

검은 머리 여자가 말했다.

"오, 몽 듀."

스태그가 말했다.

"별거 아닙니다. 종이에 이름과 전화번호를 쓰세요. 우리 중대 대원들을 위한 겁니다. 중대원들이 아까와 같은 수고를 할 필요 없이 지금 나처럼 행복해질 수 있게 말입니다."

스태그의 목소리가 다시 미소 짓고 있었다. 여자들이 그의 목소리를 좋아한다는 사실을 알 수 있었다. 그가 말을 이었다.

"그렇게 해주신다면 정말 감사하겠습니다. 저희 중대원들도 여러분을 만나고 싶을 테니까요. 그렇게 되면 정말 기쁘겠습니다."

윌리엄이 말했다.

"좋은 생각인데?"

"미쳤군요."

검은 머리 여자가 이렇게 말하면서도 종이에 자기 이름과 전화번호를 적고 옆 사람에게 넘겼다. 스태그가 전원에게 맥주를 한 잔씩 더 시켜주었다. 여자들은 드레스 차림이었기 때문에 확실히 우스꽝스러웠지만, 종이에 착실히 이름을 적었다. 다들 행복해 보였고 윌리엄은 특히나 행복해 보였지만 스터피는 심각해 보였다. 선택이라는 어려운 문제가 그의 마음을 묵직하게 짓눌렀기 때문이다. 다들 예쁜 여자, 젊고 예쁜 여자들이지만 전부 달랐다, 서로 완전히 달랐다. 그리스인과 시리아인과 프랑스인과 이탈리아인과 피부색이 옅은 이집트인과 유고슬라비아인과 그 밖에 수많은 인종이지만 전부 예뻤다. 모두가 예쁘고 멋졌다.

이제 모두의 연락처가 적힌 종이가 스태그에게 돌아왔다. 낯선 글씨로 쓴 열네 개의 이름과 열네 개의 전화번호. 스태그가 종이를 찬찬히 보며 말했다.

"중대 게시판에 붙여야겠어. 다들 나보고 정말 마음이 넓다고 하겠지."

윌리엄이 말했다.

"본부에 붙여야 해. 등사해서 중대마다 뿌려야 한다니까. 사기가 올라갈 거야."

검은 머리 여자가 말했다.

"오, 몽 듀. 당신들은 미쳤어요."

스터피가 천천히 일어나더니 의자를 들고 맞은편으로 가

서 두 여자 사이에 밀어넣었다. 그러고는 이렇게만 말했다.

"실례합니다. 제가 여기 좀 앉아도 될까요?"

마침내 결정을 내린 스터피는 오른쪽에 앉은 여자를 향해 몸을 돌리고 조용히 작업에 들어갔다. 그녀는 무척 예뻤다. 무척 까맣고 무척 예쁘고 몸매가 풍만했다. 스터피는 그 자리에 다른 사람들도 같이 있다는 사실을 까맣게 잊고 그녀를 향해 돌아앉아서 손에 머리를 괴고 말하기 시작했다. 지금 그의 모습을 보면 스터피가 왜 중대 최고의 조종사인지 이해하기가 별로 어렵지 않았다. 그는, 스터피라는 이 조종사는, 젊고 집중력이 대단했다. 자신이 원하는 것을 향해 일직선으로 곧장 나아가는 맹렬하고 원기왕성하고 집중력이 뛰어난 청년이었다. 그는 구불구불한 길을 잡아서 조심조심 직선으로 편 다음 그것을 따라 엄청난 속도로 움직였고, 무엇도 그를 막지 못했다. 스터피는 그런 식이었다. 지금 그는 이 예쁜 여자에게 이야기하고 있었지만 그가 무슨 말을 하는지는 아무도 듣지 못했다.

한편 스태그는 생각중이었다. 그는 이제 어떻게 할지 생각중이었고, 모두가 석 잔째 맥주를 다 마셔갈 때 다시 한번 탁자를 쾅 쳐서 좌중을 조용히 시킨 다음 말했다.

"아가씨들. 저희가 여러분을 집으로 모셔다드릴 수 있다면 정말 기쁘겠습니다. 제가 여기 다섯 분을 모시고 가지요."

스태그는 이미 모든 결정을 내린 뒤였다.

"스터피가 다섯 분, 잼페이스가 네 분을 모실 겁니다. 마차 세 대에 나눠 타면 되겠지요. 제가 여기 다섯 분을 마차에 태워서 한 명씩 집 앞에 내려드리겠습니다."

윌리엄이 말했다.

"군대의 기사도 정신이지요."

스태그가 말했다.

"스터피, 괜찮지? 네가 다섯 명 데리고 가. 누구를 마지막에 내려줄지는 알아서 정하고."

스터피가 주변을 둘러보며 말했다.

"아, 그래. 그게 좋겠군."

"윌리엄, 네가 네 명을 데리고 가. 한 명씩 집 앞에 내려주고, 알겠지?"

"아주 좋아. 완벽해."

모두들 자리에서 일어나서 문을 향해 움직였다. 검은 머리의 키 큰 여자가 스태그의 팔을 잡고 말했다.

"당신이 날 데려가나요?"

"네. 제가 모시고 가죠."

"저를 마지막에 내려줄 건가요?"

"네, 마지막에 내려드릴 겁니다."

"오, 몽 듀. 그거 괜찮겠군요."

그들은 밖으로 나가 마차 세 대를 잡아서 각각 나눠 탔다. 스터피는 재빨리 움직였다. 그는 재빨리 여자들을 마차에 태운 다음 뒤따라 탔다. 스태그가 거리를 따라 달리는 스터피의 마차를 지켜보았다. 그런 다음 윌리엄의 마차가 움직이는 것도 보았는데, 급하게 출발하는가 싶더니 말들이 바로 질주하기 시작했다. 다시 보니 윌리엄이 고삐를 쥐고 높다란 마부석에 앉아 있었다.

"갑시다."

스태그가 이렇게 말하자 여자 다섯 명이 마차에 탔다. 비좁게 붙어 앉아야 했지만 타기는 다 탔다. 스태그가 등을 기대고 앉자 팔 하나가 다가와 그의 팔짱을 꼈다. 검은 머리의 키 큰 여자였다. 스태그가 고개를 돌려 그녀를 보며 말했다.

"아. 당신이군요."

"당신들은 정말 정신이 나갔어요."

스태그는 마음속에서 피어오르는 온기를 느꼈고, 어두운 거리를 덜컹덜컹 달리는 마차 안에서 나지막이 노래를 흥얼거렸다.

하숙집 여주인

The Landlady

빌리 위버가 런던에서 오후에 떠나는 완행열차를 타고 출발해서 리딩에서 한 번 갈아탄 다음 바스에 도착했을 때는 밤 아홉시였다. 역 입구 맞은편 집들 위로 별이 빛나는 맑은 하늘에 달이 뜨고 있었다. 그러나 공기는 지독하게 차가웠고 바람이 얇은 얼음 칼날처럼 그의 뺨에 닿았다.

그가 말했다.

"실례지만 여기서 멀지 않은 곳에 좀 저렴한 호텔이 있을까요?"

짐꾼이 거리 아래쪽을 가리키며 대답했다.

"벨 앤드 드래곤에 가봐요. 받아줄지도 모르죠. 저쪽으로 4백 미터 정도 가면 됩니다."

빌리는 고맙다고 인사한 다음 여행가방을 들고 벨 앤드 드래곤까지 4백 미터의 길을 걷기 시작했다. 바스는 처음이었다. 아는 사람도 없었다. 그러나 런던 본사의 그린슬레이드 씨는 멋진 도시라고 했다. 그린슬레이드 씨는 이렇게 말했었다.

"하숙집을 찾게. 자리를 잡자마자 지점장한테 가서 보고해."

빌리는 열일곱 살이었다. 새로 산 남색 외투, 새로 산 갈색 중절모자, 새로 산 갈색 양복 차림이었고 기분도 좋았다. 그는 거리를 따라 활기차게 걸음을 옮겼다. 빌리는 요즘 뭐든지 활기차게 하려고 애쓰는 중이었다. 그가 보기에 활기차다는 것이야말로 성공한 사업가들의 유일한 공통점이었다. 본사의 거물들은 늘 대단히, 환상적일 만큼 활기찼다. 그 사람들은 정말 놀라웠다.

빌리가 걸어가는 널찍한 거리에는 상점이 하나도 없고 양쪽으로 높다랗고 똑같이 생긴 집들만 일렬로 늘어서 있었다. 포치와 기둥이 있고 계단 네다섯 단을 오르면 현관문으로 이어지는 집들은 아주 옛날에는 틀림없이 호화로웠을 것이다. 그러나 지금은 문과 창문의 목조 부분 여기저기에 페인트가 벗겨지고 희고 멋들어진 파사드는 제대로 돌보지 않아 군데군데 금이 가고 얼룩투성이인 것이 어둠 속에서도 눈에 띄었다.

갑자기, 5미터 정도 떨어진 가로등 불빛을 받아 밝게 빛나는 아래층 창문에서, 위쪽 창유리에 붙은 표지판이 눈에 띄었다. **침식 제공 하숙집**이라고 적혀 있었다. 표지판 바로 아래 꽃병에는 길쭉하고 예쁜 노란색 국화 다발이 꽂혀 있었다.

빌리는 걸음을 멈추고 조금 더 다가갔다. 양쪽에 드리워진 녹색 커튼(벨벳 비슷한 천이었다) 때문에 국화가 더욱 돋보였다. 빌리가 창문 바로 앞까지 다가가서 유리를 통해 안을 들여다보자 난로에서 환하게 타오르는 불이 제일 먼저 보였다. 난로 앞 양탄자에는 작고 예쁜 닥스훈트 한 마리가 몸을 말고 코를 배에 파묻은 채 자고 있었다. 흐릿한 어둠 속이었지만 방을 가득 채운 멋진 가구들을 알아볼 수 있었다. 작은 그랜드피아노와 큰 소파, 불룩한 안락의자 여러 개가 있었고, 한쪽 구석의 새장에는 커다란 앵무새가 있었다. 빌리가 속으로 중얼거렸다. 이런 곳에 동물이 있다는 건 보통 좋은 징조지. 게다가 전체적으로 한동안 지내기에 아주 괜찮은 집 같았다. 분명 벨 앤드 드래곤보다 훨씬 아늑할 것이다.

하지만 여인숙이 하숙집보다 맞을지도 몰랐다. 저녁에 맥주를 마시면서 다트도 할 수 있고, 대화 상대도 많고, 가격도 상당히 쌀 것이다. 빌리는 예전에 며칠 동안 여인숙에 묵은 적이 있었는데, 마음에 들었다. 그는 하숙집에서 지내본 적이 없었고, 아주 솔직히 말하자면 약간 무섭기도 했다. 하숙집이라는 말을 들으면 멀건 양배추 요리, 탐욕스러운 여주인, 훈제 생선 냄새가 지독한 거실이 떠올랐다.

이런 생각을 하며 추위 속에서 2, 3분 동안 떨던 빌리는 조금 더 걸어가서 벨 앤드 드래곤을 본 다음에 결정하기로 마음먹었다. 그가 돌아섰다.

그때 정말 이상한 일이 일어났다. 빌리가 창가에서 물러나 돌아서려고 하는데 갑자기 그 작은 표지판이 정말 이상하게도 그의 눈길을 사로잡고 놓아주지 않았다. **침식 제공 하숙집**이었다. **침식 제공 하숙집, 침식 제공 하숙집, 침식 제공 하숙집.** 유리 너머에서 단어 하나하나가 크고 검은 눈처럼 빌리를 빤히 보면서 그를 붙들고, 충동질하고, 떠나지 못하게 사로잡았다. 어느새 빌리는 창가에서 걸음을 옮겨 현관문으로 향했고, 계단을 올라 초인종으로 손을 뻗고 있었다.

빌리가 초인종을 눌렀다. 저멀리 뒷방에서 초인종 울리는 소리가 들리자마자 곧바로, 빌리가 초인종에서 손가락을 뗄 시간도 없었으니 정말 곧바로 문이 활짝 열리고 어떤 여인이 나타났다.

보통 초인종을 누르면 적어도 30초는 기다려야 문이 열린다. 그러나 이 여인은 빌리가 벨을 누르자마자 튀어나왔다! 마치 깜짝 상자에서 튀어나오는 인형 같았다. 빌리는 깜짝 놀랐다.

여인은 마흔다섯이나 쉰 살 정도 되어 보였고, 빌리를 보자마자 따뜻하게 미소 지으며 그를 환영했다. 여인이 상냥하게 말했다.

"어서 들어와요."

여주인이 옆으로 비켜서서 활짝 열린 문을 잡아주자 빌리는 자기도 모르게 들어가려 했다. 여인을 따라 안으로 들어가려는 충동, 더욱 정확하게는 들어가고 싶다는 욕구가 이상할 만큼 강렬했다.

빌리가 저절로 움직이는 발을 멈추며 말했다.

"창문에 붙은 표지판을 봤습니다."

"네, 알아요."

"방이 있나 궁금해서요."

"아, 전부 다 준비되어 있답니다."

이렇게 말하는 그녀의 분홍빛 얼굴은 동그랗고 푸른 눈은 아주 친절해 보였다.

"벨 앤드 드래곤으로 가던 길이었어요. 그런데 여기 창문에 붙은 표지판이 우연히 눈에 띄어서요."

"오, 그래요. 추운데 어서 들어오지 그래요?"

"숙박비는 얼마죠?"

"하룻밤에 5파운드 6펜스랍니다, 아침식사를 포함해서요."

환상적으로 싼 가격이었다. 빌리가 생각했던 가격의 반도 안 됐다.

여인이 덧붙였다.

“너무 비싸면 아주 조금 깎아줄게요. 아침식사에 달걀이 꼭 필요한가요? 요즘 달걀이 비싸거든요. 달걀을 빼면 6펜스 깎아드리죠.”

“5파운드 6펜스면 괜찮습니다. 여기 묵고 싶군요.”

“그럴 줄 알았어요. 어서 들어와요.”

여주인은 정말 좋은 사람 같았다. 예를 들어 학창시절 제일 친한 친구 집에 크리스마스 휴가를 보내러 갔을 때 환영해주는 친구 어머니, 바로 그런 느낌이었다. 빌리가 모자를 벗고 문턱을 넘어 들어갔다.

“그건 거기 걸어요. 외투는 받아줄게요.”

복도에 다른 모자나 외투는 보이지 않았다. 우산도, 지팡이도, 아무것도 없었다.

위층으로 올라가던 그녀가 어깨 너머로 빌리에게 미소를 지으며 말했다.

“우리 둘뿐이랍니다. 이 작은 보금자리에 손님이 찾아주는 즐거움이 자주 있는 일은 아니거든요.”

너무 달라붙는걸. 빌리가 속으로 중얼거렸다. 그러나 하룻밤에 5파운드 6펜스인데 그게 대수인가?

빌리가 공손하게 말했다.

“여기서 묵고 싶다는 사람이 넘쳐날 줄 알았는데요.”

"아, 맞아요. 그럼요, 물론 그렇죠. 하지만 문제는 내가 아주 약간 까다롭고 꼼꼼하게 가리는 성격이라는 거죠. 무슨 말인지 알죠?"

"아, 네."

"하지만 준비는 늘 되어 있답니다. 이 집은 적당한 젊은이가 올 때에 대비해서 밤이든 낮이든 항상 만반의 준비가 갖춰져 있지요. 게다가 그건 참 즐거운 일이랍니다. 정말 기쁜 일이에요. 가끔 내가 문을 열었을 때 정말 딱 맞는 젊은이가 서 있는 것 말이에요."

계단을 반쯤 올라가다가 멈춘 여주인이 난간에 한 손을 얹고 고개를 돌려 빌리를 내려다보며 창백한 입술로 미소를 지었다.

"당신처럼 말이에요."

그녀는 이렇게 덧붙이며 파란 눈으로 빌리를 머리끝에서 발끝까지, 그리고 다시 머리끝까지 천천히 훑었다.

3층에 다다르자 그녀가 말했다.

"여기는 내가 쓰는 층이에요."

두 사람이 계단을 한 층 더 올라갔다.

"그리고 여기는 전부 당신 차지랍니다. 여기가 당신 방이에요. 마음에 들면 좋겠네요."

그녀가 거리 쪽으로 난 아담하고 안락한 방의 불을 켜고 빌리를 안내했다.

"창문으로 아침햇살이 들어온답니다, 퍼킨스 씨. 퍼킨스 씨 맞죠?"

"아닙니다. 위버예요."

"위버 씨. 멋진 이름이네요. 훈기가 좀 돌라고 시트 사이에 물병을 넣어두었답니다, 위버 씨. 깨끗한 시트와 뜨거운 물병만 있으면 낯선 침대도 참 안락하지요, 안 그래요? 춥다 싶으면 언제든지 가스난로를 켜도 돼요."

"감사합니다. 정말 감사드려요."

장식용 침대 덮개는 사람이 들어가게 좋게 벗겨져 있고 침대보는 한쪽이 단정하게 젖혀져 있는 것이 눈에 띄었다.

여주인이 빌리를 진지하게 바라보며 말했다.

"당신이 와줘서 정말 기뻐요. 슬슬 걱정되던 참이었거든요."

빌리가 밝게 말했다.

"괜찮습니다. 저에 대해서는 걱정 안 하셔도 돼요."

그가 의자에 여행가방을 올리고 짐을 풀기 시작했다.

"저녁은 어떻게 하실래요? 오기 전에 뭘 좀 드셨나요?"

"고맙지만 배가 별로 고프지 않네요. 되도록 빨리 자려고요. 아침 일찍 일어나서 사무실에 보고하러 가야 하거든요."

"좋아요. 그럼, 이만 자리를 비켜드릴 테니 짐을 푸세요. 참,

잠자리에 들기 전에 1층 거실에 잠시 들러서 숙박부를 적어 주겠어요? 우리 지역에서는 그게 법이라서 다들 그렇게 해야 한답니다. 이 단계까지 왔는데 법을 어길 순 없잖아요, 그렇죠?"

그녀가 빌리에게 손을 살짝 흔든 다음 재빨리 나가서 문을 닫았다.

이제 빌리는 집주인이 약간 정신 나가 보인다는 사실이 조금도 걱정되지 않았다. 어쨌거나 그녀는 별로 해 될 것이 없고 – 여기에 대해서는 의문의 여지가 없었다 – 확실히 친절하고 인자한 사람 같았다. 빌리는 아마 전쟁에서 아들을 잃었거나 그 비슷한 일을 겪고 아직 충격에서 벗어나지 못했나보다고 추측했다.

몇 분 후 짐을 풀고 손까지 씻은 빌리가 1층으로 내려가서 거실로 들어섰다. 주인은 없었지만 난로에서 불이 환하게 타올랐고, 작은 닥스훈트는 여전히 그 앞에서 깊이 잠들어 있었다. 거실은 놀랄 만큼 따뜻하고 아늑했다. 난 정말 운이 좋아. 빌리가 손을 비비며 생각했다. 잘 풀리고 있잖아.

빌리가 피아노 위에 펼쳐진 숙박부를 발견하고 펜을 꺼내서 이름과 주소를 적었다. 펼쳐진 페이지에 두 사람의 이름이 적혀 있었는데, 숙박부를 보면 누구나 그러듯 빌리도 그것을 읽기 시작했다. 카디프에서 온 크리스토퍼 멀홀랜드와 브리스틀 출신의 그레고리 W. 템플이었다.

재미있네. 빌리가 불쑥 생각했다. 크리스토퍼 멀홀랜드라. 어디선가 들어본 느낌이었다.

별로 흔치도 않은 이 이름을 도대체 어디서 들어보았을까?

같은 학교 학생이었나? 아니다. 누나의 수많은 애인 중 하나이거나 아버지의 친구분이었을까? 아니, 아니야, 그런 게 아니야. 빌리가 방명록을 다시 내려다보았다.

크리스토퍼 멀홀랜드	카디프 커시드럴 로드 231
그레고리 W. 템플	브리스톨 시커모어 드라이브 27

"그레고리 템플?"

다시 생각하니 두번째 이름도 첫번째만큼 익숙한 느낌이 드는 것 같았다.

빌리가 기억을 더듬으며 소리 내어 말했다.

"크리스토퍼 멀홀랜드……?"

"정말 멋진 청년들이죠."

뒤에서 들리는 목소리에 돌아보니 여주인이 커다란 은색 찻쟁반을 들고 미끄러지듯 들어왔다. 그녀는 찻쟁반이 기운 센 말의 고삐라도 되는 양 멀찍이 떨어뜨려서 약간 높이 들고 있었다.

빌리가 말했다.

"좀 익숙하게 들려서요."

"그런가요? 재밌네요."

"틀림없이 어디선가 들어본 이름이에요. 이상하죠? 신문에서 봤을지도 몰라요. 유명한 사람들은 아닌 것 같은데, 그렇죠? 말하자면 유명한 크리켓 선수나 축구 선수, 뭐 그런 사람들은 아니란 거죠."

여주인이 소파 앞 낮은 탁자에 쟁반을 내려놓으며 말했다.

"유명인이라. 오, 아니에요, 유명했던 것 같지는 않군요. 하지만 믿기 힘들 정도로 잘생겼었죠, 두 사람 다요. 그건 제가 장담해요. 키도 크고 잘생긴 젊은이들이었죠, 꼭 당신처럼 말이에요."

빌리가 숙박부를 다시 내려다보고 날짜를 보며 말했다.

"여기 보세요. 마지막으로 기입한 날짜가 2년도 더 전이네요."

"그런가요?"

"네, 정말이에요. 크리스토퍼 멀홀랜드는 그보다 1년쯤 전이니까…… 3년도 더 됐네요."

"오, 이런."

여주인이 고개를 젓더니 가냘픈 한숨을 우아하게 내쉬며 말을 이었다.

"그런 줄은 몰랐는데. 시간은 정말 날개 돋친 것처럼 날아가지 뭐예요. 안 그런가요, 윌킨스 씨?"

빌리가 말했다.

"위버입니다. 위-버-요."

여주인이 소파에 앉으며 큰소리로 말했다.

"아, 그랬죠! 나도 참 바보 같긴. 사과드릴게요. 한 귀로 듣고 한 귀로 흘린다니까요. 제가 좀 그렇답니다, 위버 씨."

"그런데 정말, 정말 신기한 점이 뭔지 아세요?"

"오, 글쎄요."

"음, 그러니까 두 이름이, 멀홀랜드와 템플이 각각 기억날 뿐만 아니라 말하자면, 뭐랄까, 좀 특이하게도 서로 연관이 있었던 것 같아요. 두 사람이 비슷한 것으로 유명했다든지, 그러니까 제 말은, 그러니까…… 음…… 뎀시와 터니(두 명 모두 유명한 복싱 챔피언—옮긴이)처럼 말이에요. 아니면 처칠과 루스벨트라든지요."

"재미있네요. 그만 이리 와서 여기 소파에 앉아봐요. 잠자리에 들기 전에 맛있는 차랑 생강 비스킷 좀 들어요."

"정말 안 그러셔도 돼요. 이런 것까지 바란 건 아니었어요."

빌리는 피아노 옆에 서서 여주인이 부산스럽게 찻잔이니 찻잔 받침을 챙기는 모습을 보았다. 작고 흰 손은 빠르게 움직였고 손톱은 붉은색이었다.

"분명히 신문에서 본 것 같아요. 금방 생각날 겁니다. 확실해요."

기억의 경계 밖에서 떠오를 듯 말 듯하는 것보다 더 감질나는 것은 없었다. 빌리는 포기하기 싫었다.

"잠시만 기다려보세요. 잠시만요. 멀홀랜드…… 크리스토퍼 멀홀랜드…… 그 이튼 학생 이름 아니었나요? 서쪽에서 도보여행 중이었는데 갑자기……"

"우유 넣을까요? 설탕도?"

"네, 부탁드려요. 그러다가 갑자기……"

"이튼 학생이라고요? 오, 아니랍니다. 절대 그럴 리가 없어요. 우리 멀홀랜드 씨가 우리집에 왔을 때 이튼 학생은 확실히 아니었답니다. 케임브리지 대학생이었죠. 자, 이리 와서 옆에 앉아요. 따뜻한 난롯가에서 몸을 좀 녹여야죠. 어서 와요. 차가 다 준비되었답니다."

그녀가 자기 옆 빈자리를 톡톡 치더니 미소 띤 얼굴로 빌리를 보며 그가 오기를 기다렸다.

빌리가 천천히 방을 가로질러서 소파 끄트머리에 걸터앉았다. 여주인이 빌리 앞 탁자에 찻잔을 놓았다.

"자, 여기 있어요. 얼마나 아늑하고 좋아요, 그렇죠?"

빌리가 차를 홀짝홀짝 마시기 시작했다. 그녀도 똑같이 했다. 30초가량 두 사람 다 아무 말이 없었다. 그러나 빌리는 여주인이 자신을 보는 시선을 느낄 수 있었다. 그녀는 빌리를 향해 몸을 반쯤 돌려 앉았고, 빌리는 얼굴에 닿는 그녀의 시선을, 찻잔 너머로 자신을 바라보는 시선을 느낄 수 있었다. 이따금 독특한 냄새가 느껴졌는데 여주인에게서 풍기는 것 같았다. 불쾌한 냄새는 아니고 무언가 떠올랐지만 무엇인지는 확실하지 않았다. 호두절임? 새 가죽? 아니면, 병원 복도?

마침내 여주인이 입을 열었다.

"멀홀랜드 씨는 차를 정말 좋아했답니다. 사랑스럽고 상냥한 멀홀랜드 씨만큼 차를 많이 마시는 사람은 제 평생 본 적이 없어요."

"떠나신 지 얼마 안 되었나 보군요."

빌리가 말했다. 그는 아직도 머릿속으로 두 이름을 꿰어 맞추고 있었다. 이제 신문에서, 그것도 머리기사에서 보았다는 것까지는 분명했다.

여주인이 눈썹을 찌푸리며 말했다.

"떠나다뇨? 멀홀랜드 씨는 떠나지 않았는걸요. 아직 여기 있답니다. 템플 씨도 그렇고요. 두 분 다 5층에 있답니다, 둘이 같이요."

빌리가 찻잔을 탁자에 천천히 내려놓고 여주인을 빤히 보았다. 그녀도 미소를 지으며 그를 바라보더니 흰 손을 내밀어 안심시키듯 빌리의 무릎을 톡톡 쳤다.

"몇 살이죠?"

"열일곱 살입니다."

"열일곱 살! 아, 완벽한 나이군요! 멀홀랜드 씨도 열일곱 살이었죠. 하지만 당신보다 아주 약간 작았던 것 같아요. 분명 그랬어요. 그리고 치아도 이렇게 희지는 않았죠. 당신 치아는 정말 아름답군요, 위버 씨. 알고 있었어요?"

"보기만큼 멀쩡하진 않습니다. 뒤쪽은 전부 충치라 때웠거든요."

여주인이 빌리의 말을 무시하며 말을 이었다.

"템플 씨는 물론 나이가 약간 더 많았답니다. 사실, 스물여덟 살이었어요. 하지만 본인이 말하지 않았다면 나는 절대 몰랐을 거예요, 꿈도 못 꿨겠죠. 템플 씨의 몸에는 반점 하나 없었답니다."

"뭐라고요?"

"피부가 마치 아기 피부 같았다고요."

정적이 흘렀다. 빌리가 찻잔을 들어 차를 한 모금 더 마시고 조심스럽게 찻잔 받침에 내려놓았다. 그는 여주인이 무슨 말이든 더 하기를 기다렸지만 그녀는 또다시 침묵에 빠진 듯했다. 빌리가 정면의 거실 구석을 바라보면서 아랫입술을 깨물었다.

마침내 빌리가 입을 열었다.

"저 앵무새 말이에요. 사실, 창문 밖에서 처음 봤을 때는 완전히 속았어요. 정말 살아 있는 줄 알았거든요."

"어머, 더이상은 아닌데."

"정말 교묘하게 잘 만든 것 같아요. 전혀 죽은 것 같지 않아요. 누가 했습니까?"

"제가 했죠."

"당신이요?"

"그럼요. 우리 귀여운 바질도 만나보셨겠죠?"

여주인이 불가에 편안하게 몸을 웅크린 닥스훈트를 고갯짓으로 가리켰다. 빌리가 개를 보았다. 그는 지금까지 개 역시 앵무새만큼이나 조용하고 움직임이 없었다는 사실을 불현듯 깨달았다. 빌리가 손을 뻗어 등을 조심스럽게 만져보았다. 딱딱하고 차가운 촉감이었고, 손가락으로 털을 젖히자 습기 없이 완벽하게 보존된 회색빛 도는 검은 피부가 드러났다.

개를 보던 빌리가 고개를 돌려 옆자리에 앉은 자그마한 여자를 찬탄어린 눈으로 바라보며 말했다.

"이런 세상에. 정말 대단하네요. 이런 일은 정말 아주 어려울 텐데요."

"전혀 그렇지 않아요. 저는 귀여운 반려동물이 세상을 떠나면 모두 직접 박제한답니다. 차 한 잔 더 들겠어요?"

"고맙지만 괜찮습니다."

빌리는 차에서 쓴 아몬드맛이 희미하게 나서 별로 마음에 들지 않았다.

"숙박부는 적으셨겠죠?"

"아, 네."

"잘했어요. 나중에 제가 당신 이름을 잊어버리면 언제든 내려와서 찾아보면 되거든요. 지금도 매일 그렇게 한답니다, 멀홀랜드 씨랑 그…… 그……"

"템플 씨요. 그레고리 템플이죠. 저…… 실례되는 질문일지 모르지만, 지난 2, 3년간 그 두 분 외에 다른 손님이 온 적 있나요?"

여주인이 한 손으로 찻잔을 높이 들고 고개를 왼쪽으로 약간 젖힌 채 곁눈질로 빌리를 슬쩍 올려다보며 다시 한번 상냥한 미소를 지었다.

"오, 아니랍니다. 당신밖에 없어요."

탄생과 재앙

Genesis and Catastrophe

실화

"모두 정상입니다."

의사가 말하고 있었다.

"그러니 누워서 좀 쉬세요."

그의 목소리가 저멀리서 들려오는 것 같았다.

"아들입니다."

"네?"

"건강한 아들을 낳으셨어요. 무슨 말인지 아시겠죠? 건강한 아들입니다. 우는 소리 들으셨죠?"

"아기는 괜찮은가요, 선생님?"

"괜찮고말고요."

"좀 보여주세요."

"금방 보게 될 겁니다."

"정말 아기가 괜찮아요?"

"그럼요."

"아직도 울고 있나요?"

"좀 쉬세요. 걱정할 거 하나도 없습니다."

"아기가 왜 울음을 그친 거죠, 선생님? 무슨 일이에요?"

"너무 흥분하면 안 됩니다. 모두 정상이에요."

"아기를 보고 싶어요. 제발 보여주세요."

"부인, 멀쩡하고 튼튼하고 건강한 아기를 낳으셨어요. 이렇게 말해도 못 믿겠습니까?"

의사가 그녀의 손을 다독이며 말했다.

"저기 저 여자가 아기한테 뭘 하는 거죠?"

"당신한테 데려오려고 하는 겁니다. 살짝 씻기는 것뿐이에요. 그러니까 잠시만 기다리세요."

"괜찮다고 장담할 수 있으세요?"

"맹세합니다. 이제 누워서 긴장을 좀 푸세요. 눈을 감고요. 어서, 눈을 감아요. 네 좋아요. 좀 낫군요. 잘했습니다."

"아기를 살려달라고 기도하고 또 기도했어요, 선생님."

"물론 살 겁니다. 무슨 말씀을 하시는 거예요?"

"다른 아이들은 살지 못했어요."

"네?"

"다른 아이들은 하나도 살지 못했어요. 선생님."

의사는 침대 옆에 서서 젊은 여자의 창백하고 지친 얼굴을 내려다보았다. 그녀를 본 것은 오늘이 처음이었다. 여자와 남편은 이 마을에 새로 온 사람들이었다. 분만을 도와주러 온 여관집 주인은 산모의 남편이 국경의 세관 직원이며, 석 달쯤 전에 큰 여행가방 하나와 작은 가방 하나를 들고 여관에 갑자기 나타났다고 말해주었다. 남편은 술주정뱅이예요. 여관집 여주인이 말했었다. 오만하고 위압적이고 약한 사람이나 괴롭히는 주정뱅이죠. 하지만 아내는 상냥하고 신심이 깊어요. 여자는 매우 슬퍼 보였다. 미소를 짓는 법이 없었다. 그들이 이곳에서 지낸 몇 주 동안 여관집 여주인은 여자가 웃는 모습을 한 번도 본 적이 없다고 했다. 또 그녀는 남자의 세번째 아내이며, 첫번째 아내는 죽었고 두번째 아내는 불미스러운 이유로 그와 이혼했다는 소문이 돌았다. 그러나 소문일 뿐이었다.

의사가 몸을 굽혀 환자의 가슴 위로 이불을 끌어당겨 덮어주며 상냥하게 말했다.

"걱정하실 것 하나도 없습니다. 아주 정상적인 아기예요."

"다른 아이들 때도 모두 그렇게 말했는걸요. 하지만 난 아이들을 모두 잃었어요, 선생님. 지난 일 년 반 동안 세 아이를 모두 잃었으니 이렇게 불안해한다고 뭐라 하지 마세요."

"셋이요?"

"이번이 네번째 아이예요. 4년 동안에요."

의사는 양탄자도 깔려 있지 않은 바닥 위에서 불안하게 발걸음을 옮겼다.

"아이 셋을 모두, 하나씩, 천천히 잃는 것이 어떤 건지 모르실 거예요. 저한테는 계속 보여요. 이 침대에, 제 바로 옆에 누워 있는 것처럼 구스타프의 얼굴이 생생하게 보여요. 구스타프는 사랑스러운 아이였어요, 선생님. 하지만 늘 아팠지요. 아이가 아픈데 아무것도 해줄 수 없다는 건 정말 끔찍한 일이에요."

"압니다."

여자가 눈을 뜨고 얼마 동안 의사를 바라보더니 다시 눈을 감았다.

"딸아이 이름은 이다였지요. 크리스마스를 며칠 앞두고 죽었어요. 그게 바로 넉 달 전이에요. 선생님이 이다를 보셨다면 좋았을 텐데."

"이제 또 아기가 태어났잖습니까."

"하지만 이다는 정말 예뻤어요."

"네. 압니다."

"어떻게 아시죠?"

여자가 소리쳤다.

"분명 사랑스러운 아이였겠지요. 하지만 이 아이도 그럴 겁니다."

의사는 침대에서 몸을 돌려 창가로 걸어가 밖을 내다보았다. 4월의 축축한 잿빛 오후였다. 길 건너편으로 빨간 지붕과 그 위로 부서지는 굵은 빗방울이 보였다.

"이다는 두 살이었어요, 선생님. 정말 예뻐서 저는 아침에 옷을 입히는 순간부터 아이가 다시 무사히 잠자리에 들 때까지 눈을 뗄 수가 없었지요. 그 아이에게 무슨 일이 생길지도 모른다는 지독한 걱정 속에 살았어요. 구스타프도 가버렸고, 우리 귀여운 오토도 가버렸으니, 딸아이가 제게 남겨진 전부였거든요. 가끔 밤에 일어나 요람 쪽으로 기어가서 딸아이가 숨을 쉬는지 보려고 입가에 귀를 대보곤 했어요."

"좀 쉬세요."

의사가 침대로 다가오며 말을 이었다.

"제발 좀 쉬세요."

여자의 얼굴은 핏기 없이 창백했고 콧구멍과 입 주변에는 엷고 푸르스름한 빛이 감돌았다. 축축한 머리카락이 몇 가닥 이마에 달라붙어 있었다.

"딸아이가 죽었을 때…… 저는 또 아이를 가진 상태였지요. 아마 4개월은 되었을 거예요. 장례식이 끝나고 저는 소리쳤어요. '이젠 싫어! 낳지 않을 거야! 이제껏 묻은 아이들만으로도 충분해!' 그러자 남편이…… 그 사람이 큰 맥주잔을 들고 손님들 사이를 어슬렁거리다가 갑자기 돌아서서 말했어요. '할말이 있어, 클라라. 좋은 소식이야.' 상상이 되세요, 선생님? 방금 아이를 세번째로 묻었는데 그 사람은 거기 맥주잔을 들고 서서 좋은 소식이 있다고 저에게 말하는 거예요. '오늘 브라우나우로 전근 발령을 받았어. 그러니 당장 짐을 싸도록 해. 새 출발을 하는 거야, 클라라.' 그는 그렇게 말했어요. '새로운 곳에서 새 의사를 만나는 거야……'"

"이제 말씀은 그만하세요."

"선생님이 바로 그 새 의사죠. 그렇죠, 선생님?"

"맞아요."

"그리고 여기는 브라우나우죠."

"그래요."

"전 무서워요, 선생님."

"무서워할 것 없습니다."

"네번째 아이가 살아날 확률이 얼마나 될까요?"

"그런 생각을 하시면 안 됩니다."

"어쩔 수 없어요. 아이들이 이런 식으로 죽는 건 뭔가를 부모에게서 물려받았기 때문일 거예요. 분명 그럴 거예요."

"말도 안 됩니다."

"오토가 태어났을 때 남편이 뭐라고 했는지 아세요, 선생님? 남편은 방으로 들어와서 오토의 요람을 들여다보며 말했어요. '내 자식들은 왜 모조리 이렇게 작고 약한 거야?'"

"그런 뜻이 아니었을 겁니다."

"작은 곤충이라도 관찰하듯이 요람으로 머리를 쑥 집어넣더니 말했어요. '내 말은, 왜 더 나은 표본이 되지 못하는 거냐고. 내 말은 그거라고.' 사흘 후에 오토는 죽었어요. 태어난 지 사흘이 지났을 때 우리는 얼른 오토에게 세례를 해주었고 오토는 그날 저녁에 죽었지요. 그러고 나서 구스타프가 죽었어요. 그뒤에 또 이다가 죽었지요. 전부 죽었어요, 선생님. 그리고 갑자기 집안이 텅 비었어요……"

"지금은 그런 생각 하지 마세요."

"이 아이도 그렇게 작은가요?"

"이 아이는 정상입니다."

"하지만 작은 거 맞죠?"

"약간 작을지도 모르죠. 하지만 작은 아이가 큰 아이보다 더 튼튼합니다. 상상해보세요, 히틀러 부인. 내년 이맘때쯤이면 이 아이는 걸음마를 배우고 있을 겁니다. 얼마나 사랑스럽겠어요?"

그녀는 대답하지 않았다.

"그리고 또 2년 뒤에는 정신이 없을 만큼 끊임없이 말을 해대겠죠. 아이 이름은 정했습니까?"

"이름이요?"

"네."

"모르겠어요. 확실치 않아요. 남편이 남자아이면 아돌푸스라고 짓겠다고 한 것 같은데."

"그러면 다들 아돌프라고 부르겠군요."

"네. 남편은 알로이스랑 비슷하다고 아돌프라는 이름을 좋아해요. 남편 이름이 알로이스거든요."

"멋지군요."

"오, 안 돼요."

그녀가 갑자기 베개에서 몸을 일으키며 소리쳤다.

"오토가 태어났을 때도 사람들이 똑같은 걸 물었어요! 이 아이도 죽을 거예요! 당장 세례를 받게 해주세요!"

"진정하세요."

의사가 다정하게 어깨를 붙잡으며 말했다.

"부인이 틀렸습니다. 틀렸다고 장담할 수 있어요. 그저 내가 호기심 강한 늙은이라 물어본 것뿐입니다. 그게 다예요. 이름에 대해 얘기하길 좋아할 뿐이라고요. 아돌푸스는 정말 좋은 이름 같군요. 내가 제일 좋아하는 이름 중 하나죠. 자 봐요, 저기 아기가 오네요."

여관집 여주인이 큰 가슴 위로 아기를 높이 들고 방을 가로질러 침대로 다가왔다.

"여기 귀여운 왕자님이에요."

그녀가 얼굴을 환히 빛내며 말을 이었다.

"한번 안아볼래요? 옆으로 눕혀줄까요?"

"아기는 단단히 싸주었습니까? 여기 정말 추운데."

의사가 물었다.

"물론 단단히 쌌지요."

아기는 하얀 양모 숄에 단단히 감싸인 채 작은 분홍빛 머리만 나와 있었다. 여관집 여주인이 아기를 침대 위 산모 옆에 조심스레 눕혔다.

"자, 여기 있어요. 이제 누워서 아들 얼굴이나 보면서 쉬어요."

여관집 여주인이 말했다.

"아기가 마음에 들 겁니다. 정말 튼튼한 아기예요."

의사가 미소를 지으며 말했다.

"손이 정말 예쁘네. 저 긴 손가락 좀 봐."

여관집 여주인이 큰소리로 말했다.

그러나 산모는 움직이지 않았다. 고개도 돌리지 않았다.

"얼른요! 애가 물기라도 할까봐 그래요?"

여관집 여주인이 다시 목소리를 높였다.

"무서워서 못 보겠어요. 내가 낳은 아기가 괜찮다는 게 도무지 믿기지 않아요."

"바보 같은 소리 하지 말아요."

산모가 천천히 고개를 돌려 베개 위에 누워 있는 아기의 작고 놀랄 만큼 평온한 얼굴을 바라보았다.

"얘가 내 아기인가요?"

"그럼요."

"오…… 오…… 정말 예뻐요."

의사가 몸을 돌려 탁자로 가서 기구들을 가방에 챙겨넣기 시작했다. 산모는 침대에 누워 아기를 바라보며 미소를 떠올렸다. 그리고 아기를 만져보며 작은 소리로 기쁨의 탄성을 질렀다.

"안녕, 아돌푸스. 안녕, 우리 귀여운 아돌프……"

"쉬잇! 저 소리 들려요? 남편이 오는 것 같은데."

여관집 여주인이 말했다.

의사가 문 쪽으로 걸어가서 문을 열고 복도를 내다보았다.

"히틀러 씨?"

"네."

"들어오십시오."

짙은 초록색 제복을 입은 작은 남자가 조심스레 방안으로 걸어 들어와 주위를 살펴보았다.

"축하합니다. 아들입니다."

의사가 말했다.

프란츠 요제프 황제(19세기 오스트리아의 황제이자 헝가리의 왕—옮긴이)를 흉내낸 남자의 큼지막한 콧수염은 세심하게 다듬어져 있었고 입에서는 맥주 냄새가 강하게 풍겼다.

"아들인가요?"

"네."

"어떻습니까?"

"건강합니다. 산모도요."

"그거 잘됐군요."

아기 아버지는 몸을 돌려 껑충거리는 듯한 이상한 걸음으로 아내가 누워 있는 침대로 갔다.

"그래, 클라라. 좀 어때?"

그가 콧수염 사이로 미소를 지으며 말했다.

남자는 몸을 굽혀 아이를 보았다. 그러고는 다시 몸을 더욱 굽혔다. 그는 기계인형처럼 끊어지는 동작으로 몸을 차츰 더 낮추다가 아기 얼굴에서 30센티미터쯤 떨어지자 갑자기 멈추었다. 아내가 베개를 베고 옆으로 누워 간절히 애원하는 표정으로 남편을 쳐다보았다.

여관집 여주인이 말했다.

"허파가 정말 튼튼하더군요. 세상에, 나오자마자 아기가 어찌나 소리를 지르던지. 꼭 들어봤어야 하는 건데."

"오, 이런, 클라라……"

"왜 그래요, 여보?"

"이 아이는 오토보다도 작잖아!"

의사가 재빨리 몇 걸음 나서며 말했다.

"아기는 아무 이상 없습니다."

남편이 천천히 몸을 일으키더니 침대에서 몸을 돌려 의사를 바라보았다. 당혹과 고통이 교차하는 표정이었다.

"거짓말하실 필요 없습니다, 선생님. 무슨 뜻인지 저도 압니다. 또 지난번과 똑같은 일이 일어나겠지요."

"내 말 잘 들으십시오."

"다른 아이들이 어떻게 됐는지 아십니까, 선생님?"

"다른 아이들은 잊어버리세요, 히틀러 씨. 이 아이는 다르다고 생각하세요."

"하지만 너무 작고 약해요!"

"히틀러 씨, 이제 막 태어난 아기입니다."

"그렇기는 해도……"

여관집 여주인이 끼어들어 소리쳤다.

"그럼 어쩌려고? 아기한테 무덤에 들어가라고 할 거예요?"

"그만해요!"

의사가 날카롭게 말했다.

산모가 울고 있었다. 크게 흐느끼는지 몸까지 떨렸다. 의사가 남편에게 걸어가 어깨에 손을 얹고 속삭였다.

"부인에게 잘해주세요. 부탁입니다. 그게 정말 중요해요."

의사가 남편의 어깨를 꽉 움켜쥐더니 침대맡으로 살짝 밀었다. 남편은 망설였다. 의사가 더 세게 움켜쥐면서 손가락으로 재빨리 신호를 보냈다. 마침내 남편이 마지못해 몸을 굽히고 아내의 볼에 가볍게 입을 맞추었다.

"괜찮아, 클라라. 이제 그만 울어."

"아기를 살려달라고 열심히 기도했어요, 알로이스."

"그래."

"몇 날 동안 매일 교회에 가서 무릎을 꿇고 이 아이는 살려달라고 빌었어요."

"그래, 클라라, 알아."

"아이를 묻는 건 세 번으로 충분해요. 모르겠어요?"

"그래 알아."

"이 아이는 살아야 해요, 알로이스. 반드시, 반드시…… 오 하나님, 제발 이 아이에게 자비를 베풀어주세요……"

돼지

Pig

하나

옛날 옛적에 뉴욕시에서 예쁜 사내아이가 태어났고, 기쁨에 찬 부모는 아이의 이름을 렉싱턴이라고 지었다.

아기 엄마가 렉싱턴을 품에 안고 병원에서 돌아오자마자 아기 아빠에게 말했다.

"여보, 이제 근사한 레스토랑에 데려가줘요. 우리 아들이자 후계자의 탄생을 축하해야죠."

남편이 아내를 다정하게 끌어안고서 렉싱턴처럼 예쁜 아기를 낳은 여자라면 당연히 원하는 곳 어디든 갈 자격이 있다고 대답했다. 하지만 밤늦게 거리를 돌아다닐 만큼 벌써 몸이 회복되었느냐고 물었다.

부인은 그렇지 않다고, 하지만 뭐 어떠냐고 대답했다.

그날 저녁, 부부는 멋진 옷을 차려입고 일당 20달러를 받는 능숙한 스코틀랜드인 유모에게 렉싱턴을 맡긴 다음 시내에서 가장 비싸고 세련된 레스토랑으로 갔다. 두 사람은 커다란 바닷가재 요리를 먹으며 샴페인을 한 병 마셨다. 그런 다음 나이트클럽으로 가서 샴페인을 한 병 더 마시며 몇 시간 동안이나 손을 잡고 앉아서 새로 태어난 사랑스러운 아들이 구석구석 어떻게 생겼는지 떠올리고 이야기 나누며 감탄했다.

부부는 새벽 두시쯤 맨해튼 이스트사이드의 집으로 돌아왔다. 남편이 택시비를 내고 차에서 내린 다음 주머니를 뒤지며 현관 열쇠를 찾기 시작했다. 잠시 후 그는 열쇠가 다른 양복 주머니에 들어 있는 것 같다고 말했다. 그래서 그들은 초인종을 눌러 유모에게 문을 열어달라고 하기로 했다. 남편은 일당 20달러짜리 유모라면 가끔 침대에서 억지로 나와 문을 열어주는 일도 해야 하는 것이라고 말했다.

남편이 초인종을 눌렀다. 두 사람은 기다렸다. 아무 응답이 없었다. 남편이 다시 초인종을 눌렀다. 이번에는 더 길고 더 크게. 그들은 또 잠시 기다렸다. 그런 다음 거리로 몇 발짝 물러나 유모가 머무는 4층 창문을 향해 유모의 이름(맥포틀이었다)을 크게 외쳤지만, 여전히 아무 반응이 없었다. 집은 캄캄하고 조용했다. 부인은 점점 걱정이 되었다. 내 아기가 맥포틀과 단둘이 저기에 갇혀 있는 거야. 그녀가 혼잣말을 했다.

그렇다면 맥포틀은 어떤 사람일까? 부부는 겨우 이틀 전에 그녀를 처음 만났다. 입술이 얇고 작은 눈은 불만스러워 보이며 앞섶에 빳빳하게 풀 먹인 옷을 입은, 이제 보니 걱정스러울 만큼 깊이 잠드는 여자였다. 초인종 소리도 듣지 못하는 여자가 아기 울음소리를 어떻게 들을까? 어쩌면 바로 지금 아기가 숨이 넘어가거나 베개 때문에 숨을 못 쉬고 있을지도 모른다.

"아직 베개는 안 쓰잖아. 지나친 걱정이야. 하지만 정 그렇다면 내가 당신을 안으로 들여보내주지."

샴페인 기운에 호기로워진 남편이 몸을 굽혀 검정 에나멜 구두의 끈을 풀더니 구두코를 잡고 힘껏 던져 1층 식당 창문을 깨뜨렸다.

"자, 됐어. 유리창값은 맥포틀의 월급에서 제하자고."

남편이 웃으며 말했다.

그가 한 걸음 나서서 구멍 난 유리창으로 조심스럽게 손을 넣어 걸쇠를 열고 창문을 올렸다.

"당신 먼저 들어가."

남편이 팔로 아내의 허리를 감아 들어올렸다. 그러자 그녀의 크고 붉은 입술이 그의 입술 바로 앞으로 다가왔고, 그가 그녀에게 키스하기 시작했다. 남편은 경험상 여자들이 몸이 들린 채 다리가 대롱거리는 자세로 키스하기 좋아한다는 사실을 알았기 때문에 꽤 오랫동안 키스를 했다. 아내는 발을 흔들었고 목에서 침을 삼키는 소리가 났다. 마침내 남편이 아내를 돌려 안고 열린 창문을 통해 식당으로 조심스럽게 밀어넣기 시작했다. 바로 그때 경찰차가 이들을 향해 조용히 다가왔다. 차가 30미터쯤 떨어진 곳에 멈춰 서자 아일랜드계 경찰관 세 명이 차에서 내려 권총을 휘두르며 부부를 향해 달려왔다.

"손 들어! 손 들어!"

경찰이 소리쳤다. 그러나 남편이 그 말을 따르려면 아내를 놓아야 했고, 그러면 아내는 바닥에 떨어지든지 반은 나오고 반은 들어간 채로 매달리게 될 텐데, 이는 여자들에게 상당히 불편한 자세였다. 그래서 남편은 용감하게도 부인을 창문 안으로 계속 밀어넣었다. 강도 사살로 훈장을 받은 바 있는 경찰관들이 즉시 사격을 시작했다. 표적으로 치자면 부인은 아주 작았지만 경찰관들은 달리는 와중에도 두 사람 모두 여러 발 맞힐 수 있었다. 어쨌거나 두 사람의 목숨을 앗아가기에는 충분했다.

이렇게 하여 어린 렉싱턴은 태어난 지 12일 만에 고아가 되었다.

둘

결국 경찰관 세 명이 소환장을 받게 만든 이 부부 사망 사건은 부지런한 신문기자들 덕분에 친척들에게 전해졌고, 다음날 아침이 되자 가까운 친척들과 장의사 두 명, 변호사 세 명, 사제 한 명이 각각 택시를 타고 유리창이 깨진 집으로 향했다. 여자 남자 할 것 없이 거실에 모인 사람들은 소파와 안락의자에 둥그렇게 둘러앉아 담배를 피우거나 셰리주를 마시면서 위층의 어린 고아 렉싱턴을 이제부터 어떻게 해야 할지 의논했다.

친척들 중 아무도 아이에게 특별한 책임감을 느끼지 않는다는 사실이 곧 분명해졌고, 의논과 언쟁은 온종일 이어졌다. 다들 렉싱턴을 돌보고 싶은 마음이 너무도 간절해서 참기 힘들 정도이지만 아파트가 너무 작거나, 이미 아이가 하나 있어 다른 아이를 돌볼 여유가 없거나, 여름에 해외로 휴가를 갈 때 그 불쌍한 어린것을 어떻게 해야 할지 모른다거나, 또는 아이를 키우기에는 나이가 너무 많아서 아이가 크면 분명 문제가 될 것이라거나 등등의 이유로 도저히 맡을 수 없다고 말했다. 물론 아기 아버지가 오랫동안 큰 빚에 시달려왔고 집은 장기할부로 산 것이므로 결국 아이에게 돌아갈 유산이 하나도 없다는 사실을 다들 잘 알았다.

사람들은 저녁 여섯시까지도 열심히 다투고 있었다. 그때 고인이 된 아기 아버지의 나이 많은 고모(글로스팬이라는 이름이었다)가 버지니아주에서부터 달려와 모자와 외투도 벗지 않고, 잠시 자리에 앉지도 않고, 마티니나 위스키, 셰리주를 권하는 것도 무시하고 그 자리에 모인 친척들에게 이제부터 갓난아이를 혼자 맡아서 키우겠다고 단호하게 말했다. 게다가 교육을 포함해 모든 재정적 책임도 전부 지겠으니 이제 다들 홀가분한 마음으로 각자의 집으로 돌아가도 된다고 선언했다. 말을 마친 글로스팬 고모가 위층 아기방으로 총총 올라가서 요람에 누운 렉싱턴을 낚아채 두 팔로 꼭 끌어안고서 급히 집을 나서자 친척들은 가만히 앉아 미소 띤 얼굴로 그 모습을 보면서 안심하는 듯했고, 유모인 맥포틀만이 입을 꽉 다문 채 빳빳하게 풀 먹인 앞섶 위로 팔짱을 끼고 못마땅하다는 듯 층계 꼭대기에 뻣뻣하게 서 있었다.

이렇게 하여 렉싱턴은 태어난 지 13일 만에 뉴욕시를 떠나 남부 버지니아주에서 글로스팬 대고모와 함께 살게 되었다.

셋

글로스팬 대고모는 렉싱턴의 후견인이 되었을 때 일흔에

가까웠지만 그녀를 직접 본 사람도 처음에는 나이를 알아차리지 못했을 것이다. 그녀는 실제 나이의 반도 안 된 사람처럼 활기찼고, 작은 얼굴은 주름졌지만 아름다웠으며, 사랑스러운 갈색 눈은 더할 나위 없이 다정하게 반짝였다. 또 글로스팬 대고모는 미혼이었지만 그런 구석이 전혀 없었기 때문에 누구도 그 사실을 알아채기 쉽지 않았을 것이다. 그녀는 절대 냉혹하거나 음울하지 않고, 짜증도 잘 내지 않는데다가, 콧수염도 없었고, 다른 사람을 조금도 질투하지 않았다. 사실 질투심 없는 독신녀나 노처녀는 찾아보기 힘들지만 과연 글로스팬 대고모가 독신녀인 동시에 처녀였는지는 아무도 모르는 일이었다.

그러나 글로스팬 대고모는 특이한 노인이었고, 그것만큼은 의심의 여지가 없었다. 그녀는 가장 가까운 마을에서도 몇 킬로미터 떨어진 블루리지 산비탈 높은 곳의 작은 오두막에서 지난 30년 동안 세상과 동떨어진 삶을 살아왔다. 그녀에게는 5에이커 정도의 목초지와 작은 채소밭, 꽃밭, 암소 세 마리, 암탉 열두 마리, 수평아리 한 마리가 있었다.

이제는 어린 렉싱턴도 생겼다.

글로스팬 대고모는 철저한 채식주의자로, 동물의 살을 먹는 것은 건강에 좋지 않고 역겨울 뿐 아니라 끔찍할 정도로 잔인한 일이라고 생각했다. 그녀는 우유, 버터, 달걀, 치즈, 채소, 견과류, 향채, 과일처럼 사랑스럽고 깨끗한 음식만 먹었고, 자기를 위해 살아 있는 어떤 존재도, 심지어는 새우 한 마리도 도살되지 않는다는 확신에 기뻐했다. 한번은 한창때의 갈색 암탉이 알을 낳다가 숨을 거두자 글로스팬 대고모는 너무나 비통해서 달걀을 먹는 것마저 그만둘 뻔했다.

글로스팬 대고모는 아기에 대해 아무것도 몰랐지만 전혀 걱정하지 않았다. 그녀는 뉴욕역에서 버지니아행 기차를 기다리면서 젖병 여섯 개, 기저귀 스물네 장, 옷핀 한 상자, 가는 동안 먹일 우유 한 팩과 『갓난아이 돌보기』라는 작고 얇은 책을 샀다. 그 이상 뭐가 필요할까? 기차가 출발하자 그녀는 아기에게 우유를 좀 먹이고 기저귀도 그럭저럭 간 다음 자리에 눕혀 재웠다. 그러고 나서 『갓난아이 돌보기』를 처음부터 끝까지 읽었다.

"이제 문제없군. 아무 문제도 없어."

글로스팬 대고모가 책을 창밖으로 던지며 말했다.

그리고 신기하게도 정말로 아무 문제가 없었다. 오두막집으로 돌아오자 모든 일이 더할 나위 없이 매끄럽게 흘러갔다. 어린 렉싱턴은 착한 아기가 그렇듯 우유를 마시고, 트림을 하고, 소리를 지르고, 잠을 잤다. 글로스팬 대고모는 렉싱턴을 볼 때마다 기쁨으로 얼굴을 빛냈고 온종일 아기에게 입맞춤을 퍼부었다.

넷

여섯 살쯤 되자 어린 렉싱턴은 더할 나위 없이 아름다운 소년으로 자라났다. 긴 금발에 눈은 수레국화처럼 짙은 파란색이었다. 렉싱턴은 밝고 활발했으며 닭장에서 달걀을 꺼내오고, 버터 제조기를 돌리고, 채소밭에서 감자를 캐고, 산에서 야생 향채를 찾는 등 대고모를 도와 이런저런 일을 하는 법을 배웠다. 곧 글로스팬 대고모는 렉싱턴의 교육 문제를 생각할 때가 되었다고 느꼈다.

그러나 렉싱턴을 멀리 떨어진 학교에 보낸다고 생각하니 견딜 수가 없었다. 글로스팬 대고모는 렉싱턴을 너무나 사랑했기에 잠시라도 떨어지면 죽을 것만 같았다. 물론 저 아래 마을에 학교가 있었지만 그곳은 정말 끔찍해 보였다. 렉싱턴을 그 학교에 보내면 첫날부터 고기를 억지로 먹일 것이 틀림없었다.

어느 날 렉싱턴이 부엌 의자에 앉아 치즈를 만드는 글로스팬 대고모를 바라보고 있을 때 대고모가 이렇게 말했다.

"얘야, 우리 귀여운 아가, 내가 널 가르치면 안 될 이유도 없지 뭐냐."

아이가 크고 파란 눈으로 그녀를 올려다보더니 마음 깊이 믿는다는 듯 사랑스러운 미소를 지어 보였다.

"그럼요."

"그럼, 네가 제일 먼저 배울 것은 바로 요리란다."

"저도 그게 좋을 것 같아요, 할머니."

"좋든 싫든 어느 정도는 배워야 한단다. 우리 같은 채식주의자는 보통 사람들과 달리 쓸 수 있는 재료가 많지 않거든. 그러니까 채식주의자는 이용 가능한 것을 두 배로 활용하는 전문가가 되어야 해."

"할머니, 우리는 안 먹는데 보통 사람들은 먹는 게 뭐예요?"

"동물이지."

그녀가 역겹다는 듯이 고개를 흔들며 대답했다.

"살아 있는 동물요?"

"아니. 죽은 동물."

아이는 얼마 동안 생각해보았다.

"동물이 죽으면 묻지 않고 먹는다는 말씀이세요?"

"동물이 죽을 때까지 기다리지 않는단다. 동물을 죽이지."

"어떻게 죽여요, 할머니?"

"보통 칼을 가지고 목을 벤단다."

"어떤 동물을요?"

"대부분 암소나 돼지이고, 양도 그렇지."

"암소를! 데이지나 스노드롭이나 릴리 같은 소를 말이에요?"

"바로 그렇단다, 아가."

"하지만 소를 어떻게 먹어요, 할머니?"

"여러 조각으로 잘라서 요리를 하지. 뼈에 붙어 피가 뚝뚝 떨어지는 빨간 고기를 가장 좋아해. 사람들은 피가 스며나오는 소의 살덩이를 가장 좋아한단다."

"돼지도요?"

"무척 좋아하지."

"피가 흐르는 돼지고기 조각이라니. 세상에나. 또 뭘 먹어요, 할머니?"

"닭."

"닭이라고요!"

"수도 없이 먹는단다."

"깃털이랑 전부요?"

"아니, 아니, 깃털은 아니야. 자 이제 밖으로 나가서 할머니에게 골파를 한 다발 가져다주겠니, 아가?"

잠시 후 수업이 시작되었다. 두 사람은 읽기, 쓰기, 지리, 산수, 요리, 총 다섯 과목을 공부했다. 가르치는 사람이나 배우는 사람이나 가장 좋아하는 과목은 요리였다. 어린 렉싱턴이 이 분야에 아주 뛰어난 재능을 가지고 있다는 사실도 곧 드러났다. 렉싱턴은 타고난 요리사였다. 솜씨도 뛰어났고 속도도 빨랐다. 아이는 곡예를 부리듯이 팬을 다루었다. 렉싱턴은 또 글로스팬 대고모가 감자 껍질을 벗기는 것보다 더 짧은 시간 안에 감자를 종잇장처럼 얇게 스무 조각으로 썰었다. 아이의 혀는 극도로 민감해서 향이 강한 양파 수프를 먹어도 조그마한 샐비어 잎 한 장이 들어갔는지 안 들어갔는지 바로 맞혔다. 렉싱턴은 아직 너무 어렸기 때문에 글로스팬 대고모는 약간 당황했고 사실을 말하자면 어떻게 해야 할지도 난감했다. 그러나 그녀는 너무나도 자랑스러워하며 아이의 밝은 앞날을 예측했다.

"내가 늙어서 거동을 못하게 돼도 저렇게 뛰어난 아이가 돌봐줄 테니 얼마나 다행인지."

몇 년이 지난 후 그녀는 부엌에서 영영 물러났고 집안 요리는 렉싱턴이 도맡았다. 아이는 열 살, 글로스팬 대고모는 여든 살이었다.

다섯

부엌을 독차지하게 된 렉싱턴은 곧 음식을 이렇게 저렇게 만들어보며 실험을 하기 시작했다. 이제까지 좋아했던 것들에는 더이상 흥미가 없었다. 아이에게는 새로운 것을 만들고자 하는 강렬한 욕망이 있었다. 렉싱턴의 머릿속에는 신선한 아이디어가 수백 개나 있었다.

"우선 호두 수플레를 만들어봐야겠다."

렉싱턴은 호두 수플레를 만들어 그날 저녁 식탁에 내놓았다. 환상적이었다. 글로스팬 대고모가 의자에서 벌떡 일어나 렉싱턴의 양볼에 입을 맞추며 외쳤다.

"넌 천재야! 네가 역사를 새로 쓸 거야."

그때부터 거의 하루도 빠짐없이 새롭고 맛있는 요리가 식탁에 올랐다. 브라질너트 수프, 말린 옥수수 커틀릿, 야채 라구, 민들레 오믈렛, 크림치즈 튀김, 속을 채운 양배추 요리, 포기지 스튜, 샬롯 아 라 본느 팜므, 톡 쏘는 맛의 비트 뿌리 무스, 말린 자두 스트로가노프, 네덜란드식 치즈 토스트, 터닙스 온 호스백, 플레이밍 가문비나뭇잎 타르트, 이 밖에도 아름다운 작품이 수없이 많았다. 글로스팬 대고모는 평생 이런 음식은 먹어본 적이 없다고 단언했다. 오전이면 그녀는 점심시간이 되기 훨씬 전부터 현관문 앞 흔들의자에 앉아서 입맛을 다시고 부엌 창문을 통해 흘러나오는 향을 맡으며 점심으로 무엇을 먹게 될지 골똘히 생각하곤 했다.

대고모가 큰소리로 물었다.

"오늘은 뭘 만들고 있니, 아가야?"

"맞혀보세요, 할머니."

그녀는 냄새를 열심히 맡으며 이런 식으로 대답했다.

"샐서피 튀김 냄새 같구나."

그러면 열 살짜리 꼬마 렉싱턴이 얼굴에 자랑스러운 웃음을 띠고 손에는 김이 모락모락 나는 커다란 냄비를 들고 나타나는데, 거기에는 파스닙과 러비지로 만든 천상의 스튜가 담겨 있었다.

대고모가 스튜를 게걸스럽게 먹으며 말했다.

"네가 당장 할 일이 있어. 지금 바로 연필과 종이를 들고 요리책을 쓰는 거야."

렉싱턴이 파스닙을 천천히 씹으며 식탁 너머 대고모를 바라보았다.

"안 될 것 없지. 쓰는 법이랑 요리하는 법을 내가 가르쳤으니 이제 두 가지를 한꺼번에 하는 거야. 아가, 요리책을 쓰면 너는 세계적으로 유명해질 거다."

"좋아요. 해볼게요."

바로 그날, 렉싱턴은 그의 일생이 걸릴 기념비적인 작품의 첫 장을 쓰기 시작했다. 제목은 '맛있고 건강한 식생활'이었다.

여섯

7년 후 렉싱턴이 열일곱 살이 되었을 때 그가 적어둔 요리법은 9천 개에 달했는데, 전부 독창적이고 또 전부 맛있는 요리법이었다.

그러나 렉싱턴의 작업은 글로스팬 대고모의 비극적인 죽음으로 갑자기 중단되었다. 대고모가 어느 날 밤 격렬한 발작을 일으켰고, 렉싱턴이 시끄러운 소리를 듣고 달려가보니 대고모가 침대에 누워 소리를 지르고 욕을 하면서 비비 꼬인 매듭처럼 온몸을 뒤틀고 있었다. 정말 끔찍한 광경이었기 때문에 렉싱턴은 잠옷 차림으로 손을 비틀면서 어쩔 줄 몰라 침대 주위를 이리저리 뛰어다녔다. 그러다가 대고모를 진정시키려고 소를 키우는 목초지 연못에서 물을 한 양동이 떠와서 그녀의 머리에 끼얹었다. 그러나 발작은 더 심해졌고 얼마 지나지 않아 대고모는 힘을 다 소진해버렸다.

불쌍한 렉싱턴은 대고모가 죽었는지 확인하려고 몇 번이나 그녀를 꼬집어보면서 말했다.

"정말 너무 끔찍해. 이렇게나 갑자기! 이렇게 순식간에 갑작스럽게 돌아가시다니! 몇 시간 전까지만 해도 아주 멀쩡해 보이셨는데. 이번에 새로 만든 매운 양념 버섯 버거도 즙이 많아 좋다고 하시면서 세 접시나 드셨는데."

대고모를 매우 사랑했던 렉싱턴은 몇 분간 애통하게 운 다음 몸을 추스르고 대고모를 밖으로 옮겨 외양간 뒤에 묻었다.

다음날 대고모의 소지품을 정리하던 렉싱턴은 글로스팬 대고모의 글씨체로 자기 이름이 적힌 봉투를 발견했다. 봉투를 열자 50달러짜리 지폐와 편지가 나왔다. "귀여운 아가"라는 말로 시작하는 편지에는 다음과 같이 쓰여 있었다.

> 네가 생후 13일 이후로 이 산에서 내려간 적이 없다는 것은 나도 알지만, 내가 죽으면 곧장 신발을 신고 깨끗한 셔츠를 입고 마을로 가서 의사를 찾아야 한단다. 가서 내가 죽었다는 사망증명서를 떼어달라고 하렴. 그런 다음 그 증명서를 가지고 뉴욕시에 사는 내 변호사 새뮤얼 주커먼 씨를 찾아가야 해. 그분이 내 유언장 사본을 가지고 있단다. 주커먼 씨가 다 알아서 해주실 거야. 동봉한 돈은 의사에게 가서 증명서를 떼고 뉴욕까지 가는 비용으로 쓰거라. 거기 가면 주커먼 씨가 돈을 더 줄 텐데, 네가 그 돈으로 채식주의자 요리법을 연구해서 모든 면에서 완벽하고 네 스스로 흡족한 대작을 쓴다면 나는 더 바랄 것이 없겠구나.
>
> —사랑하는 너의 대고모 글로스팬

지금까지 뭐든지 대고모가 시키는 대로 따랐던 렉싱턴은 돈을 주머니에 넣고, 신발을 신고, 깨끗한 셔츠를 입고 산을 내려가 의사가 살고 있는 마을로 향했다.

"글로스팬 할머니? 그분이 돌아가셨다고?"

"네, 돌아가셨어요. 저희 집으로 같이 가시면 다시 파서 보여드릴게요."

"얼마나 깊이 묻었니?"

"한 3, 4미터 정도 될 것 같은데요."

"언제 묻었지?"

"여덟 시간쯤 전에요."

"그럼 확실히 돌아가셨겠구나. 자, 여기 증명서다."

일곱

우리의 주인공은 이제 새뮤얼 주커먼 씨를 찾으러 뉴욕으로 출발했다. 렉싱턴은 울타리 밑에서 잠을 자고 딸기나 야생 향채를 먹으면서 걸어서 열엿새 만에 뉴욕에 도착했다.

렉싱턴이 57번 스트리트와 5번 애비뉴 교차로에 서서 주변을 둘러보며 외쳤다.

"정말 멋진 곳이야! 암소나 닭은 아무데도 없고, 할머니처럼 생긴 여자도 없네."

새뮤얼 주커먼 씨로 말하자면, 렉싱턴이 이제껏 본 어떤 사람과도 생김새가 달랐다.

주커먼 씨는 납빛 뺨과 커다란 자홍색 코, 작고 스펀지 같은 몸집을 가진 사람이었는데, 미소를 지으면 신기하게도 입안 여기저기에서 금빛이 반짝였다. 화려한 사무실에서 주커먼 씨가 렉싱턴의 손을 따뜻하게 잡고 흔들며 대고모의 죽음을 축하했다.

"네가 사랑했던 후견인에게 상당한 재산이 있었다는 사실은 알고 있겠지?"

"암소랑 닭 말씀이세요?"

"50만 달러 말이야."

"얼마라고요?"

"50만 달러란다. 모두 네 앞으로 남기셨지."

주커먼 씨가 의자 깊숙이 기대어 앉아 푹신푹신한 배 위로 두 손을 깍지 꼈다. 그러면서 몰래 오른손 집게손가락을 양복 조끼와 셔츠 밑으로 넣어서 배꼽 주변을 긁었다. 이것은 그가 즐기는 행동으로, 특별한 즐거움을 주었다.

"물론 수수료 50퍼센트는 제하겠지만 말이야. 그래도 25만 달러가 남는 셈이지."

"저는 부자군요! 멋진데요! 돈은 언제 받을 수 있나요?"

"글쎄. 넌 운이 좋은 거야. 내가 이쪽 세무서랑 친하니까 상속세나 미납세를 전부 면제해주라고 설득할 수 있을 거야."

렉싱턴이 중얼거렸다.

"정말 친절하세요."

"하지만 물론 누군가에게 사례금을 조금 줘야 하지."

"알아서 해주세요, 주커먼 씨."

"10만 달러면 충분할 것 같군."

"세상에, 너무 많지 않나요?"

"세금 사정관이나 경찰관에게는 절대 돈을 적게 주면 안 돼. 꼭 기억해두렴."

렉싱턴이 유순하게 물었다.

"그러면 얼마나 남지요?"

"15만 달러가 남지. 그런데 장례비용도 내야 해."

"장례비용이라고요?"

"장례업체에 지불해야지. 그 정도는 알고 있겠지?"

"하지만 제가 직접 할머니를 묻었는데요, 주커먼 씨. 외양간 뒤에요."

"물론 그랬겠지. 그래서?"

"장례업체 같은 건 쓰지도 않았다고요."

주커먼 씨가 침착하게 말했다.

"잘 들으렴. 넌 모르겠지만 우리 주에는 장례업체에 돈을 완납하기 전까지 상속자가 유산을 한푼도 받지 못한다는 법 조항이 있어."

"그게 법이란 말씀이세요?"

"물론 법이지. 그것도 아주 훌륭한 법이야. 장례업체는 뛰어난 국가기관이거든. 무슨 수를 써서든 보호해야지."

주커먼 씨는 애국심 넘치는 의사들과 함께 뉴욕에 지점이 아홉 개나 되는 사치스러운 장례업체를 운영했을 뿐 아니라 브루클린의 관 제작 공장과 워싱턴 하이츠의 시체처리사 대학원도 가지고 있었다. 그러므로 죽음을 둘러싼 예식이 주커먼 씨에게는 무척 종교적인 일이었다. 사실 그 모든 일은 그에게 심오한 영향을 미쳤는데, 예수님의 탄생이 상인에게 미치는 영향만큼이나 심오했다.

"너에게 그런 식으로 할머니를 묻어버릴 권리는 전혀 없어. 전혀."

"죄송합니다, 주커먼 씨."

"정말 부당한 일이야."

"하라시는 대로 할게요, 주커먼 씨. 모든 비용을 지불하고 나서 제가 얼마나 받을 수 있는지만 알고 싶어요."

잠시 침묵이 흘렀다. 주커먼 씨는 한숨을 쉬고 얼굴을 찌푸리며 계속해서 배꼽 주변을 손가락 끝으로 몰래 어루만졌다. 그가 환한 금빛 미소를 띠며 제안했다.

"1만 5천 달러 정도? 그 정도면 괜찮은 액수지."

"오늘 오후에 바로 받을 수 있을까요?"

"안 될 것도 없지."

이렇게 하여 주커먼 씨는 출납국장을 불러 소액지급 자금에서 1만 5천 달러를 렉싱턴에게 주고 영수증을 받아두라고 지시했다. 이제 약간이나마 받을 수 있다는 것만으로도 기뻐하게 된 청년 렉싱턴은 돈을 고맙게 받아서 가방에 넣었다. 그러고 나서 주커먼 씨와 따뜻하게 악수를 나누고 그의 도움에 감사를 표한 뒤 사무실을 나섰다.

우리의 주인공이 거리로 나가며 외쳤다.

"이제 내 앞에 온 세상이 펼쳐져 있어! 1만 5천 달러면 책이 완성될 때까지 살 수 있을 거야. 물론 책이 나오면 더 많이 벌겠지."

렉싱턴은 보도에 서서 어느 쪽으로 가야 할지 망설이다가 왼쪽으로 돌아 도시를 바라보며 천천히 길을 따라 내려가기 시작했다.

렉싱턴이 코를 킁킁거리며 말했다.

"정말 메스꺼운 냄새잖아. 못 견디겠어."

그의 섬세한 후각 신경은 부엌에서 나는 맛있는 향만 맡아왔기 때문에 버스에서 뿜어져나오는 디젤 배기가스의 불쾌한 냄새가 그에게는 고문과도 같았다.

"여기에서 빨리 빠져나가야겠어. 이러다간 코를 완전히 망치겠어. 그 전에 우선 뭘 좀 먹어야겠다. 진짜 배고프네."

가련한 소년은 지난 2주 동안 딸기와 야생 향채밖에 먹지 못했기 때문에 그의 배는 든든한 식사를 간절히 바라고 있었다. 말린 옥수수 커틀릿을 먹어야겠어. 아니면 촉촉한 샐서피 튀김이나. 렉싱턴이 속으로 중얼거렸다.

렉싱턴은 길을 건너 작은 식당으로 들어갔다. 식당 안은 따뜻하고 어둡고 조용했다. 요리용 기름과 양배추즙 냄새가 강하게 풍겼다. 손님은 딱 한 명 있었는데, 갈색 모자를 쓰고 음식 위로 몸을 구부리고서 렉싱턴이 들어가도 쳐다보지도 않았다.

우리의 주인공은 구석 자리에 앉아 가방을 의자에 걸었다. 정말 기대되는걸, 그가 속으로 중얼거렸다. 지난 17년 동안 나는 단 두 명, 그러니까 할머니와 내가 만든 요리밖에 먹어보지 못했잖아. 물론 내가 갓난아기일 때 우유를 몇 번 데워준 유모 맥포틀만 뺀다면 말이야. 이제 정말 새로운 요리사의 작품을 맛보겠구나. 운이 좋으면 책 쓸 때 도움이 될 아이디어도 몇 개 얻을 수 있겠지.

어두컴컴한 가게 안쪽에서 종업원이 나와서 렉싱턴의 식탁 옆에 섰다.

"안녕하세요. 커다란 옥수수 커틀릿 주세요. 손잡이가 긴

팬에서 앞뒤를 각각 25초씩 익히고 사워크림을 곁들인 다음 러비지를 약간 뿌려서 갖다주세요. 아, 물론 이 집 요리사만의 독특한 요리가 있다면 기꺼이 그걸로 할게요."

종업원이 고개를 갸웃하더니 손님을 찬찬히 살펴보았다.

"양배추를 곁들인 로스트포크로 하시겠어요? 남은 건 그것밖에 없는데."

"양배추를 곁들인 로스트 뭐요?"

종업원이 바지 주머니에서 더러운 손수건을 꺼내더니 채찍질을 하듯 세게 휘둘러서 펼쳤다. 그러고서 시끄럽고 끈적한 소리를 내며 코를 풀었다.

그가 콧구멍을 닦아내며 말했다.

"드실 겁니까, 말 겁니까?"

"그게 뭔지 전혀 모르겠는데요. 하지만 한번 먹어보죠. 저기, 제가 요리책을 한 권 쓰고 있거든요. 그래서……"

"양배추를 곁들인 로스트포크 하나!"

종업원이 크게 소리치자 어두컴컴한 식당 안쪽에서 어떤 목소리가 대답했다.

종업원이 물러갔다. 렉싱턴은 가방에서 전용 나이프와 포크를 꺼냈다. 여섯 살 때 글로스팬 대고모에게 선물 받은 순은 제품으로, 그때 이후 렉싱턴은 다른 것을 써본 적이 없었다. 그는 음식이 나오기를 기다리면서 부드러운 무명 천조각으로 나이프와 포크를 정성스레 닦았다.

곧 종업원이 두껍고 뜨겁고 넓적하고 칙칙한 흰색 요리가 담긴 접시를 내왔다. 접시가 앞에 놓이자 렉싱턴이 몸을 숙여 열심히 냄새를 맡았다. 그는 콧구멍을 넓게 벌려 벌름벌름 킁킁거리며 냄새를 맡았다.

렉싱턴이 외쳤다.

"정말 천국이군요! 이런 향이라니! 정말 놀라워요."

종업원이 한 걸음 물러나 손님을 주의깊게 살폈다.

우리의 주인공이 전용 나이프와 포크를 움켜쥐며 외쳤다.

"지금까지 이토록 진하고 놀라운 냄새는 맡아본 적이 없어요! 도대체 뭘로 만든 거죠?"

갈색 모자를 쓴 남자가 고개를 들고 두리번거리다가 렉싱턴을 쳐다보더니 다시 먹기 시작했다. 종업원은 다시 주방으로 사라졌다.

렉싱턴은 고기를 작게 조각내서 은 포크로 찍은 다음 먼저 코로 가져가 다시 냄새를 맡았다. 그러고 나서 입안에 쏙 집어넣고서 눈을 반쯤 감고 바짝 긴장한 채 천천히 씹기 시작했다.

"환상적이야! 정말 새로운 맛이잖아. 아, 사랑하는 우리 할머니. 할머니가 지금 여기 있어서 이 놀라운 요리를 같이 맛볼 수 있다면 얼마나 좋을까. 저기요! 당장 와보세요! 물어볼게 있어요!"

깜짝 놀란 종업원이 식당 반대편에서 렉싱턴을 바라보았다. 가까이 다가오기를 망설이는 것 같았다.

렉싱턴이 백 달러짜리 지폐를 흔들며 말했다.

"여기 와서 이야기해주면 이걸 줄게요. 이리 와서 얘기 좀 해주세요."

종업원이 조심스럽게 식탁 쪽으로 와서 돈을 낚아채 얼굴에 바짝 대고 이리저리 뜯어보았다. 그런 다음 재빨리 주머니 속으로 집어넣었다.

"뭘 도와드릴까요, 손님?"

"저기, 이 맛있는 요리를 무엇으로 만들었는지, 정확히 어떻게 만드는지 알려주시면 백 달러 더 드릴게요."

"아까 말씀드렸잖아요. 포크예요."

"포크가 정확히 뭐죠?"

종업원이 그를 물끄러미 바라보며 말했다.

"로스트포크 처음 먹어봐요?"

"아, 제발요. 애태우지 말고 뭔지 얼른 말해줘요."

"돼지예요. 오븐에 넣기만 하면 되죠."

"돼지라고요!"

"포크는 전부 돼지고긴데. 몰랐어요?"

"그러니까, 이게 돼지의 고기란 말이에요?"

"장담하죠."

렉싱턴이 더듬더듬 말했다.

"하지만…… 하지만…… 그럴 리가 없어요. 할머니는, 세상 누구보다도 음식을 잘 알았던 할머니는, 고기란 종류와 상관없이 역겹고, 메스껍고, 끔찍하고, 더럽고, 구역질나고, 지독하다고 했단 말이에요. 하지만 내가 먹은 요리는 확실히 이제껏 먹은 음식 중 가장 맛있는걸요. 도대체 어떻게 된 거죠? 할머니가 메스껍다고 하면 분명 메스꺼운 건데."

"어쩌면 요리하는 방법을 모르셨나보죠."

"그럴 수도 있나요?"

"물론이지요. 돼지고기는 특히 그렇죠. 돼지는 제대로 요리하지 않으면 못 먹어요."

렉싱턴이 외쳤다.

"알았다! 그래서였군요! 요리를 잘못하신 거예요!"

그가 종업원에게 백 달러를 더 주며 다시 말했다.

"주방에 가서 이 고기를 요리한 천재를 만나게 해주세요."

종업원이 즉시 렉싱턴을 주방으로 데리고 갔다. 그곳에서 렉싱턴은 목에 뾰루지가 난, 나이든 요리사를 만났다. 종업원이 말했다.

"이제 백 달러 더 내야 되는데요."

렉싱턴은 너무도 기꺼이, 그러나 이번에는 요리사에게 그

돈을 주었다.

"있잖아요. 사실은 종업원의 말을 들으니 좀 당황스러워요. 제가 방금 먹은 맛있는 요리를 돼지의 살로 만든 것이 확실한가요?"

요리사가 오른손을 들어 목에 난 뾰루지를 긁기 시작했다. 그가 종업원을 보면서 한쪽 눈을 교활하게 깜빡이더니 이렇게 말했다.

"글쎄. 나로서는 그게 돼지의 고기였던 것 같다는 말밖에 할 수가 없는데."

"확실하지는 않단 말인가요?"

"아무도 확신은 못하지."

"돼지가 아니라면 뭔가요?"

요리사가 여전히 종업원을 바라보며 천천히 말을 이었다.

"글쎄. 어쩌면, 그러니까, 인간일 수도 있지."

"사람 말이에요?"

"그래."

"세상에."

"여자일 수도 있지. 남자일 수도 있고. 둘 다 맛은 똑같으니까."

"와, 정말 놀라운 일이군요."

"누구나 살면서 배우는 법이지."

“정말 그러네요.”

“사실은 요즘 도살장에서 돼지고기 대신 그걸 많이 갖다주거든.”

“정말이에요?”

“문제는, 뭐가 뭔지 구별하기가 거의 불가능하다는 거야. 둘 다 맛이 좋거든.”

“제가 방금 먹은 것도 정말 대단하더군요.”

“맛있었다니 다행이군. 하지만 솔직히 말해서 그건 돼지였던 것 같아. 사실, 거의 확실해.”

“정말요?”

“그럼.”

“그렇다면 당신 말이 맞겠지요. 그러면 이제, 자 여기 백 달러 드릴게요, 어떻게 요리하는지 좀 알려주시겠어요?”

요리사가 돈을 주머니에 넣고 돼지고기 뒷다리를 어떻게 요리하는지 장황하게 설명하기 시작했고, 이 대단한 요리법을 하나도 놓치고 싶지 않았던 젊은 렉싱턴은 주방 식탁에 앉아 공책에 빠짐없이 적었다.

요리사가 말을 마치자 렉싱턴이 물었다.

“이게 다예요?”

“다야.”

“하지만 뭔가 조금 더 있겠죠, 물론?”

"우선 아주 좋은 고기로 구해야지. 그러면 반은 끝난 거야. 좋은 돼지를 제대로 잡아야지 안 그러면 어떻게 요리하든 망치게 되거든."

"어떻게 하는지 보여주세요. 내가 보는 앞에서 한번 잡아보세요."

"주방에서 돼지를 잡지는 않아. 방금 먹은 고기는 브롱크스의 정육 공장에서 가져온 거야."

"그럼 거기 주소 좀 알려주세요!"

요리사가 렉싱턴에게 주소를 알려주었고, 우리의 주인공은 두 사람의 친절에 수없이 감사를 표한 다음 밖으로 달려나가 택시를 타고 브롱크스로 출발했다.

여덟

정육 공장은 커다란 4층짜리 벽돌 건물로, 주변에서 사향처럼 달콤하고 진한 냄새가 났다. 정문에 **방문자 상시 환영**이라고 적힌 커다란 표지판이 있었기 때문에 용기를 얻은 렉싱턴은 정문을 지나 건물을 둘러싼 자갈 마당으로 들어갔다. 그는 거기서부터 여러 표지판(**가이드 견학은 이쪽으로**)을 따라서 마침내 본관과 따로 떨어진 작은 골함석 창고(**방문자 대기실**)

에 도착했다. 렉싱턴이 예의바르게 문을 두드리고 안으로 들어갔다.

대기실에는 먼저 온 사람 여섯 명이 기다리고 있었다. 각각 아홉 살과 열한 살쯤 되어 보이는 아들 둘을 데리고 온 뚱뚱한 여성과 신혼여행이라도 온 듯이 보이는 순진하고 젊은 부부가 있었다. 또 길고 하얀 장갑을 끼고 창백해 보이는 여자가 꼿꼿이 앉아서 무릎 위에 손을 포개고 정면을 쳐다보고 있었다. 다들 말이 없었다. 렉싱턴은 이 사람들이 전부 자기처럼 요리책을 쓰는지 궁금했지만 소리 내서 물어보아도 아무도 대답하지 않았다. 어른들은 각자 이해할 수 없는 웃음을 지으며 머리를 흔들었고 두 아이는 미친 사람이라도 보는 것처럼 렉싱턴을 바라보았다.

곧 문이 열리고 어떤 남자가 쾌활해 보이는 분홍빛 얼굴을 내밀며 말했다.

"다음 분 들어오세요."

엄마와 두 아이가 일어나 나갔다.

10분 정도 지나자 아까 그 남자가 돌아왔다.

"다음 분 들어오세요."

신혼여행을 온 듯한 젊은 부부가 벌떡 일어나 그를 따라 나갔다.

새로운 방문자 두 명이 다시 들어와 앉았다. 중년 부부였는데, 부인은 식료품이 담긴 버들가지 바구니를 들고 있었다.

"다음 분 들어오세요."

안내인이 말하자 길고 흰 장갑을 낀 창백한 여자가 일어나 나갔다.

몇 사람이 더 들어와 등받이가 딱딱한 나무 의자에 자리를 잡고 앉았다.

곧 안내인이 돌아왔고, 이번에는 렉싱턴이 나갈 차례였다.

안내인이 마당을 가로질러 본관으로 향하며 말했다.

"따라오세요."

렉싱턴이 껑충껑충 뛰면서 소리쳤다.

"야, 신나는데요! 할머니도 같이 와서 보셨으면 정말 좋았을 텐데."

"저는 준비 과정만 담당합니다. 그다음에는 다른 사람에게 넘기지요."

신이 난 렉싱턴이 말했다.

"알아서 해주세요."

우선 두 사람은 돼지 수백 마리가 돌아다니는 건물 뒤쪽 울타리를 친 넓은 땅으로 갔다.

안내인이 말했다.

"여기서 시작합니다. 돼지들이 저쪽으로 들어가지요."

"어디요?"

안내인이 공장 외벽을 따라 세워진 기다란 목조 우리를 가리키며 말했다.

"바로 저기예요. 족쇄 채우는 우리라고 하지요. 이쪽입니다."

렉싱턴과 안내인이 다가가자 마침 긴 고무장화를 신은 남자 세 명이 돼지 열두 마리를 족쇄 채우는 우리에 몰아넣고 있었기 때문에 다 같이 안으로 들어갔다.

안내인이 말했다.

"이제 족쇄를 어떻게 채우는지 보세요."

안으로 들어가보니 우리는 지붕도 장식도 없고 나무로 만든 건물에 불과했지만 바닥에서 2미터 정도 위에서 갈고리 달린 강철 케이블이 천천히 수평으로 움직이고 있었다. 케이블은 벽을 따라 움직이다가 우리 끝에 다다르면 갑자기 방향을 바꾸어서 뚫린 천장을 통해 수직으로 본관 맨 위층까지 올라갔다.

우리 한쪽 구석으로 내몰린 돼지 열두 마리가 불안한 듯 조용히 서 있었다. 고무장화를 신은 남자 한 명이 벽에서 금속 사슬에 연결된 족쇄를 끌어내려 가장 가까이 있는 돼지 뒤로 다가갔다. 남자는 몸을 굽혀 돼지의 뒷다리에 재빨리 족쇄를 걸었다. 그런 다음 케이블이 지나갈 때 사슬 반대쪽 끝을 케이블 갈고리에 걸었다. 케이블이 계속해서 움직이자 사슬이 팽팽해졌다. 돼지의 다리가 뒤로 잡아당겨져 들리더니 돼지가 질질 끌려가기 시작했다. 그러나 넘어지지는 않았다. 민첩한 돼지였는지 자유로운 세 다리로 균형을 맞춰 이리저리 뛰어다니면서 사슬이 끌어당기는 힘에 맞섰다. 하지만 그렇게 뒤로 계속 질질 끌려가다가 결국 우리 끝에 다다랐다. 이제 케이블이 방향을 바꾸어 수직으로 올라가자 갑자기 다리가 확 당겨진 돼지도 높이 올라갔다. 돼지가 저항하는 새된 소리가 공중에 울려퍼졌다.

렉싱턴이 말했다.

“정말 놀라운 과정이군요. 그런데 위로 올라갈 때 뭔가 부러지는 소리가 들리던데, 그게 뭐죠?”

안내인이 대답했다.

“아마 다리겠죠. 아니면 골반이든지.”

“그건 문제가 되지 않나요?”

“무슨 문제가 되겠어요? 뼈는 어차피 안 먹는데.”

고무장화를 신은 남자들이 나머지 돼지들에게 분주히 족쇄를 채웠고, 돼지는 한 마리씩 움직이는 케이블에 매달려서 큰소리로 저항하며 천장을 향해 높이 올라갔다.

렉싱턴이 말했다.

“이 요리를 하려면 향채를 따는 것만으로는 안 되겠군요. 글로스팬 할머니라면 절대 이런 요리는 안 했을 거예요.”

바로 그때, 마지막 돼지가 하늘 높이 올라가는 모습을 렉싱턴이 쳐다보고 있는데, 고무장화를 신은 남자가 뒤에서 조용히 다가왔다. 그가 렉싱턴의 왼쪽 발목에 족쇄를 걸고 사슬 끝을 움직이는 케이블에 걸었다. 다음 순간, 우리의 주인공은 무슨 일인지 알아채기도 전에 발이 확 당겨졌고 그는 콘크리트 바닥 위를 뒤로 질질 끌려갔다.

렉싱턴이 소리쳤다.

"멈춰요! 다 멈춰요! 다리가 걸렸어요!"

그러나 아무도 그의 말을 듣지 않는 듯했고, 5초 뒤 이 불행한 젊은이는 바닥에서 붕 떠서 거꾸로 매달린 채 물고기처럼 몸부림치며 뚫린 천장을 통해 수직으로 끌려 올라갔다.

렉싱턴이 소리 질렀다.

"도와줘요! 도와주세요! 뭔가 잘못됐어요! 엔진을 멈춰요! 내려주세요!"

안내인은 입에 물고 있던 시가를 빼고 빠른 속도로 올라가는 젊은이를 가만히 올려다볼 뿐 아무 말도 하지 않았다. 고무장화를 신은 남자들은 이미 다음 돼지들을 데리러 밖으로 나가는 중이었다.

우리의 주인공이 계속 소리쳤다.

"구해주세요! 내려줘요! 제발 좀 내려주세요!"

그러나 렉싱턴은 건물 꼭대기에 점점 다가가고 있었다. 꼭

대기에 도착한 케이블은 뱀처럼 구부러져서 벽에 난 커다란 구멍, 문이 달리지 않은 현관 같은 곳을 통해 건물 안으로 들어갔다. 그 문턱에서 렉싱턴을 맞이한 것은 검정 얼룩이 진 노란색 고무 앞치마를 두르고 천국의 문을 지키는 베드로처럼 세상을 내려다보며 선 백정이었다.

렉싱턴은 거꾸로, 그것도 아주 잠깐 남자를 보았을 뿐이지만 그 짧은 순간에도 그의 얼굴에 떠오른 더없이 평화롭고 자비로운 표정이며 눈가의 쾌활한 주름, 입가에 서린 슬픈 듯한 작은 미소, 뺨에 난 보조개가 모두 보였다. 그리고 이 모든 것이 렉싱턴에게 희망을 주었다.

백정이 미소를 지으며 말했다.

"어서 와."

우리의 주인공이 외쳤다.

"빨리요! 저 좀 어떻게 해주세요!"

"기꺼이."

백정이 왼손으로 렉싱턴의 한쪽 귀를 살며시 잡고 오른손을 들더니 아주 능숙한 솜씨로 목정맥을 베었다.

케이블은 계속 움직였다. 렉싱턴도 같이 움직였다. 모든 것이 여전히 거꾸로였고 목에서 뿜어져나온 피가 눈으로 들어갔지만 희미하게나마 주변이 보였다. 렉싱턴은 아주 길쭉한 공간에 들어와 있었다. 저쪽 끝에는 김이 나는 커다란 물솥이 있고 연기에 가려 반밖에 보이지 않는 검은 물체가 기다란 막대를 휘두르며 불가에서 춤을 추듯 이리저리 뛰어다녔다. 케이블이 솥 바로 위까지 움직이게 되어 있고 돼지들이 한 마리씩 끓는 물속으로 떨어지는 것 같았는데, 그중 한 마리는 앞발에 길고 하얀 장갑을 끼고 있는 것처럼 보였다.

우리의 주인공은 갑자기 쏟아지는 졸음을 느꼈지만 튼튼하고 강한 심장이 그의 몸에서 마지막 핏방울을 짜내고 나서야 이 세상을, 더없이 최고였던 이 세상을 지나 다음 세상으로 갔다.

대역전

The Great Switcheroo

그날 저녁, 제리와 사만다 부부의 칵테일파티에는 40명 가까운 손님이 있었다. 언제나와 똑같은 사람들, 똑같은 불쾌함, 똑같이 끔찍한 소음이었다. 상대방에게 아주 가까이 다가가서 소리를 쳐야 말이 들렸다. 많은 사람들이 하얗게 씌운 이를 드러내며 싱긋 웃었다. 대부분은 왼손에 담배, 오른손에 술을 들고 있었다.

나는 아내 메리와 일행들에게서 떨어져나와 구석의 작은 바로 갔다. 그리고 등받이 없는 의자에 앉아서 거실을 바라보았다. 여자들을 관찰하기 위해서였다. 나는 바 레일에 어깨를 기대고 앉아 스카치위스키를 마시면서 술잔 너머로 여자들을 한 명씩 살펴보았다.

내가 자세히 살피는 것은 몸매가 아니라 얼굴이었는데, 얼굴 자체가 아니라 한가운데 자리한 크고 붉은 입이 관심의 대상이었다. 게다가 입 전체가 아니라 오로지 아랫입술만이었다. 최근에 나는 아랫입술이 정말 많은 것을 드러낸다는 결론을 내렸다. 아랫입술은 눈보다 더 많은 것을 말해주었다. 눈은 비밀을 숨기지만 아랫입술은 거의 아무것도 숨기지 않았다. 가장 가까이 서 있는 재신스 윙클먼의 아랫입술을 예로 들어보자. 입술의 주름을, 일부는 평행하고 일부는 방사상으로 뻗는 주름을 살펴보자. 입술 주름 문양은 사람마다 다르므로 입술 자국 정보를 파일로 보관하면 범죄자가 범죄 현장에서 술을 마셨을 때 그 정보로 범인을 잡을 수 있을 것이다. 사람들은 짜증날 때 아랫입술을 빨면서 잘근잘근 씹는데, 바로 지금 마사 설리번이 저멀리서 어리숙한 남편이 주디 마틴슨을 보며 군침을 흘리는 모습을 바라보며 그렇게 하고 있다. 성욕을 느낄 때는 입술을 핥는다. 지니 로맥스가 테드 돌링 옆에 서서 그의 얼굴을 올려다보며 혀끝으로 입술을 핥는 모습이 보인다. 의도적인 행동이었다, 혀가 천천히 나와서 아랫입술 전체를 천천히 축축하게 쓸었다. 테드 돌링이 지니의 혀를 보았는데, 바로 그녀가 바라던 바였다.

나는 거실 전체에 흩어져 있는 아랫입술에서 아랫입술로 시선을 옮기면서 인간이라는 동물의 별로 매력적이지 않은 특징들, 오만, 탐욕, 식탐, 음탕함을 비롯한 모든 것이 저 작고 붉은 피부에 명확히 드러난다는 말이 정말 맞는 것 같다고 생각한다. 그러나 암호를 읽을 줄 알아야 한다. 사람들은 돌출되거나 불룩한 아랫입술이 관능을 나타낸다고 생각한다. 그러나 남자의 경우에는 반쯤 옳은 말이고 여자의 경우에는 아예 틀린 말이다. 여자의 경우에는 가느다란 선을, 아랫입술 윤곽이 날카롭고 가느다란 입술을 찾아야 한다. 색정증이 있으면 아랫입술 중앙 윗부분에 작지만 눈에 겨우 보이는 초승달 모양이 있다.

이 파티를 연 사만다가 바로 그런 여자이다.

사만다가 지금 어디 있지?

아, 저기 있군, 손님에게서 빈 잔을 받고 있다. 사만다가 잔을 채우러 내 쪽으로 다가왔다.

그녀가 말했다.

"안녕, 빅. 혼자예요?"

이 여자야말로 성욕에 미친 귀염둥이야. 내가 생각했다. 하지만 그중에서도 아주 드문 부류지, 아주 철저한 일부일처주의자니까. 결혼도 했고 자기 둥지를 영영 떠나지 않는 일부일처주의자인 동시에 성욕에 미친 귀염둥이지.

게다가 내가 평생 본 중에 가장 도발적인 여자이다.

내가 자리에서 일어나 그녀의 손에 들린 잔을 건네받으며 말했다.

"내가 할게요. 뭐죠?"

사만다가 말했다.

"얼음 넣은 보드카요. 고마워요, 빅."

그녀가 길고 사랑스러운 흰 팔을 바에 올리고 몸을 숙이자 브래지어와이어에 얹힌 가슴이 위쪽으로 몰렸다.

나는 보드카를 따르다가 흘리고 말았다.

"이런."

사만다가 커다란 갈색 눈으로 나를 보았지만 아무 말도 하지 않았다.

내가 말했다.

"내가 닦을게요."

사만다가 다시 채운 잔을 받아들고 멀어졌다. 나는 걸어가는 그녀의 뒷모습을 바라보았다. 검정 바지를 입고 있었는데, 엉덩이 부분이 어찌나 딱 달라붙는지 아주 작은 사마귀나 뾰루지만 있어도 그대로 드러날 것 같았다. 그러나 사만다 레인보는 엉덩이에 흠 하나 없었다. 나는 어느새 아랫입술을 핥고 있었다. 내가 생각했다. 맞아. 난 저 여자를 원해. 저 여자한테 욕정을 느껴. 하지만 시도하는 건 너무 위험하지. 저런 여자한테 접근하는 건 자살행위나 마찬가지야. 우선 첫째, 바로 옆집에 살기 때문에 너무 가깝다. 둘째, 이미 말한 것처럼 사만다는 일부일처주의자다. 셋째, 사만다는 내 아내 메리와 사이가 아주 두텁다. 두 사람은 여자들만의 엉큼한 비밀을 나눈다. 넷째, 사만다의 남편 제리는 나와 아주 오래전부터 절친한 친구이고, 아무리 나, 빅터 해먼드라고 해도, 아무리 내가 욕정으로 몸부림치고 있다 해도, 믿음직하고 오랜 친구의 아내를 유혹하는 일은 꿈도 꿀 수 없다.

다만……

그 순간, 내가 의자에 앉아서 사만다 레인보를 탐닉하던 바로 그때, 흥미로운 아이디어가 뇌의 한가운데로 조용히 스며들기 시작했다. 나는 아이디어가 점점 발전하도록 가만히 놔두었다. 그리고 거실 건너편 사만다를 지켜보면서 이 아이디어에 그녀를 끼워맞추기 시작했다. 아, 사만다, 내 화려하고 풍만하고 귀여운 보석, 난 당신을 가져야겠어.

그러나 그렇게 정신 나간 장난을 치고도 무사하기를 진심으로 바랄 수 있을까?

아니다, 백만 번의 밤이 지나도 불가능한 일이다.

제리가 동의하지 않는 한 그런 일은 시도조차 할 수 없다. 그러니 생각해봐야 무슨 소용일까?

사만다는 5미터 정도 떨어진 곳에 서서 길버트 매키시에게 이야기하고 있었다. 오른손 손가락이 길쭉한 잔을 감싸고 있었다. 손가락이 저렇게 기니까 분명 솜씨도 좋을 것이다.

제리가 동의한다고 재미삼아 가정하더라도 여전히 거대한

장애물이 있었다. 예를 들어, 신체적 특징이라는 사소한 문제가 있었다. 나는 클럽에서 테니스를 치고 샤워를 할 때 제리를 여러 번 보았지만, 지금은 아무리 애를 써도 필요한 부분이 떠오르지 않았다. 자주 눈에 띄는 부분은 아니었다. 보통은 그 부분을 보지도 않는다.

어쨌든, 제리에게 노골적으로 그런 제안을 하는 것은 미친 짓이었다. 내가 제리를 그렇게까지 잘 안다고 할 수는 없었다. 어마어마한 충격을 받을지도 몰랐다. 공격적으로 나올지도 몰랐다. 보기 흉한 장면을 연출할 수도 있다. 그러므로 나는 더 미묘한 방식으로 제리를 시험해야 한다.

"그거 알아?"

한 시간쯤 뒤, 제리와 같이 소파에 앉아서 마지막 잔을 마실 때 내가 말을 꺼냈다. 손님들은 흩어지고 있었고 사만다는 문가에 서서 손님들에게 작별인사를 하고 있었다. 아내 메리는 테라스에서 밥 스웨인에게 이야기하고 있었다. 열린 프렌치윈도를 통해서 그녀가 보였다.

내가 소파 옆자리에 앉은 제리에게 말했다.

"웃긴 이야긴데 말이야."

제리가 나에게 물었다.

"뭐가 그렇게 웃긴데?"

"오늘 점심을 같이한 친구가 기상천외한 이야기를 해주더군. 믿을 수가 없는 얘기야."

"무슨 얘긴데?"

제리는 위스키 때문에 슬슬 졸리기 시작했다.

"이 사람이, 내가 점심을 같이 먹은 사람 말이야, 근처에 사는 친구의 아내한테 엄청난 욕정을 느꼈대. 게다가 그 친구도 이 남자 아내한테 똑같은 욕정을 느꼈다는군. 무슨 말인지 알겠어?"

"근처에 사는 두 친구가 서로의 아내에게 성적 매력을 느꼈다는 거잖아."

"정확해."

"그럼 아무 문제 없네."

"아주 큰 문제가 있었지. 아내들은 둘 다 아주 바르고 정숙했거든."

"사만다도 그렇지. 다른 남자는 쳐다도 안 볼 거야."

"메리도 그래. 훌륭한 여자야."

제리가 잔을 비우고 소파 탁자에 조심스레 내려놓으며 말했다.

"그래서 어떻게 됐어? 야한 얘기 같은데."

"어떻게 됐느냐면, 난잡한 두 친구가 계략을 꾸며서 아내들을 속이고 서로의 아내를 가졌대. 그 말을 믿을 수 있다면 말이야."

"클로로포름을 썼단 말이야?"

"전혀 아니야. 의식은 온전했어."

"말도 안 돼. 자네를 놀리는 거야."

"아닌 것 같아. 나한테 말하는 투도 그렇고, 자세한 내용도 다 들었는데 꾸며낸 말 같지는 않아. 거짓말은 절대 아닌 것 같아. 게다가 한 번만 한 것도 아니래. 몇 달 동안 2, 3주에 한 번씩 그러고 있다는군!"

"부인들은 모르고?"

"전혀 모르지."

"무슨 얘긴지 들어봐야겠군. 우선 술이나 한 잔 더 하자고."

우리는 거실을 가로질러 바에 가서 잔을 채운 다음 소파로 돌아왔다.

"잊지 말아야 할 건, 먼저 세심한 준비와 리허설이 필요했다는 거야. 계획이 통하려면 은밀하고 자세한 이야기를 수없이 많이 나누어야 했지. 하지만 계획의 본질은 단순했어.

두 사람은 하룻밤을 정했지. 예를 들어서 토요일이라고 해 봐. 토요일 밤에 각 부부는 평소처럼 잠자리에 드는 거야. 말하자면 열한시나 열한시 반에 말이야.

그리고 평소랑 똑같이 해. 책을 조금 읽을 수도 있고, 얘기도 좀 하고, 그런 다음 불을 끄는 거지.

남편은 즉시 돌아누워서 잠든 척해. 아내가 치근덕거리지 않도록 선수를 치는 거야. 이 단계에서는 절대 그런 분위기로 흘러가면 안 되거든. 그렇게 해서 아내도 잠들어. 하지만 사실 남편은 깨어 있었지. 지금까지는 아주 좋아.

그런 다음 정확히 오전 한시에, 아내들이 푹 잠든 뒤에, 남편이 침대에서 조용히 빠져나와서 침실 슬리퍼를 신고 파자마 차림으로 아래층으로 내려가. 현관문을 열고 밤거리로 나가는 거지, 문이 닫히지 않게 조심하면서 말이야.

두 사람의 집은 길을 사이에 두고 거의 마주보는 위치였어. 교외의 조용한 동네니까 그 시간에는 거의 아무도 없지. 파자마 차림의 두 남자는 사람들의 눈을 피해서 길을 건너 서로를 지나쳐서 각자 다른 집, 다른 침대, 다른 여자 곁으로 갔어."

제리는 내 말을 신중하게 들었다. 술 때문에 눈이 약간 번득였지만 한마디 한마디 빠짐없이 듣고 있었다.

"그다음 단계는 아주 철저하게 준비했어. 상대방의 집안을 자기 집만큼 잘 알았지. 어둠 속에서 길을 찾아서 가구에 부딪치지 않고 위층으로 올라가는 법을 이미 알고 있었어. 어디서부터 계단인지, 위층까지 총 몇 단인지, 몇번째 계단이 삐걱거리고 어느 계단이 멀쩡한지 속속들이 알았지. 여자가 위층 침대 어느 쪽에서 자고 있는지도 알았어.

두 남자는 슬리퍼를 벗어서 복도에 놔두고 맨발에 파자마

차림으로 계단을 올라갔어. 내 친구 말에 따르면 이때가 정말 흥분된대. 어둡고 조용한 남의 집에 들어간 거잖아. 부부 침실로 가는 길에 항상 문을 살짝 열어두는 아이방을 적어도 세 개는 지나쳐야 하지."

제리가 외쳤다.

"아이들이라고! 세상에, 하나라도 깨서 '아빠, 거기 아빠예요?' 그러면 어떻게 해?"

"다 생각해놨지. 그런 일이 발생하는 즉시 비상조치에 들어가. 남자가 방에 몰래 들어갔을 때 아내가 깨서 '여보, 무슨 일이에요? 왜 돌아다녀요?'라고 말해도 마찬가지야. 역시 비상조치가 시작돼."

"비상조치가 뭔데?"

"간단해. 즉시 아래층으로 내려가서 밖으로 나가 자기 집 초인종을 울리는 거지. 상대방한테 신호를 보내는 건데, 그럴 경우에는 상대방도 뭘 하고 있었든 즉시 전속력으로 내려와서 집주인을 들여보내고 자기는 나가야 돼. 그러면 각자 자기 집으로 재빨리 돌아갈 수 있어."

"그런 다음 개망신을 당하고 말이지."

"절대 아니야."

"초인종이 울리면 가족들이 다 깰 거 아냐."

"당연하지. 그러면 남편이 파자마 차림으로 위층으로 돌아가서 이렇게 말하는 거야. '이 말도 안 되는 시간에 대체 누가 초인종을 울렸나 보고 왔어. 아무도 없더라. 술 취한 사람이었나봐.'"

"다른 친구는? 부인이나 아이가 말을 걸었더니 갑자기 아래층으로 달려내려간 이유를 어떻게 설명해?"

"이렇게 말하는 거야. '밖에서 누가 돌아다니는 소리가 들려서 잡으려고 나갔는데 놓쳐버렸어.' 아내가 초조하게 묻겠지. '정말 누가 있었어?' 그러면 이렇게 대답하는 거야. '당연히 있었지. 길을 따라서 달려가더군. 빌어먹게 빠르더라고.' 그러면 남편은 정말 용감하다며 따뜻한 칭찬을 받겠지."

"그래. 거기까지야 쉽지. 지금까지는 전부 계획을 잘 짜고 타이밍만 잘 맞으면 되는 문제였어. 하지만 두 남자가 서로의 아내가 누워 있는 침대에 진짜로 들어간 다음에는 어떻게 되지?"

"바로 시작해."

"부인이 자고 있잖아."

"알아. 그러니까 아주 부드러우면서도 능숙한 전희부터 바로 시작하는 거야. 두 여인이 잠에서 완전히 깼을 때는 방울뱀처럼 달아오른 상태인 거지."

"말도 하면 안 되겠군."

"한마디도 안 돼."

"좋아, 그래서 아내들이 깼다고 쳐. 그러면 손을 움직이겠지. 우선 체형이라는 단순한 문제는 어떻게 해? 남편과 다른 남자의 차이 말이야. 키랑 몸매가 다를 거 아냐. 두 사람이 신체적으로 완전히 똑같다는 말은 아니겠지?"

"당연히 똑같진 않지. 하지만 두 사람은 키나 체격이 거의 비슷했어. 필수 조건이었지. 두 사람 다 깔끔하게 면도를 했고 머리숱도 대충 비슷했대. 그 정도로 비슷한 사람은 흔해. 예를 들어 자네랑 나를 보라고. 우리도 키랑 체격이 거의 비슷하잖아, 안 그래?"

"그런가?"

"자네 키가 몇이지?"

"183센티미터."

"난 180센티미터야. 3센티미터 차이군. 몸무게는 몇이야?"

"85킬로그램."

"난 83킬로그램이야. 2킬로그램 정도래봤자 얼마 안 되잖아?"

정적이 흘렀고, 제리는 프렌치윈도를 통해 내 아내 메리가 서 있는 테라스를 내다보았다. 메리는 아직도 밥 스웨인과 이야기중이었는데, 머리카락이 저녁 햇살을 받아 반짝였다. 메리는 가슴이 크고 피부색이 가무잡잡한, 아름다운 여자였다. 나는 제리를 보았다. 그의 입에서 혀가 나오더니 아랫입술 표면을 따라 미끄러졌다.

제리가 여전히 메리를 보며 말했다.

“자네 말이 맞는 것 같아. 체격이 거의 비슷하군, 자네랑 나랑.”

고개를 돌려서 다시 나를 보는 제리의 양쪽 뺨에 붉은 장미가 작게 피어올랐다. 그가 말을 이었다.

“얘기 계속해봐. 다른 부분은 어떻게 해?”

“얼굴 말이야? 깜깜하니까 얼굴은 안 보이지.”

“얼굴 얘기가 아니야.”

“그러면 무슨 얘긴데?”

“성기 말이야. 그게 중요하잖아, 안 그래? 설마 자네 그게 안 중요하다고……”

“맞아. 포경수술 여부만 똑같으면 사실 별문제 없어.”

“정말 모든 남자들의 성기가 비슷한 크기라고 말하려는 거야? 그렇진 않잖아.”

“나도 알아.”

“거대한 사람도 있고 자그마한 사람도 있어.”

“예외야 항상 존재하지. 하지만 1센티미터 정도나 차이 날까, 사실상 거의 똑같은 남자들이 얼마나 많은지 알면 자네도 깜짝 놀랄걸. 내 친구 말에 따르면 90퍼센트는 평범하대. 10퍼센트만 눈에 띄게 크거나 작고.”

"못 믿겠어."

"언제 한번 확인해봐. 경험 많은 여자한테 물어보라고."

제리가 위스키를 길게 천천히 한 모금 마셨고, 그의 눈은 다시 술잔 너머로 테라스의 메리를 보고 있었다.

"나머지는?"

"문제없어."

"문제없긴, 젠장. 이게 왜 꾸며낸 이야기인지 내가 말해줘?"

"말해봐."

"부부가 결혼을 해서 몇 년 지나면 정해진 절차 비슷한 게 생긴다는 건 누구나 알잖아. 그럴 수밖에 없어. 세상에, 새로운 파트너가 끼어들면 바로 알아차릴걸. 자네도 잘 알 거 아냐. 스타일이 전혀 다른 사람이 갑자기 끼어들었는데 여자가 눈치채지 않기를 바랄 순 없어, 아무리 몸이 달아올라도 말이야. 수상한 낌새를 바로 알아차릴 거야!"

"정해진 절차는 따라 할 수 있어. 미리 세세한 부분까지 전부 다 설명하면 돼."

"지나치게 개인적인 부분인데."

"이 일 자체가 개인적이야. 그러니까 두 사람이 각자 자기 이야기를 해주는 거지. 평상시에 어떻게 하는지 정확하게 이야기하는 거야. 다 말해야 돼. 어떤 역할을 하는지, 어떻게 하는지. 정해진 절차를 처음부터 끝까지 전부 다 말이야."

"세상에."

"두 사람 모두 새로운 역할을 배워야 했어. 사실상 배우가 돼야 했지. 상대방이라는 인물을 연기하는 거야."

"그렇게 쉽진 않겠군."

"전혀 문제없대, 내 친구 말에 따르면 말이야. 딱 하나 조심해야 할 건 분위기에 휩쓸려서 즉흥 연기를 하지 않는 거야. 지문을 아주 신중하게 따르면서 반드시 지켜야 돼."

제리가 술을 한 모금 더 마시면서 테라스의 메리를 한 번 더 보았다. 그런 다음 잔을 들고 소파에 기대어 앉았다. 그가 말했다.

"그 두 사람이 진짜로 해냈다는 거야?"

"내 생각엔 그래. 아직도 하는 중이고. 3주에 한 번 정도."

"기상천외한 이야기군. 게다가 실행에 옮기기에는 지나치게 위험하고 미친 짓이지. 걸리면 어떤 지옥이 펼쳐질지 상상해봐. 즉시 이혼이야. 그것도 두 건의 이혼이지. 거리 양쪽에서 말이야. 그럴 만한 가치는 없어."

"배짱이 두둑해야 돼."

"파티가 끝났군. 다들 빌어먹을 자기 아내랑 집으로 돌아가고 있어."

나는 더이상 아무 말도 하지 않았다. 우리는 몇 분 동안 자리에 앉아서 술을 마셨고, 그동안 손님들이 복도로 어슬렁어슬렁 걸어가기 시작했다.

제리가 불쑥 물었다.

"좋았다던가? 자네 친구 말이야."

"정말 좋았다더군. 위험 부담이 있으니 평범한 쾌락 하나하나가 백 퍼센트는 더 강렬해지더래. 세상에서 제일 좋은 방법이라고 장담하던데? 여자한테는 비밀로 남편인 척 연기하는 거 말이야."

그때 메리가 프렌치윈도를 통해 밥 스웨인과 함께 들어왔다. 그녀는 한 손에 빈 잔을, 한 손에 불꽃처럼 붉은 동백꽃을 들고 있었다. 테라스에서 동백을 딴 것이다.

메리가 마치 권총을 겨누는 것처럼 꽃으로 나를 겨냥하며 말했다.

"내가 다 봤어. 10분 동안 거의 쉬지도 않고 말하던데? 이 사람이 무슨 이야기 했어요, 제리?"

제리가 싱긋 웃으며 말했다.

"야한 이야기요."

"술 마시면 꼭 그런다니까요."

"좋은 이야기였어요. 하지만 절대 불가능한 얘기죠. 언제 한번 들어보세요."

"난 야한 이야기 별로예요. 가요, 빅. 이제 갈 시간이야."

제리가 메리의 근사한 가슴에 시선을 고정한 채 말했다.

"좀더 있다가 가요. 한잔 더 하죠."

"고맙지만 괜찮아요. 애들이 저녁을 달라고 소리를 지르고 있을 거예요. 정말 멋진 시간이었어요."

제리가 소파에서 일어나며 말했다.

"잘 자라는 입맞춤도 안 해주려고요?"

그가 메리의 입술을 향해 다가갔지만 그녀가 얼른 고개를 돌리는 바람에 빰 끄트머리에 겨우 닿았을 뿐이다.

"저리 가요, 제리. 당신 취했어요."

"안 취했어요. 힘이 불끈불끈 넘칠 뿐이죠."

메리가 날카롭게 쏘아붙였다.

"나한테는 그러지 마요. 난 그런 얘기 싫어해요."

그녀가 공성 망치 같은 가슴을 내밀고 거실을 가로질러 걸어갔다.

내가 말했다.

"이만 가볼게, 제리. 파티 즐거웠어."

메리는 무척 침울한 표정으로 복도에서 나를 기다리고 있었다. 사만다도 복도에서 마지막 손님들에게 작별인사를 하는 중이었다. 솜씨 좋은 손가락과 매끄러운 피부, 매끄럽고 위험한 허벅지를 가진 사만다.

그녀가 하얀 이를 드러내며 말했다.

"기운 내요, 빅."

사만다는 천지창조, 이 세상의 시작, 첫 아침 같았다. 그녀가 그 손가락으로 내 몸속을 휘저으며 말했다.

"잘 자요, 사랑스러운 빅."

나는 메리를 따라 밖으로 나갔다. 메리가 물었다.

"기분은 괜찮아?"

"응. 기분 나쁠 게 뭐 있어?"

"당신만큼 술을 마시면 누구든 구역질이 날 거 같은데."

우리집과 제리의 집 경계에는 우거진 산울타리가 있고 그 사이에 우리가 늘 드나드는 틈이 있었다. 메리와 나는 말없이 산울타리 틈을 통과했다. 집으로 들어가자 메리는 산더미 같은 스크램블드에그와 베이컨을 만들었고, 우리 부부는 아이들과 함께 저녁을 먹었다.

식사가 끝나고 내가 밖으로 나왔다. 여름 저녁은 청명하고 시원했고 나는 달리 할 일이 없었기 때문에 앞뜰 잔디를 깎기로 했다. 내가 헛간에서 잔디깎이를 꺼내 시동을 걸고 오래전부터 늘 그랬듯 그 뒤에 서서 왔다갔다하기 시작했다. 나는 잔디를 깎는 것이 좋았다. 잔디를 깎으면 마음이 차분해졌고, 한쪽 방향으로 갈 때는 사만다의 집을 물끄러미 바라보고 반대쪽 방향으로 갈 때는 사만다에 대해 생각할 수 있었다.

10분쯤 잔디를 깎고 있는데 제리가 산울타리 틈으로 어슬렁어슬렁 걸어나왔다. 그는 주머니에 손을 넣고 파이프 담배를 피우면서 잔디밭 가장자리에 서서 나를 바라보았다. 내가 제리 앞으로 가서 섰지만 모터는 끄지 않았다.

제리가 말했다.

"어이, 친구. 어때?"

"핀잔을 들었지. 자네도 그랬잖아."

"당신 아내 말이야. 정말 말도 안 되게 새침하고 까다롭다니까."

"나도 알아."

"우리집에서 나한테 창피를 주다니."

"그 정도는 아니었지."

제리가 살짝 미소를 지으며 말했다.

"그걸로 충분했어."

"뭐가?"

"내가 작은 복수를 결심하기에 충분했다고. 점심때 친구한테 들었다는 그 일을 우리도 해보자고 내가 제안하면 어떻게 할래?"

제리가 이렇게 말하는 순간 내가 어찌나 흥분했던지 창자가 입 밖으로 튀어나올 것만 같았다. 나는 잔디깎이 손잡이를 꽉 잡고 엔진 회전 속도를 높였다.

제리가 물었다.

"내가 말을 잘못 꺼낸 건가?"

나는 대답하지 않았다.

"있잖아, 말도 안 되는 생각 같으면 내가 한 말은 잊어버려. 나한테 화난 건 아니지?"

"화 안 났어, 제리. 그냥, 우리가 그런 일을 한다는 생각이 내 머리에는 한 번도 안 떠올라서 말이야."

"내 머리에는 떠올랐지. 완벽한 환경이야. 우린 길을 건널 필요도 없잖아."

제리의 얼굴이 갑자기 환해지더니 눈이 두 개의 별처럼 빛났다. 그가 말을 이었다.

"어쩔래, 빅?"

"생각중이야."

"자네 눈에는 사만다가 별로 매력적이지 않을 수도 있겠군."

"솔직히 나도 모르겠어."

"사만다는 아주 재미있어. 그건 보증하지."

그때 메리가 포치로 나오는 모습이 보였다.

"메리가 나왔어. 애들을 찾고 있군. 내일 좀더 이야기하지."

"그럼, 하는 거지?"

"그럴 수도 있고. 제리, 하지만 서두르지 않는 게 조건이야. 일을 시작하기 전에 먼저 아무 문제가 없는지 철저히 확인하고 싶어. 제길, 그건 듣도 보도 못한 신세계잖아!"

"아니지! 자네 친구가 정말 재미있다고 했다며. 쉽다고 했잖아."

"아, 맞다. 내 친구. 그거야 그렇지만. 경우는 각자 다 다르잖아."

나는 잔디깎이의 엔진 속도를 높이고 잔디를 윙윙 깎으며 제리와 멀어졌다. 반대편에 도착해서 뒤로 돌자 제리는 이미 산울타리 틈을 통과해서 현관문을 향해 걸어가고 있었다.

그로부터 약 2주 동안 제리와 나는 고도의 계략을 꾸몄다. 우리는 술집이나 식당에서 은밀하게 만나 전략을 의논했고, 가끔은 제리가 일이 끝난 후 내 사무실에 들러 둘이서 문을 닫아놓고 계획을 짰다. 미심쩍은 부분이 생길 때마다 제리는 항상 "자네 친구는 어떻게 했지?"라고 물었고 나는 "그건 내가 전화해서 물어볼게"라는 말로 시간을 벌었다.

수많은 회의와 수많은 의논 끝에 우리는 다음과 같은 주요 사항에 동의했다.

1. 실행일은 토요일이다.
2. 실행일 저녁에 우리는 각자의 아내를 데리고 넷이서 함께 근사한 저녁을 먹으러 나간다.
3. 제리와 나는 일요일 새벽 한시 정각에 집에서 나와 산울

타리 틈에서 만난 다음 각자 이동한다.

4. 우리는 새벽 한시까지 침대에 누워서 기다리는 대신 아내가 잠들자마자 아래층 부엌으로 조용히 내려가서 커피를 마신다.

5. 비상사태가 생기면 현관 초인종을 누른다.

6. 각자의 집으로 돌아가면서 산울타리에서 엇갈리는 시간은 새벽 두시로 정한다.

7. 상대방의 침대에 들어가 있을 때 (혹시라도) 여자가 질문을 하면 반드시 입술을 꽉 다문 채 "으흠"이라고 대답한다.

8. 나는 제리와 똑같은 냄새를 풍기도록 즉시 담배를 끊고 파이프 담배를 피운다.

9. 두 사람 모두 같은 브랜드의 헤어오일과 애프터셰이브 로션으로 즉시 바꾼다.

10. 두 사람 다 평소 손목시계를 차고 잠자리에 들고 시계 모양도 같으므로 시계는 바꾸지 않는다. 우리 둘 다 반지는 끼지 않았다.

11. 두 사람에게 아내가 자기 남편이라고 믿게 만들 평소와 다른 부분이 있어야 한다. 따라서 우리는 "반창고 작전"을 세웠다. 다음과 같다. 실행일 저녁, 저녁식사를 끝내고 집으로 돌아오자마자 남편은 부엌으로 가서 치즈를 한 조각 자르고, 오른손 검지 끝에 커다란 반창고를 조심스럽게 붙인

다. 그런 다음 아내에게 손가락을 보여주며 말한다. "손가락을 베었어. 별건 아냐, 피만 조금 났어." 나중에 남자들이 상대방의 침대에 들었을 때 여자가 남자의 손가락에 반창고가 붙어 있음을 인식하면(남자가 반드시 인식시켜야 한다) 즉시 자기 남편을 떠올릴 것이다. 이것은 심리적으로 무척 중요한 책략으로, 여자의 마음에 떠오를지도 모를 작은 의심을 가라앉히기 위해 계산된 것이다.

기본 계획은 이 정도였다. 그다음은 우리가 공책에 "공간배치에 익숙해지기"라고 적은 단계였다. 먼저 제리가 나를 가르쳤다. 사만다와 아이들이 외출한 어느 일요일 오후, 제리가 자기 집으로 나를 불러서 세 시간 동안 훈련을 시켰다. 내가 두 사람의 침실에 들어가는 것은 처음이었다. 화장대에 사만다의 향수와 브러시, 온갖 소지품이 놓여 있었다. 스타킹은 의자 등받이에, 흰색과 파란색이 섞인 잠옷은 욕실 문 뒤에 걸려 있었다.

제리가 말했다.

"좋아. 자네가 들어왔을 때는 칠흑같이 깜깜할 거야. 사만다는 이쪽에서 자니까 자네는 발뒤꿈치를 들고 살금살금 침대를 돌아서 반대편으로, 여기로 들어가야 해. 눈을 가리고 연습해보자고."

눈가리개를 한 나는 처음에는 술 취한 사람처럼 온 방을 헤맸다. 그러나 한 시간 동안 애쓴 끝에 경로를 잘 찾을 수 있었다. 하지만 눈가리개를 한 채 현관에서 출발해서 복도를 지나 계단을 올라 아이들 방 앞을 지나고 사만다의 방으로 들어가서 정확한 자리를 무사히 찾아가야만 합격이었다. 게다가 도둑처럼 아무 소리도 내지 말아야 했다. 세 시간에 걸친 힘겨운 노력이 필요했지만 나는 결국 해냈다.

다음 일요일 아침, 메리가 아이들을 데리고 교회에 가자 나는 제리를 우리 집으로 불러서 똑같은 훈련을 시킬 수 있었다. 그는 요령을 나보다 빨리 배웠고, 한 시간도 안 돼서 단 한 발짝의 실수도 없이 눈가리개 시험을 통과했다.

연습을 반복하다가 상대방의 침실에 들어갔을 때 여자가 누워 있는 쪽 수면등의 연결을 끊자는 의견이 나왔다. 그래서 제리는 눈가리개를 한 채 플러그를 찾아서 뽑는 연습을 했고, 그다음 주말에 나도 제리의 집에서 똑같은 연습을 했다.

다음 단계는 사전 준비 중에서 가장 어려운 부분이었다. 우리는 이 단계를 "기밀 누설"이라고 이름 붙였는데, 바로 아내와 사랑을 나눌 때 어떤 절차를 밟는지 자세히 털어놓는 것이었다. 가끔 하는 색다른 시도는 고려하지 않기로 둘 다 동의했다. 우리는 상대방이 가장 흔히 밟는 절차, 가장 의심을 사지 않을 법한 절차에만 관심을 두기로 했다.

우리는 수요일 저녁 여섯시, 직원들이 모두 퇴근한 뒤 내 사무실에서 만났다. 처음에는 둘 다 약간 난처해서 어느 쪽도 먼저 말을 꺼내려 하지 않았다. 그래서 내가 위스키병을 꺼내야 했고, 독한 술을 몇 잔 마시고 기분이 풀어지자 토론이 시작되었다. 제리가 말하는 동안 내가 메모를 했고, 내가 말할 때는 제리가 메모했다. 토론이 모두 끝나자 제리와 나의 절차에서 정말로 다른 부분은 속도밖에 없다는 사실이 밝혀졌다. 그러나 그 차이가 어찌나 컸는지! 제리는 (그의 말을 믿어도 된다면) 모든 단계에서 무척 여유로웠고 모든 순간을 정말 터무니없을 정도로 질질 끌었기 때문에 나는 가끔 파트너가 도중에 잠드는 건 아닐까 속으로 생각했다. 그러나 내가 할 일은 비판이 아니라 모방이었기 때문에 아무 말도 하지 않았다.

제리는 나만큼 신중하지 않았다. 내가 은밀한 설명을 끝내자 제리는 무모하게도 이렇게 말했다.

"진짜 그렇게 한다는 말이야?"

"무슨 뜻이야?"

"그러니까, 그렇게 빨리 끝낸다고?"

"이봐, 제리. 우린 지금 서로를 가르치는 게 아니야. 사실을 배우는 거지."

"그건 알아. 하지만 자네 스타일을 그대로 따라 하면 나쁜 놈이 된 기분이 살짝 들 것 같은데. 세상에, 시골 역을 그냥 통과하는 특급열차 같잖아!"

내가 입을 벌리고 제리를 빤히 보았다.

"그렇게 놀란 표정 짓지 마. 자네가 지금 말한 방식을 들으면 누구나……"

"누구나 뭐?"

"아, 관두자."

"고맙군."

나는 분노했다. 내가 이 세상에서 딱 두 가지 일만큼은 정말 잘했고, 그 사실을 나도 잘 알았다. 하나는 운전, 하나는 당신도 아는 바로 그것이었다. 그러므로 제리가 거기 앉아서 내가 아내를 상대하는 방법을 모른다고 말하는 것은 정말 소름 끼치는 후안무치였다. 모르는 사람은 내가 아니라 제리였다. 불쌍한 사만다. 그녀가 이렇게 오랫동안 어떤 일을 견뎌야 했는지 생각하면 정말 안타까웠다.

제리가 말했다.

"그렇게 말해서 미안하네."

그가 각자의 잔에 위스키를 더 따르며 말을 이었다.

"자, 대역전을 위해서! 언제 할까?"

"오늘이 수요일이니까, 이번 토요일 어때?"

"세상에."

"머릿속에 기억이 생생할 때 해야 돼. 잊으면 안 되는 게 많잖아."

제리가 창가로 걸어가서 거리의 자동차들을 잠시 내려다보더니 돌아서서 말했다.

"좋아. 이번 토요일로 하지!"

우리는 각자 차를 타고 집으로 돌아갔다.

내가 메리에게 말했다.

"토요일에 제리 부부랑 같이 나가서 저녁 먹기로 했어."

우리는 부엌에 있었고, 메리는 아이들에게 줄 햄버거를 만드는 중이었다.

그녀가 한 손에는 프라이팬, 한 손에는 숟가락을 든 채 뒤로 돌아 나를 마주보았다. 메리의 푸른 눈이 내 눈을 똑바로 바라보았다.

"세상에, 빅. 정말 잘됐다. 그런데 축하할 일이라도 있는 거야?"

내가 메리를 똑바로 마주보며 말했다.

"그냥 새로운 얼굴들을 보면 기분전환이 될 것 같아서. 항상 똑같은 집에서 똑같은 사람들만 만나잖아."

메리가 한 발짝 다가와서 내 뺨에 입을 맞추며 말했다.

"당신은 참 좋은 사람이야. 사랑해."

"베이비시터한테 전화하는 거 잊지 마."

"그래, 오늘밤에 할게."

목요일과 금요일은 금방 지나갔고, 갑자기 토요일이 왔다. 실행일이었다. 나는 미칠 듯한 흥분을 느끼며 일어났다. 아침 식사가 끝나자 가만히 앉아 있을 수가 없던 나는 밖으로 나가서 세차를 하기로 했다. 내가 한창 차를 닦고 있는데 산울타리 틈에서 파이프를 입에 문 제리가 어슬렁어슬렁 나타났다.

그가 말했다.

"어이, 친구. 오늘이군."

"그러게."

나 역시 파이프를 입에 물고 있었다. 어쩔 수 없이 파이프 담배를 피우긴 했지만 불을 붙이기도 힘들고 연기 때문에 혀가 타는 것 같았다.

제리가 물었다.

"기분이 어때?"

"아주 좋아. 자네는 어때?"

"초조한걸."

"초조할 거 없어, 제리."

"우리는 이제부터 정말 말도 안 되는 짓을 하는 거야. 잘해내고 싶군."

나는 자동차 앞유리창을 계속 닦았다. 지금까지 이렇게 초조해하는 제리는 본 적이 없었다. 그래서 약간 걱정이 됐다.

제리가 말했다.

"우리가 처음 시도하는 일은 아니라서 정말 다행이야. 아무도 해본 적 없는 일이었다면 난 위험을 무릅쓰지 않았을 거야."

"나도 그래."

"자네 친구가 아주 쉬운 일이라고 말했다니 그나마 좀 안심이 되는군."

"친구 말로는 진짜 쉽대. 하지만 부탁이야, 제리, 결정적인 순간에 초조해하면 안 돼. 그랬다간 큰일나."

"걱정 마. 세상에, 정말 흥분되는데? 안 그래?"

"꽤 흥분되지."

"있잖아, 우리 둘 다 오늘 술은 적당히 마시는 게 좋겠어."

"좋은 생각이야. 여덟시 반에 보자고."

여덟시 반에 사만다, 제리, 메리, 나는 제리의 차를 타고 빌리스 스테이크하우스로 갔다. 이름은 좀 그렇지만 값비싼 고급 식당이었고, 그래서 여자들은 긴 드레스를 입어야 했다. 사만다는 상체가 절반은 드러나는 녹색 드레스를 입었고, 나는 이보다 더 사랑스러운 그녀를 본 적이 없었다. 우리 테이블에 촛불이 밝혀져 있었는데, 사만다가 내 맞은편에 앉았기 때문에 몸을 숙여서 얼굴이 촛불에 다가갈 때마다 아랫입술 꼭대기 중앙의 작은 초승달이 보였다.

사만다가 종업원이 내민 메뉴판을 받으며 말했다.

"자아. 오늘밤에 내가 뭘 먹게 될까요?"

하하하, 좋은 질문이군요. 내가 속으로 생각했다.

식당에서는 모든 일이 순조로웠고 여자들은 즐거운 시간을 보냈다. 우리가 제리의 집으로 돌아왔을 때는 열한시 사십오분이었다. 사만다가 말했다.

"안으로 들어가서 마지막으로 한잔하죠."

내가 말했다.

"고맙지만 시간이 좀 늦네요. 베이비시터를 태워줘야 하거든요."

그래서 메리와 나는 우리집으로 걸어왔고, 나는 현관문을 들어서며 생각했다. 자, 이제부터 카운트다운 시작이야. 정신 똑바로 차리고 하나도 까먹으면 안 돼.

메리가 베이비시터에게 돈을 주는 동안 나는 냉장고로 가서 캐나다식 체다 치즈를 한 조각 찾았다. 그런 다음 서랍에서 칼을, 찬장에서 반창고를 꺼냈다. 나는 오른손 검지 끝에 반창고를 붙인 다음 메리가 돌아서기를 기다렸다.

내가 메리에게 손가락을 들어 보이며 말했다.

"베었어. 별건 아니고, 피만 조금 났어."

"당신, 저녁 배불리 먹지 않았어?"

메리는 이렇게 말할 뿐이었다.

그러나 반창고가 그녀의 마음에 새겨졌고 나의 첫번째 작은 임무는 끝났다.

내가 베이비시터를 데려다주고 침실로 돌아왔을 때는 이미 자정이 다 된 시각이었고, 메리는 불을 끄고 이미 반쯤 잠들어 있었다. 나도 머리맡 램프를 끄고 옷을 갈아입으러 화장실로 들어갔다. 10분 정도 빈둥거리다 나오니 메리는 내가 바란 대로 아주 깊이 잠들어 있었다. 그녀의 옆자리에 들어가 눕는 것이 아무 의미가 없어 보였다. 그래서 나는 제리가 들어가기 쉽게 침대 커버를 약간 젖혀둔 다음 슬리퍼를 신고 부엌으로 내려가서 전기 주전자를 켰다. 열두시 십칠분이었다. 이제 43분 남았다.

열두시 사십오분이 되자 나는 위층으로 올라가서 메리와 아이들의 상태를 확인했다. 모두 깊이 잠들어 있었다.

열두시 오십오분, 즉 한시가 되기 5분 전에 나는 다시 위층으로 올라가 마지막으로 확인했다. 침대에 누운 메리에게 다가가서 이름을 속삭여보았다. 대답이 없었다. 좋다. 됐어! 가자!

내가 파자마 위에 갈색 레인코트를 걸치고 부엌 불을 끄자 온 집이 어둠에 잠겼다. 나는 현관문 걸쇠를 열고 엄청난 희열을 느끼며 밤 속으로 조용히 발을 내디뎠다.

우리가 사는 거리에는 어둠을 밝힐 가로등이 하나도 없었다. 달도, 심지어는 별조차 보이지 않았다. 검고 검은 밤이었지만 공기는 따뜻했고, 어딘가에서 산들바람이 살짝 불었다.

나는 산울타리의 틈을 찾아 다가갔다. 아주 가까이 가자 산울타리가 보이고 틈을 찾을 수 있었다. 나는 틈 안으로 들어가서 기다렸다. 그때 내 쪽으로 다가오는 제리의 발소리가 들렸다.

그가 속삭였다.

"어이, 친구. 아무 문제 없어?"

내가 속삭이며 대답했다.

"준비 다 됐어."

제리가 움직였다. 슬리퍼를 신은 발이 내 집을 향하면서 풀을 살짝 밟는 소리가 들렸다. 나는 제리의 집으로 다가갔다.

내가 제리네 집 현관문을 열었다. 바깥보다 안이 더 어두웠다. 나는 문을 조심스럽게 닫고 레인코트를 벗어서 문고리에 걸었다. 그런 다음 슬리퍼를 벗어 문 옆 벽에 기대어 놓았다. 정말 문자 그대로 코앞에 손을 들어도 보이지 않았다. 이제 촉각에만 의지해야 했다.

세상에, 제리가 눈가리개 훈련을 그토록 오래 시킨 것이 정말 다행이었다. 지금부터 나를 인도하는 것은 발이 아니라 손가락이었다. 오른쪽이나 왼쪽 손가락이 무언가에, 벽에, 계단 난간에, 가구에, 커튼에 닿지 않는 순간이 한순간도 없었다.

나는 내가 정확히 어디 있는지 알 수 있었다, 혹은 안다고 생각했다. 그러나 한밤중에 발뒤꿈치를 들고 다른 사람의 집에 살금살금 들어가는 느낌은 정말이지 기묘했다. 손가락으로 더듬으며 계단을 올라가던 나는 어느새 지난겨울 우리집에 무단 침입해서 텔레비전 세트를 훔쳐간 도둑을 떠올리고 있었다. 다음날 아침에 경찰이 왔을 때 내가 차고 앞 눈 위의 거대한 똥덩어리를 가리켰다.

경찰관 한 명이 말했다.

"도둑들은 꼭 이런 짓을 해요. 자기들도 어쩔 수가 없는 거죠. 겁을 먹은 거예요."

나는 계단 꼭대기에 다다라 오른쪽 손끝으로 벽을 계속 더듬으며 층계참을 가로질렀다. 복도를 따라 걸어가다가 손이 첫번째 아이방 문을 발견하자 멈췄다. 문이 약간 열려 있었다. 귀를 기울였다. 안에서 여덟 살 난 로버트 레인보의 규칙적인 숨소리가 들렸다. 나는 계속 움직였다. 곧 두번째 아이방 문을 발견했다. 여섯 살 빌리와 세 살 아만다의 방이었다. 가만히 서서 귀를 기울였다. 아무 문제도 없었다.

부부 침실은 복도 끝이므로 3.5미터 정도 더 가야 했다. 드디어 문 앞에 도착했다. 계획대로 제리가 문을 열어두었다. 안으로 들어갔다. 나는 문을 통과하자마자 꼼짝도 않고 서서 사만다가 깨어 있지 않은지 귀를 기울였다. 사방이 고요했다.

나는 벽을 따라 더듬더듬 가다가 마침내 사만다가 누워 있는 쪽에 다다르자 즉시 바닥에 무릎을 꿇고 머리맡 램프와 연결되는 플러그를 찾았다. 그런 다음 소켓에서 플러그를 뽑아 양탄자에 놓았다. 됐다. 이제 훨씬 안전하다. 내가 일어섰다. 사만다는 보이지 않았고, 처음에는 아무 소리도 들리지 않았다. 내가 침대 위로 더 낮게 몸을 숙였다. 아, 됐다, 숨소리가 들렸다. 그날 밤 사만다가 뿌린 묵직한 머스크 향의 향수 냄새를 맡자 갑자기 사타구니로 피가 몰렸다. 나는 침대 모서리에 손가락 두 개를 가볍게 얹고 발뒤꿈치를 들고서 커다란 침대를 재빨리 빙 돌아 반대쪽으로 갔다.

이제 침대에 들어가기만 하면 된다. 그래서 나는 그렇게 했지만, 매트리스에 무게를 싣는 순간 스프링이 삐걱거리는 소리가 소총 소리처럼 들렸다. 나는 숨을 참고 가만히 누워 있었다. 목에서 엔진처럼 두근거리는 심장박동 소리가 들렸다. 등을 돌리고 누운 사만다는 미동도 없었다. 내가 커버를 가슴까지 끌어올린 다음 그녀를 향해 돌아누웠다. 사만다에게서 뿜어져나오는 여성적인 정열이 느껴졌다. 그럼, 간다! 시작!

나는 손을 미끄러뜨려 사만다의 몸을 만졌다. 그녀의 잠옷은 따뜻하고 매끄러웠다. 내가 그녀의 엉덩이에 살며시 손을 올렸다. 사만다는 여전히 움직이지 않았다. 나는 잠시 기다렸다가 엉덩이에 얹은 손을 더 미끄러뜨려 탐험했다. 천천히,

의도적으로, 그리고 정확하게, 내 손가락이 그녀에게 불을 붙이기 시작했다.

사만다가 뒤척이더니 똑바로 누웠다. 그녀가 졸음에 취해 중얼거렸다.

"아, 여보…… 아, 이런…… 세상에, 여보!"

물론 나는 아무 말도 하지 않았다. 그저 하던 일을 계속할 뿐이었다.

몇 분이 흘렀다.

사만다는 가만히 누워 있었다.

1분이 더 지났다. 또 1분 지났다. 그녀는 근육 하나 움직이지 않았다.

도대체 얼마나 더 해야 이 여자에게 불이 붙는 걸까, 하는 생각이 들기 시작했다.

나는 버텼다.

그런데 왜 이렇게 조용하지? 왜 이렇게 꼼짝도 하지 않고 얼어붙은 것처럼 누워 있지?

불현듯 떠올랐다. 나는 제리를 까맣게 잊고 있었다! 몸이 너무 달아올라서 제리의 은밀한 절차를 까맣게 잊었다! 그의 방식이 아니라 내 방식대로 하고 있었던 것이다! 제리의 방식은 내 방식보다 훨씬 더 복잡했다. 우스꽝스러울 정도로 정교했다. 도무지 쓸데없었다. 그러나 사만다는 그 방식에 익숙했다. 이제 사만다는 뭔가 다르다는 사실을 알아차리고 도대체 무슨 일이 벌어지고 있는지 알아내려 하고 있었다.

하지만 이제 와서 방향을 바꿀 수도 없잖아? 그냥 계속할 수밖에.

나는 계속했다. 옆자리의 여자는 똘똘 말린 용수철 같았다. 그녀의 피부 밑에서 그 용수철 같은 힘이 느껴질 정도였다. 나는 땀을 흘리기 시작했다.

갑자기 사만다가 기이한 신음을 작게 냈다.

더욱 무서운 생각이 머릿속으로 몰려들었다. 아픈 건 아닐까? 심장마비가 오나? 젠장, 얼른 나가야 하나?

사만다가 다시 한번, 이번에는 더 크게 신음했다. 그러다가 갑자기 외쳤다.

"좋아—좋아—좋아—좋아—좋아!"

느릿하게 타오르던 도화선 불이 드디어 다이너마이트에 도달한 것처럼 사만다가 폭발하며 깨어났다. 그녀가 나를 끌어안고 믿을 수 없을 만큼 포악하게 더듬자 나는 호랑이를 맞닥뜨린 기분이었다.

아니, 암호랑이라고 해야 할까?

나는 사만다가 그때 나에게 한 것 같은 일을 여자가 할 수 있다고는 꿈에도 생각하지 못했다. 그녀는 회오리바람, 나를 뿌리째 뽑아서 빙빙 돌리다가 저 높이 내가 존재하는지도 몰랐던 곳들로 데려가는 눈부시고 광폭한 회오리바람이었다.

나는 아무것도 한 게 없었다. 어떻게 그럴 수 있을까? 무력했다. 나는 하늘에서 빙글빙글 도는 야자수, 호랑이 발톱에 걸린 양이었다. 내가 할 수 있는 일이라고는 계속 숨을 쉬는 것밖에 없었다.

그러나 난폭한 여인의 손에 굴복하는 것은 짜릿했고, 그 뒤 10분, 20분, 30분 동안—시간이 얼마나 흘렀는지 어떻게 알 수 있겠는가?—폭풍이 몰아쳤다. 그러나 여기서 그 별난 경험을 자세히 설명해서 독자들을 즐겁게 해줄 생각은 없다. 흠뻑 젖은 침대 시트를 사람들 눈앞에서 빨 수는 없다. 미안하지만 여기까지만 하겠다. 내가 입을 닫는 바람에 너무 김이 새지 않기만을 바랄 뿐이다. 물론 그때의 나는 김샐 틈 없이 절정에 다다랐고, 마지막에는 격심하게 발작하면서 어찌나 크게 소리를 질렀는지, 온 동네 사람을 다 깨울 것 같았다. 그런 다음 쓰러졌다. 나는 텅 빈 술자루처럼 구겨졌다.

사만다는 잠깐 깨서 물이나 한잔 마신 사람처럼 돌아눕더니 곧장 잠들었다.

휴우!

나는 가만히 누워서 천천히 정신을 차렸다.

내가 사만다 아랫입술의 작은 표식에 대해서 한 말이 맞았다, 그렇지 않은가?

가만히 생각해보면, 이 믿기 힘든 일탈 행위에 관해서는 내가 다 옳았다. 이 얼마나 크나큰 승리인가! 나는 아주 편안했고 만족스럽게 소진된 기분이었다.

몇시인지 궁금했다. 내 손목시계는 야광이 아니었다. 그만 가는 게 좋겠다. 나는 침대에서 기어나와 더듬더듬 걸음을 옮겼는데, 아까만큼 주의를 기울이지는 않았다. 나는 침대를 빙 돌아 침실을 나온 다음 복도를 지나고 계단을 내려가서 현관으로 갔다. 레인코트를 찾아서 입고 슬리퍼를 찾아 신었다. 레인코트 주머니에 라이터가 있었다. 나는 라이터를 켜서 시간을 확인했다. 두시 8분 전이었다. 생각보다 늦었지만 나는 현관문을 열고 검은 밤 속으로 나갔다.

이제 제리에게 생각이 쏠리기 시작했다. 괜찮았을까? 잘 속였을까? 나는 어둠 속에서 산울타리의 틈을 찾아 들어갔다.

옆에서 어떤 목소리가 속삭였다.

"어이, 친구."

"제리!"

제리가 물었다.

"아무 문제 없었나?"

"환상적이었어. 놀랍더군. 자네는?"

"나도 마찬가지야."

어둠 속에서 제리가 나를 보며 씩 웃자 흰 치아가 번득였다. 그가 내 팔을 잡으며 속삭였다.

"우리가 해냈어, 빅! 자네 말이 맞았어! 정말로 통했어! 정말 대단했지 뭐야!"

내가 속삭였다.

"내일 보자고. 이제 그만 집으로 들어가지."

우리는 헤어졌다. 나는 산울타리를 통과해 내 집으로 들어갔다. 3분 뒤 나는 내 침대에 안전하게 돌아와 누워 있었고, 아내는 옆에서 깊이 잠들어 있었다.

다음날은 일요일이었다. 나는 여덟시 삼십분에 일어나서 파자마에 가운을 걸치고 일요일이면 항상 그렇듯 가족들을 위해 아침식사를 차리러 아래층으로 내려갔다. 내가 나올 때 메리는 아직 자고 있었다. 두 아들 아홉 살 빅터와 일곱 살 월리는 벌써 내려와 있었다.

월리가 말했다.

"안녕히 주무셨어요, 아빠."

내가 선언했다.

"아빠가 아주 멋지고 새로운 아침을 차려줄 거야."

두 아들이 입을 모아 말했다.

"뭔데요?"

아이들은 일요일 신문을 사와서 만화를 보고 있었다.

"토스트에 버터를 바르고 오렌지 마멀레이드를 바를 거야. 그런 다음 바삭바삭한 베이컨을 그 위에 올리는 거지."

빅터가 말했다.

"오렌지 마멀레이드 위에다 베이컨을 올려요?"

"알아. 그래도 한번 먹어봐. 정말 맛있다니까."

나는 자몽 주스를 따라서 혼자 두 잔을 마셨다. 그런 다음 곧 내려올 메리를 위해 한 잔 더 따라서 식탁에 올려놓았다. 나는 전기 주전자를 켜고, 토스터에 빵을 넣고, 베이컨을 굽기 시작했다. 그때 메리가 부엌으로 들어왔다. 잠옷 위에 얇은 복숭아색 시폰을 걸치고 있었다.

내가 프라이팬을 흔들며 어깨 너머로 메리를 보고 말했다.

"좋은 아침이야."

메리는 대답하지 않았다. 그녀가 식탁 앞 자기 자리로 가서 앉더니 주스를 마시기 시작했다. 메리는 나도, 아이들도 보지 않았다. 나는 베이컨을 계속 구웠다.

윌리가 말했다.

"안녕히 주무셨어요, 엄마."

메리는 이 말에도 대답하지 않았다.

나는 베이컨 기름 냄새 때문에 속이 뒤집히기 시작했다.

메리가 주변을 둘러보지도 않고 말했다.

"커피 마시고 싶어."

목소리가 무척 이상했다.

내가 말했다.

"곧 갑니다."

나는 프라이팬을 불에서 내리고 인스턴트 블랙커피를 얼른 만들어서 메리 앞에 놓았다.

그녀가 아이들에게 말했다.

"얘들아. 아침식사가 준비될 때까지 딴 방에 가서 읽을래?"

빅터가 말했다.

"우리 말이에요? 왜요?"

"내가 그러라고 했으니까."

윌리가 물었다.

"우리가 뭐 잘못했어요?"

"아니, 그런 거 아냐. 잠깐 아빠랑 단둘이 있고 싶어서."

나는 껍데기 안에서 쪼그라드는 느낌이었다. 도망가고 싶었다. 현관문을 나가서 거리를 내달려 어디든 숨고 싶었다.

메리가 말했다.

"당신도 커피 마셔야지, 빅. 그리고 여기 앉아봐."

그녀의 목소리는 무척 단조로웠다. 분노는 느껴지지 않았다. 아무것도 없었다. 메리는 아직도 나를 보지 않았다. 아이들이 신문지 중에서 만화가 있는 부분을 들고 나갔다.

메리가 아이들에게 말했다.

"문 닫아줘."

나는 컵에 가루 커피를 한 숟가락 넣고 끓는 물을 부었다. 그리고 우유와 설탕을 넣었다. 침묵이 요동쳤다. 식탁으로 가서 그녀의 맞은편 내 자리에 앉았다. 꼭 전기의자에 앉는 기분이었다.

메리가 커피잔을 내려다보며 말했다.

"있잖아, 빅. 용기가 사라지기 전에 꼭 하고 싶은 말이 있어."

"아니, 왜 이렇게 심각해? 무슨 일 있었어?"

"그래, 빅, 있었어."

"뭐?"

메리의 얼굴은 창백하고 고요하고 서먹서먹했고, 주변의 부엌이 눈에 들어오지 않는 듯했다.

내가 용감하게 말했다.

"왜 그래, 말해봐."

"듣기 싫을지도 몰라."

메리가 이렇게 말했고, 홀린 듯한 그녀의 푸른 눈이 잠시 내 얼굴에 멈췄다가 멀어졌다.

"뭐가 듣기 싫다는 거야?"

이 상황에 대한 순전한 공포가 창자를 휘젓기 시작했다. 경찰관이 말했던 그 도둑놈들과 같은 기분이었다.

"내가 사랑을 나누거나 뭐 그런 것들에 대해서 말하기 싫어하는 거 알지. 우리 결혼생활 내내 당신한테 그런 얘기 한 번도 안 했잖아."

"그렇지."

메리가 커피를 한 모금 마셨지만 맛을 느끼는 것 같지는 않았다.

"요점이 뭐냐면, 난 좋았던 적이 한 번도 없었어. 솔직히 말하면, 정말 싫었어."

"뭐가 싫었다는 거야?"

"섹스. 그걸 하는 거."

"세상에!"

"눈곱만큼의 즐거움도 못 느꼈어."

이것만으로도 충분히 충격적이었지만 진짜 결정타는 아직이다, 나는 확실히 느낄 수 있었다.

메리가 덧붙였다.

"놀랐다면 미안해."

나는 아무 말도 떠오르지 않아서 가만히 있었다.

메리의 시선이 커피잔에서 다시 올라와 내 눈을 보면서 뭔가를 계산하는 듯 주의깊게 살피더니 다시 멀어졌다.

"당신한테 말할 생각도 아니었어. 어젯밤 일만 아니었으면 절대로 말 안 했을 거야."

내가 아주 천천히 물었다.

"어젯밤이 뭐?"

"어젯밤에, 사람들이 그 일로 왜 그렇게 호들갑을 떠는지 갑자기 깨달았어."

"그랬어?"

이제 메리가 나를 똑바로 보았고, 얼굴이 꽃처럼 활짝 피어났다.

"응. 확실히 그랬어."

나는 움직이지 않았다.

"아, 여보!"

메리가 이렇게 외치더니 벌떡 일어나서 나에게 달려들어 진한 입맞춤을 하며 말했다.

"어젯밤엔 정말 고마워! 당신 정말 대단했어! 나도 대단했고! 우리 둘 다 대단했어! 그렇게 당황한 표정 짓지 마, 여보! 자랑스러워해야지! 당신 환상적이었어! 사랑해! 정말! 정말로!"

나는 가만히 앉아 있었다.

메리가 다가와서 나에게 몸을 기대고 내 어깨에 팔을 둘렀다.

메리가 상냥하게 말했다.

"그리고 이제부터 말이야. 이제 당신이…… 이걸 뭐라고 해야 할지 모르겠다…… 말하자면 나한테 뭐가 필요한지 당신이 알아냈으니까, 이제부터는 계속 정말 대단할 거야!"

나는 여전히 그 자리에 앉아 있었다. 메리가 천천히 자기 자리로 돌아갔다. 그녀의 한쪽 뺨에 굵은 눈물이 흐르고 있었다. 나는 그 이유를 짐작할 수 없었다.

메리가 눈물을 흘리면서도 미소를 지으며 말했다.

"내가 말하길 잘한 거지, 응?"

"그래. 아, 그럼."

나는 자리에서 일어나 그녀를 마주볼 필요 없는 가스레인지 앞으로 자리를 옮겼다. 부엌 창문을 통해서 겨드랑이에 일요 신문을 끼우고 자기 집 정원을 가로지르는 제리가 보였다. 그의 발걸음에 경쾌한 리듬이, 활발하게 내딛는 한 발짝 한 발짝에 의기양양함이 묻어났다. 포치 계단에 도착한 그는 한 번에 두 계단씩 뛰어올랐다.

동물과 대화하는 소년

The Boy Who talked with Animals

얼마 전 나는 서인도제도에서 며칠을 보내기로 마음먹었다. 그곳에서 짧은 휴가를 보낼 예정이었다. 친구들은 서인도제도가 아주 좋다면서 은빛 해변에서 햇볕을 쬐고 따뜻한 초록색 물속에서 헤엄을 치며 종일 게으르게 보내게 될 것이라고 말했다.

나는 자메이카를 선택해서 런던에서 직항 비행기를 타고 킹스턴으로 날아갔다. 킹스턴 공항에서 내가 예약한 북부 해안의 호텔까지는 자동차로 두 시간 걸렸다. 내 방에는 작은 발코니가 있었는데 그리로 해서 해변에 바로 내려갈 수 있었다. 키 큰 코코넛나무가 사방에서 자라고 있었고, 가끔 하늘에서 축구공만큼 커다란 초록색 열매가 모래 해변으로 쿵 떨어지곤 했다. 그런 열매가 머리에 정통으로 떨어지면 두개골

이 박살날 테니 코코넛나무 아래에서 어슬렁거리는 것은 바보짓이었다.

내 방을 청소하러 들어온 자메이카 여자의 말에 따르면 바로 두 달 전만 해도 와서맨 씨라는 미국 부자가 정확히 그렇게 삶을 끝마쳤다고 했다.

내가 그녀에게 말했다.

"농담이겠죠."

여자가 외쳤다.

"농담 아니에요! 아니라니까요, 손님! 제 눈으로 똑똑히 봤어요!"

"그러면 큰 소동이 일어났을 텐데요?"

그녀가 은밀하게 대답했다.

"다들 입단속을 하죠. 호텔 사람들이 입단속을 시키고 신문사 사람들이 입단속을 시켜요. 관광산업에 아주 나쁘니까요."

"직접 봤다고요?"

"직접 봤어요. 와서맨 씨는 해변 저쪽 바로 저 나무 아래에서 있었지요. 사진기를 꺼내서 황혼을 향해 들고 있었어요. 그날 노을이 붉어서 아주 예뻤거든요. 그런데 갑자기 커다란 초록색 열매가 떨어지면서 머리카락이 다 빠진 정수리를 쿵쳤어요!"

그녀가 멋들어진 마무리를 덧붙였다.

"와서맨 씨가 본 마지막 노을이었지요."

"즉사했다는 말이에요?"

"바로 죽었는지는 모르겠어요. 머리를 맞자마자 손에 들고 있던 사진기가 모래밭으로 떨어진 건 기억나요. 그러고선 양쪽 팔이 툭 떨어져 흔들거렸죠. 비틀거리기 시작했어요. 앞뒤로 몇 번 너무나 조용하게 비틀거렸고, 전 가만히 서서 그 사람을 보면서 생각했죠. 불쌍하기도 하지, 많이 어지러운가보다, 곧 기절할지도 몰라. 와서맨 씨가 아주아주 천천히 무릎을 꿇더니 쓰러졌어요."

"죽었습니까?"

"완전히 죽었죠."

"세상에나."

"그렇다니까요. 바람이 불 때는 절대 코코넛나무 밑에 가면 안 돼요."

"고맙습니다. 기억하도록 하죠."

둘째 날 저녁, 나는 내 방에 딸린 작은 발코니에 앉아서 무릎에 책을 펼쳐놓고 럼 펀치가 담긴 길쭉한 잔을 손에 들고 있었다. 책을 읽지는 않았다. 나는 1.8미터 정도 떨어진 발코니 바닥에서 작은 녹색 도마뱀이 역시 작은 녹색 도마뱀에게 몰래 접근하는 것을 지켜보고 있었다. 도마뱀은 뒤에서 다가가면서 아주 천천히, 또 아주 조심스럽게 움직였고, 사정거리에 들어서자 긴 혀를 내밀어 상대방의 꼬리를 잡았다. 꼬리를 잡힌 도마뱀이 껑충 뛰어 뒤로 돌았고, 두 마리는 바닥에 들러붙은 것처럼 꼼짝도 없이 몸을 웅크리고서 긴장감 넘치게 마주보았다. 그러다가 갑자기 같이 우스꽝스럽게 뛰면서 귀여운 춤을 추기 시작했다. 도마뱀 두 마리는 공중으로 깡충깡충 뛰었다. 뒤로도 깡충깡충 뛰고 앞으로도 깡충깡충 뛰고 옆으로도 깡충깡충 뛰었다. 두 도마뱀은 권투 선수처럼 서로 뱅뱅 돌며 깡충깡충 뛰기도 하고 뒷발로 날뛰기도 하면서 춤을 추었다. 참 신기한 광경이었다. 나는 도마뱀의 구애 의식인가 보다 생각하며 꼼짝 않고 앉아서 이제부터 어떻게 될지 기다리며 지켜보았다.

그러나 그 순간 저 아래 해변에서 큰 소동이 일어났기 때문에 나는 그다음 광경을 보지 못했다. 해변을 흘깃 보니 물가에 무언가가 있고 주변에 사람들이 몰려들어 있었다. 근처 모래밭에 좁은 카누 모양 낚싯배가 올라와 있었기 때문에 어부가 고기를 많이 잡아서 사람들이 구경하는 건가, 라는 생각밖에 떠오르지 않았다.

나는 잡아들인 물고기를 보면 항상 신기했다. 그래서 책을 치우고 일어났다. 사람들이 호텔 베란다에서 떼 지어 나오더니 물가에 모인 사람들에게 합류하려고 서둘러 해변으로 내려갔다. 남자들은 무릎까지 오는 꼴사나운 버뮤다 반바지를 입고 있었고, 셔츠는 분홍색과 주황색 등등 상상할 수 있는 온갖 안 어울리는 색들이 뒤섞여서 요란했다. 여자들의 취향은 그나마 좀 나아서 대부분 예쁜 면 원피스 차림이었다. 거의 모두 마실 것을 손에 들고 있었다.

나도 펀치를 들고 발코니에서 해변으로 내려갔다. 나는 와서맨 씨가 최후를 맞이했던 코코넛나무 아래를 피하느라 약간 빙 둘러서 아름다운 은색 모래밭을 성큼성큼 걸어 몰려든 사람들과 합류했다.

그러나 사람들이 보고 있는 것은 물고기가 아니었다. 그것은 거북이, 몸이 뒤집혀서 모래밭에 등을 대고 누운 거북이였다. 정말 얼마나 거대한 거북이였는지! 그것은 거인이고 매머드였다. 나는 거북이가 그렇게 거대할 수 있는지 상상도 못했다. 그 크기를 어떻게 설명할 수 있을까? 거북이를 똑바로 뒤집으면 키가 정말 큰 사람이 그 등에 앉아도 발이 땅에 닿지 않았을 것이다. 거북이는 길이가 1.5미터, 너비가 1.2미터 정도였고, 반구형 등껍데기는 정말 높고 아름다웠다.

거북이를 잡은 어부가 도망치지 못하도록 뒤집어놓은 것이었다. 게다가 등껍데기 한가운데를 두꺼운 밧줄로 묶어두었는데, 작은 샅가리개를 빼면 아무것도 입지 않은 날씬하고 까만 어부가 자랑스러운 얼굴로 밧줄 끄트머리를 잡고서 조금 떨어져 서 있었다.

이 멋진 동물은 몸이 뒤집힌 채 누워 두꺼운 지느러미발 네 개를 허공에서 미친듯이 흔들었고, 등껍데기 밖으로 길쭉하고 주름진 목을 길게 빼고 있었다. 지느러미발의 발톱이 날카로웠다.

어부가 외쳤다.

"물러서요, 신사 숙녀 여러분, 제발요! 저 뒤로 물러서세요. 발톱은 위험하다고요! 팔이 뚝 잘릴 겁니다!"

호텔 손님들은 이 광경에 신이 나고 즐거웠다. 열두 개쯤 되는 사진기가 찰칵거렸다. 여자들은 남자들의 팔에 매달려 꽥꽥거리며 즐거워했고 남자들은 큰 목소리로 바보 같은 소리를 늘어놓았고 하나도 무섭지 않다며 사나이다움을 뽐냈다.

"이 껍데기로 멋진 뿔테 안경을 만들어 쓸까? 어때, 앨?"

"등껍데기가 1톤은 넘겠는데!"

"이게 진짜 물에 뜬다고?"

"당연히 뜨지. 게다가 헤엄도 엄청 잘 치고. 배 한 척쯤은 쉽게 끌어."

"늑대거북이지, 응?"

"아니야. 늑대거북은 이렇게까지 안 커. 하나 가르쳐줘? 가까이 가면 순식간에 손목이 잘릴걸?"

어떤 여자가 어부에게 물었다.

"진짜예요? 얘가 사람 팔을 뜯어요?"

어부가 눈부시게 흰 치아를 드러내고 미소 지으며 말했다.

"당장이라도 뜯을 수 있죠. 바다에서는 절대 사람을 해치지 않지만 해안으로 끌고 와서 이렇게 뒤집어놓았을 때는 조심하는 게 좋을 겁니다! 뭐든지 닿기만 하면 뜯어버릴 거예요!"

여자가 말했다.

"이런 일을 당하면 나라도 뭐든지 뜯어버리고 싶겠네요."

어느 멍청한 남자가 모래밭으로 떠밀려온 나무판자를 발견해서 거북이 쪽으로 끌고 오는 중이었다. 나무판은 크기가 상당해서 길이 1.5미터에 두께는 3.5센티미터 정도였다. 남자가 판자 한쪽 끝으로 거북이의 머리를 찌르기 시작했다.

어부가 말했다.

"그러지 않는 게 좋을 텐데요. 그래봤자 약만 바짝 올라요."

판자 끝이 목에 닿자 거대한 동물이 고개를 획 돌리더니 입을 크게 열고 나무판을 콰직 깨물었고, 판자는 치즈로 만든 것처럼 뭉개졌다.

사람들이 소리쳤다.

"와! 봤지! 저게 내 팔이 아니라서 다행이야!"

어부가 말했다.

"내버려두세요. 흥분시켜서 좋을 게 없어요."

올챙이처럼 볼록한 배에다가 엉덩이가 크고 아주 짧은 다리에 털이 부숭부숭 난 남자가 어부에게 다가가서 말했다.

"어이, 이봐요. 저 껍데기가 탐나는군. 내가 사겠소."

그런 다음 통통한 아내를 향해 말했다.

"내가 저걸로 뭘 할 건지 알아, 밀드러드? 집으로 가져가서 전문가한테 연마를 맡길 거야. 그런 다음 우리 거실 한가운데 두는 거지! 어때, 괜찮지 않아?"

"정말 멋지다. 어서 사자, 자기야."

"걱정 마. 이미 내 거나 다름없어."

그런 다음 남자가 어부를 향해 말했다.

"껍데기는 얼마요?"

"이미 팔렸습니다. 껍데기까지 전부 다 팔렸어요."

"이봐, 그렇게 빨리 파는 게 어디 있어? 값을 더 높이 쳐주지. 자, 얼마 주겠다던가?"

"안 됩니다. 이미 팔렸어요."

"누구한테 팔았는데?"

"지배인한테요."

"무슨 지배인?"

"호텔 지배인요."

또다른 남자가 외쳤다.

"들었어? 우리 호텔 지배인한테 팔았대! 그게 무슨 뜻인지 알아? 거북이 수프가 나온다는 거야, 바로 그거지!"

"그렇군! 거북이 스테이크도! 거북이 스테이크 먹어봤나, 빌?"

"안 먹어봤어, 잭. 하지만 무척 기대되는군."

"요리만 제대로 하면 거북이 스테이크가 소고기 스테이크보다 나아. 고기도 더 부드럽고 풍미가 대단하거든."

올챙이배 남자가 어부에게 말했다.

"이봐, 난 고기를 사려는 게 아니야. 고기는 지배인이 가져도 돼. 이빨이랑 발톱까지 안에 든 건 다 가져도 된다고. 내가 원하는 건 껍데기야."

그의 아내가 남편을 보고 얼굴을 빛내며 말했다.

"여보, 내가 아는 당신이라면 이 껍데기를 차지하고 말 거야."

나는 그곳에 서서 사람들의 대화를 듣고 있었다. 사람들은 거꾸로 뒤집혔음에도 불구하고 더없이 위엄 넘치는 이 존재를 파괴하고 소비하는 것에 대해서, 그리고 얼마나 풍미가 뛰어날지에 대해서 이야기하고 있었다. 한 가지는 확실했다. 거북이는 그곳에 모여든 누구보다도 나이가 많았다. 이 거북이는 아마 서인도제도의 푸른 물속에서 150년은 돌아다녔을 것이다. 거북이는 조지 워싱턴이 미국 대통령일 때에도, 나폴레옹이 워털루에서 패배할 때에도 바닷속에 있었을 것이다. 그때는 작았겠지만 분명 바다에 존재했을 것이다.

그랬던 거북이가 지금 여기, 이 해변에서 거꾸로 뒤집힌 채 수프와 스테이크로 변신하기를 기다리고 있었다. 거북이는 자신을 둘러싼 온갖 소음과 고함에 깜짝 놀란 것이 분명했다. 늙고 주름진 목을 껍데기 밖으로 쭉 뻗었고, 거대한 머리는 자신이 이렇게까지 학대당하는 이유를 설명해줄 사람을 찾는 듯 이리저리 비틀렸다.

올챙이배 남자가 물었다.

"호텔까지는 어떻게 데리고 갈 거요?"

어부가 대답했다.

"밧줄로 끌고 갈 겁니다. 곧 직원들이 와서 데려갈 거예요. 열 명이 한꺼번에 당겨야 하겠죠."

근육질 청년이 외쳤다.

"어이, 이봐. 우리가 직접 끌고 가면 어떨까?"

청년은 심홍색과 완두콩색이 섞인 버뮤다 반바지 차림에 상체는 맨몸이었다. 가슴에 특이할 만큼 털이 많았는데, 셔츠를 입지 않은 것은 분명 의도적이었다.

그가 근육을 움찔거리며 외쳤다.

"저녁 먹기 전에 운동 좀 하는 게 어때요? 자, 여러분! 운동 좀 하실 분?"

사람들이 소리쳤다.

"좋은 생각이군! 멋진 계획이야!"

남자들이 여자들에게 음료수 잔을 넘기고 밧줄을 잡으러 달려갔다. 그들이 줄다리기를 하는 것처럼 밧줄을 따라 늘어섰고 털북숭이 청년이 맨 끝에 서서 주장을 자처했다.

청년이 외쳤다.

"자, 시작합니다. 여러분! 제가 당기라고 하면 일제히 당겨요, 알겠죠?"

이 상황이 별로 마음에 들지 않았던 어부가 말했다.

"호텔에 맡기는 게 나아요."

털북숭이 청년이 말했다.

"말도 안 되는 소리! 당겨요, 여러분, 당겨!"

모두가 일제히 잡아당겼다. 거대한 거북이가 거꾸로 누운 채 꿈틀거리다가 똑바로 뒤집힐 뻔했다.

어부가 고함을 쳤다.

"뒤집으면 안 돼요! 그러다 뒤집힙니다! 발이 땅에 다시 닿으면 도망쳐버릴 거예요!"

털북숭이 남자가 거만한 목소리로 말했다.

"어이, 진정해. 어떻게 도망친다는 말이야? 밧줄에 묶여 있잖아. 어?"

어부가 외쳤다.

"기회만 생기면 이 늙은 거북이가 다 끌고 간다고요! 모두 바다로 끌고 들어갈 거예요!"

털북숭이 남자가 어부의 말을 무시하며 외쳤다.

"당겨! 당겨요, 여러분, 당겨!"

이제 거대한 거북이는 해변에서 아주 천천히 미끄러져 호텔을, 부엌을, 커다란 칼이 있는 그곳을 향해 움직이기 시작했다. 여자들과 나이가 많거나 뚱뚱하거나 운동을 잘 못하는 남자들이 옆에서 따라가며 응원했다.

털북숭이 주장이 외쳤다.

"당겨! 힘 좀 써요! 더 세게 당길 수 있어요!"

갑자기 비명이 들렸다. 모두 그 소리를 들었다. 너무나 높고 새되고 다급한 비명이 모든 것을 꿰뚫었다.

"안—돼—요!"

다시 비명이 연거푸 들렸다.

"안 돼! 안 돼! 안 돼! 안 돼! 안 돼!"

사람들이 얼어붙었다. 줄다리기를 하던 남자들은 당기기를 멈추었고 구경꾼들은 응원을 멈추었으며, 그 자리에 있던 모든 사람들이 비명이 들리는 곳을 향해 돌아섰다.

호텔에서 나온 세 사람 – 남자, 여자, 작은 소년 – 이 반쯤은 걷고 반쯤은 뛰면서 해변으로 내려오고 있었다. 소년이 남자를 끌어당기는 바람에 두 사람은 달리다시피 했다. 남자가 아이의 손목을 잡고 속도를 늦추려 했지만 소년이 계속 잡아당겼다. 동시에 아이는 폴짝폴짝 뛰고 몸을 비틀어 몸부림을 치면서 아버지의 손아귀에서 벗어나려 애썼다. 비명을 지르는 사람은 소년이었다.

"하지 마세요! 그러지 마요! 놔줘요! 제발 놔주세요!"

여자, 즉 아이의 어머니가 아이를 막으려고 반대쪽 팔을 붙잡으려 했지만 아이가 폴짝폴짝 뛰는 바람에 잡을 수가 없었다.

아이가 비명을 질렀다.

"놔주세요! 이건 너무 끔찍한 짓이에요! 제발 놔줘요!"

어머니가 여전히 아이의 팔을 잡으려고 애쓰며 말했다.

"그만해, 데이비드! 아기처럼 굴면 안 돼! 사람들이 다 비웃잖니!"

아이가 소리쳤다.

"아빠! 아빠! 놔주라고 하세요!"

아버지가 말했다.

"안 돼, 데이비드. 우리가 끼어들 일이 아니야."

줄을 당기던 사람들은 거대한 거북이를 묶은 밧줄을 잡은 채 꼼짝도 하지 않았다. 모두 깜짝 놀라서 소년을 빤히 보며 말없이 서 있었다. 뭔가 삐끗 어긋났다. 썩 명예롭지 않은 일을 하다가 들킨 것처럼 약간 쭈뼛쭈뼛한 분위기였다.

아버지가 아이를 잡아당기며 말했다.

"이리 와, 데이비드. 저 사람들은 놔두고 호텔로 돌아가자."

"안 가요! 돌아가기 싫어요! 저 사람들이 거북이를 놔주면 좋겠어요!"

어머니가 말했다.

"그만해, 데이비드."

털북숭이 남자가 아이에게 말했다.

"얘야, 저리 가라."

"끔찍하고 잔인해요! 다들 끔찍하고 잔인하다고요!"

아이가 해변에 서 있던 어른들 4,50명을 향해 높고 새된 목소리로 외쳤지만 이번에는 아무도, 털북숭이 남자조차도 대답하지 않았다.

"왜 바다로 돌려보내지 않는 거예요? 여러분한테 아무 짓도 안 했잖아요! 놔줘요!"

아버지는 아들 때문에 난처했지만 아들이 부끄럽지는 않았다. 그가 사람들을 보며 말했다.

"얘가 동물이라면 사족을 못 쓰거든요. 저희 집에 가면 이 세상 동물들이 다 있답니다. 동물이랑 대화를 하죠."

어머니가 말했다.

"동물을 정말 사랑해요."

여러 사람들이 모래 위에서 이리저리 움직이기 시작했다. 해변에 모여든 무리 여기저기서 분위기의 변화가, 불편함이, 심지어는 약간의 수치심까지도 느껴졌다. 기껏해야 여덟아홉 살쯤 된 아이는 이제 아버지와의 몸싸움을 멈추었다. 아버지는 아직 아이의 손목을 잡고 있었지만 제지하지는 않았다.

소년이 외쳤다.

"어서요! 놔주세요! 밧줄을 풀고 놓아줘요!"

아이는 작았지만 똑바로 서서 사람들을 마주보았다. 두 눈이 두 개의 별처럼 반짝였고 머리카락이 바람에 휘날렸다. 아이는 당당했다.

아버지가 부드럽게 말했다.

"우리가 할 수 있는 일은 없어, 데이비드. 돌아가자."

"안 돼요!"

아이가 이렇게 외치면서 갑자기 몸을 비틀더니 아빠의 손아귀에서 손목을 빼냈다. 자유로워진 소년은 뒤집혀 누운 거대한 거북이를 향해 섬광처럼 모래밭을 달렸다.

아버지가 아이를 쫓아 달리며 소리쳤다.

"데이비드! 멈춰! 돌아와!"

소년은 재빨리 몸을 돌려서 공을 차며 달리는 선수처럼 사람들 사이로 내달렸고, 아이를 막으려고 튀어나온 사람은 어부밖에 없었다.

어부가 재빨리 달리는 형체를 향해 뛰며 소리쳤다.

"얘야, 가까이 가면 안 돼!"

그러나 소년은 어부를 피해 계속 달렸다.

어부가 소리질렀다.

"그러다 갈가리 찢긴다! 멈춰! 멈춰!"

이제 아이를 막기에는 너무 늦었다. 소년이 거북이의 머리를 향해 똑바로 달리자 거북이가 소년을 보았고, 거꾸로 누운 거대한 머리를 재빨리 움직여 소년을 마주보았다.

어머니의 목소리가, 겁에 질리고 고통에 가득찬 어머니의 울부짖음이 저녁 하늘로 치솟았다.

"데이비드! 오, 데이비드!"

잠시 후 아이가 모래밭으로 몸을 던져 무릎을 꿇더니 늙고 주름진 거북이의 목에 양팔을 두르고 끌어안았다. 아이의 뺨이 거북이의 머리를 눌렀고, 아이의 입술이 움직여 아무도 들을 수 없는 말을 조용히 속삭였다. 거북이는 완전히 잠잠해졌다. 허공에서 버둥거리던 거대한 지느러미발조차 멈췄다.

사람들 사이에서 크나큰 한숨, 길고 부드러운 안도의 한숨이 피어올랐다. 이해할 수 없는 것으로부터 멀어지려는 듯 여러 사람이 한두 발짝 물러났다. 그러나 아이의 아버지와 어머니는 아들에게 다가가 3미터 정도 떨어진 곳에 섰다.

소년이 늙은 거북이의 갈색 머리를 계속 쓰다듬으며 외쳤다.

"아빠! 어떻게 좀 해보세요, 아빠! 제발 돌려보내주세요!"

이제 막 호텔에서 내려온 흰 양복 차림의 남자가 말했다.

"무슨 일이죠?"

그는 관광객들이 다들 알고 있는 호텔 지배인 에드워즈 씨로, 키가 크고 길쭉한 분홍색 얼굴에 매부리코를 한 영국인이었다. 그가 소년과 거북이를 보며 말했다.

"정말 어마어마한 거북이군요! 머리가 잘리지 않았다니 운이 좋은 겁니다."

그런 다음 소년에게 말했다.

"이제 그만 떨어지는 게 좋을 거다, 얘야. 위험해."

소년이 거북이의 머리를 여전히 끌어안은 채 외쳤다.

"이 사람들이 거북이를 놔주면 좋겠어요! 놔주라고 하세요!"

지배인이 아이 아버지에게 말했다.

"거북이가 애를 당장이라도 죽일 수 있다는 사실은 아시겠지요."

아버지가 말했다.

"그냥 두세요."

"말도 안 되는 소리. 가서 애를 잡아요. 서두르시는 게 좋을 겁니다. 조심하시고요."

"아닙니다."

"아니라니, 무슨 뜻입니까? 이런 동물은 치명적이에요! 모르시겠습니까?"

"알고 있습니다."

지배인이 소리쳤다.

"그럼 제발 좀 가서 애를 잡아요! 안 그러면 아주 끔찍한 사고가 날 겁니다."

"누구 거죠? 이 거북이가 누구 소유입니까?"

"우리 겁니다. 호텔에서 샀지요."

"그러면 부탁 하나만 들어주시죠. 저에게 팔아주십시오."

지배인은 아이 아버지를 빤히 볼 뿐 아무 말도 하지 않았다.

아버지가 차분히 말했다.

"당신은 제 아들을 모릅니다. 거북이를 호텔로 끌고 가서 도살하면 애는 미쳐버릴 거예요. 발작을 일으킬 겁니다."

"애나 치우세요. 빨리요."

"애는 동물을 사랑해요. 정말 사랑하지요. 동물이랑 대화를 나눠요."

사람들은 대화를 들으려고 조용히 귀를 기울였다. 아무도 자리를 뜨지 않았다. 모두 최면에 걸린 듯 서 있었다.

"놔줘봤자 다시 잡힐 겁니다."

"그럴지도 모르지요. 하지만 거북이는 헤엄을 칠 수 있잖아요."

"그건 저도 압니다. 하지만 사람들이 또 잡을 거예요. 거북이는 귀합니다, 그걸 아셔야 해요. 등껍데기만 해도 아주 비싸요."

"비용은 상관없습니다. 그건 걱정 마시죠. 제가 사겠습니다."

소년은 여전히 모래밭에 무릎을 꿇고 거북이의 머리를 쓰다듬고 있었다.

지배인이 가슴 주머니에서 손수건을 꺼내 손가락을 닦기 시작했다. 거북이를 놔주고 싶지 않은 것 같았다. 어쩌면 저녁 메뉴를 이미 짜놓았을지도 몰랐다. 그러나 또 이런 이유로 호텔 전용 해변에서 또다시 소름 끼치는 사고가 일어나는 것도 싫었다. 그는 1년에 와서맨 씨의 코코넛 사고 한 번이면 충분하다고, 그 이상은 싫다고 생각했다.

아이 아버지가 말했다.

"저에게 거북이를 팔아주시면 개인적으로 큰 호의를 입은 것으로 생각하겠습니다, 에드워즈 씨. 후회하지 않으실 거라고 약속드릴게요. 꼭 그렇게 하겠습니다."

지배인의 눈썹이 아주 약간 올라갔다. 그는 무슨 말인지 알아들었다. 뇌물을 주겠다는 뜻이었다. 그러면 또 문제가 달라졌다. 지배인은 몇 초 동안 손수건으로 손을 계속 닦았다. 그런 다음 어깨를 으쓱하고 말했다.

"음, 그렇게 해서 아드님 기분이 나아진다면……"

아버지가 말했다.

"감사합니다."

아이 어머니가 외쳤다.

"아, 감사드려요! 정말 감사드립니다!"

지배인이 어부를 불렀다.

"윌리."

어부가 앞으로 나서더니 무척 혼란스러운 얼굴로 말했다.

"평생 이런 광경은 처음 봅니다. 이 늙은 놈은 제가 지금까지 잡은 거북이 중에서 제일 사나웠는데 말이에요! 우리는 이놈을 끌고 오면서 미친듯이 싸웠어요! 땅으로 끌어올리는데 여섯 명이나 필요했다고요! 저 애는 미쳤어요!"

지배인이 말했다.

"그래, 나도 아네. 하지만 저 거북이는 놔주도록 해."

어부가 대경실색하며 외쳤다.

"놔주라고요! 그럴 순 없습니다, 에드워즈 씨! 신기록이에요! 이 섬에서 잡힌 거북이들 중에서 제일 크다고요! 가뿐히 일등이죠! 우리 삯은 어쩌고요?"

"돈은 주겠네."

어부가 해변을 가리키며 말했다.

"저기 저 다섯 명한테도 줘야 하는데요."

90미터쯤 떨어진 물가에 또다른 배가 한 척 있고 검은 피부에 거의 벌거벗은 남자 다섯 명이 그 옆에 서 있었다.

"여섯 명이서 같이 잡았어요, 똑같이 나눠야 합니다. 돈을 주실 때까지는 못 놔줘요."

지배인이 말했다.

"내가 보장하지. 그걸로는 충분하지 않은가?"

소년의 아버지가 한 발 나서며 말했다.

"저도 보장하지요. 지금 바로 놔주면 여섯 명 모두에게 추가 보너스도 드리겠습니다. 그 대신 바로, 지금 당장 놔줘요."

어부가 아버지를 보더니 다시 지배인을 보고 말했다.

"좋습니다. 정 그러시다면요."

아이 아버지가 말했다.

"조건이 하나 있습니다. 돈을 받기 전에 먼저 약속하세요. 거북이를 놔주자마자 다시 나가서 잡지 않겠다고요. 어쨌든 오늘 저녁에는 잡지 않기로 합시다. 어떻습니까?"

어부가 말했다.

"물론이죠. 그렇게 합시다."

어부가 돌아서서 해변을 달려 내려가면서 동료 어부 다섯 명을 불렀다. 우리에게는 들리지 않았지만 그가 동료들에게 뭐라고 소리쳤고, 몇 분 만에 여섯 명이 같이 돌아왔다. 다섯 명은 길고 두꺼운 나무 막대를 들고 있었다.

소년은 여전히 거북이 머리 옆에 무릎을 꿇고 있었다.

아버지가 아이에게 상냥하게 말했다.

"데이비드. 이제 됐어, 데이비드. 거북이를 놔줄 거야."

아이가 주변을 둘러보았지만 거북이 목에서 팔을 거두지도, 일어나지도 않았다. 아이가 물었다.

"언제요?"

아버지가 말했다.

"지금. 지금 당장 놔줄 거야. 그러니까 네가 비키는 게 좋겠구나."

"정말이에요?"

"그래, 데이비드. 약속할게."

아이가 팔을 치웠다. 그리고 일어섰다. 그런 다음 몇 걸음 물러섰다.

윌리라고 불린 어부가 외쳤다.

"물러서요, 다들! 당장 물러서요, 다들. 어서요!"

사람들이 해변을 몇 미터 정도 올라갔다. 줄을 당기던 남자들은 밧줄을 놓고 다른 사람들과 함께 이동했다.

윌리가 바닥에 엎드리더니 거북이 옆으로 아주 조심스럽게 기어갔다. 그런 다음 지느러미발이 닿지 않는 곳에 자리를 잡고 밧줄의 매듭을 풀기 시작했다.

매듭이 풀리자 윌리는 다시 기어서 물러났다. 이제 남은 어부 다섯 명이 막대를 들고 앞으로 나섰다. 길이가 2미터쯤 되는 아주 두꺼운 막대였다. 어부들이 막대를 거북이 등껍데기 밑에 끼워 넣은 다음 거대한 동물의 등껍데기를 양옆으로 흔들기 시작했다. 껍데기가 높아서 잘 흔들렸다.

어부들이 거북이를 흔들며 노래하듯 외쳤다.

"위로, 아래로! 위로, 아래로! 위로, 아래로! 위로, 아래로!"

늙은 거북이는 심기가 아주 불편해 보였지만, 누가 거북이를 탓할 수 있었을까? 거대한 지느러미발이 미친듯이 허공을 때렸고 머리는 껍데기로 들어갔다 나왔다 했다.

어부들이 외쳤다.

"굴려서 뒤집자! 위로 뒤집어! 굴려! 한번 더, 위로 굴려!"

거북이가 옆으로 크게 기우뚱하더니 쿵 소리를 내며 모래밭에 똑바로 섰다.

그러나 곧장 움직이지는 않았다. 거대한 갈색 머리가 밖으로 나오더니 주변을 조심스레 살폈다.

아이가 외쳤다.

"가, 거북아, 얼른 가! 바다로 돌아가!"

거북이는 눈꺼풀이 두툼한 검은 두 눈으로 아이를 보았다. 거북이의 눈은 맑고 생생했고, 오랜 삶에서 얻은 지혜가 가득했다. 아이가 거북이를 마주보더니 아주 상냥하고 친근한 목소리로 말했다.

"잘 가요, 할아버지. 이번에는 멀리 가."

검은 눈이 소년에게 몇 초 더 머물렀다. 아무도 움직이지 않았다. 그런 다음, 거대한 짐승이 위풍당당하게 돌아서더니 바다를 향해 어기적어기적 걸어가기 시작했다. 거북이는 서두르지 않았다. 거북이가 모래 해변에서 침착하게 움직이자 거대한 껍데기가 양옆으로 부드럽게 흔들렸다.

사람들은 말없이 지켜보았다.

거북이가 물속으로 들어갔다.

그런 다음 앞으로 계속 나아갔다.

어느새 거북이는 헤엄치고 있었다. 이제 자신의 활동 영역이었다. 거북이는 우아하고 아주 빠르게, 고개를 높이 들고 헤엄쳤다. 바다는 잔잔했고 거북이가 일으킨 잔물결이 배가 만든 물결처럼 등껍데기 양옆에서부터 뒤로 퍼져나갔다.

몇 분이 지나자 거북이는 이제 우리의 시야를 벗어나 이미 수평선을 향해 반쯤 멀어졌다.

손님들이 호텔로 어슬렁어슬렁 돌아가기 시작했다. 이상하게도 착 가라앉은 분위기였다. 아무도 농담을 하거나 장난을 치지 않았고 웃지도 않았다. 무슨 일인가가 일어났다. 이상한 일이 펄럭펄럭 해변을 가로질러 다가왔던 것이다.

나는 내 방의 작은 발코니로 돌아와 앉아서 담배를 피웠다. 이것으로 끝이 아니라는 불안한 느낌이 들었다.

다음날 아침 여덟시에 와서맨 씨와 코코넛 이야기를 해주었던 자메이카 여자가 오렌지주스를 들고 내 방으로 왔다. 그녀가 탁자에 잔을 올려놓고 커튼을 젖히며 말했다.

"오늘 아침 호텔에서 아주아주 큰 소동이 있었어요. 다들 미친듯이 뛰어다녔죠."

"왜요? 무슨 일인데요?"

"12호실 남자애 말이에요, 걔가 사라졌어요. 밤중에 사라졌대요."

"그 거북이 소년 말입니까?"

"맞아요. 아이 부모님은 호텔이 떠나가라 울고 있고 지배인은 화가 났어요."

"사라진 지 얼마나 됐지요?"

"애 아빠가 빈 침대를 발견한 건 두 시간쯤 됐어요. 하지만 밤사이 언제 사라졌는지는 모르죠."

"그래요. 그렇겠지요."

"다들 호텔을 샅샅이 뒤지고 있어요. 경찰차가 조금 전에 도착했고요."

"잠이 일찍 깨서 바닷가 바위에라도 나갔을지 모르잖아요."

여자의 크고 검고 홀린 듯한 눈이 잠시 내 얼굴에 머물더니 멀어졌다.

"전 그렇게 생각 안 해요."

여자는 이렇게 말한 다음 방에서 나갔다.

나는 옷을 입고 서둘러 해변으로 내려갔다. 카키색 제복 차림의 원주민 경찰 두 명이 지배인 에드워즈 씨와 함께 서 있었다. 말은 에드워즈 씨가 다 하고 경찰은 참을성 있게 듣고 있었다. 멀리서 보니 해변 양끝에 사람들이 좀 있었는데, 호텔 직원뿐 아니라 손님들까지 바위를 향해 흩어지는 중이었다. 아침은 아름다웠다. 하늘은 연기처럼 푸른색에 약간 노란 기가 번득였다. 태양이 나와 잔잔한 바다에 온통 다이아몬드를 흩뿌리고 있었다. 에드워즈 씨가 팔을 흔들면서 원주민 경찰 두 명에게 큰소리로 얘기하고 있었다.

나도 돕고 싶었다. 뭘 해야 할까? 어디로 가야 할까? 다른 사람들을 쫓아가봐야 아무 의미가 없을 것이다. 그래서 나는 에드워즈 씨에게 다가갔다.

그때 낚싯배가 보였다. 돛대 하나에 갈색 돛이 펄럭이는 기다란 나무배가 바다에서 해변을 향해 오고 있었다. 원주민 두 명이 배 양쪽 끝에 앉아서 열심히 노를 젓고 있었다. 두 사람은 노를 정말 열심히 저었다. 경주라도 하듯 노가 아주 빠르게 올라갔다 내려왔다. 나는 걸음을 멈추고 그들을 보았다. 왜 저렇게 서둘러서 오는 걸까? 할말이 있는 것이 분명했다. 나는 배를 계속 지켜보았다. 왼쪽에서 에드워즈 씨가 경찰관에게 하는 말이 들렸다.

"이건 정말 말도 안 됩니다. 이런 식으로 호텔에서 자꾸 사람들이 사라지면 안 돼요. 빨리 찾아내는 게 좋을 겁니다, 알겠어요? 어디로 걸어가다가 길을 잃거나 납치됐을 거예요. 아무튼 이건 경찰 책임이고……"

낚싯배가 바다 위를 미끄러지듯 다가오더니 해변에 닿자 모래 위로 죽 올라왔다. 두 사람이 노를 떨어뜨리고 해변으로 뛰어내리더니 우리를 향해 달려 올라왔다. 내가 보니 앞장선 사람은 윌리였다. 그는 지배인과 경찰관 두 명을 보고 그들을 향해 곧장 달려왔다.

윌리가 외쳤다.

"어이! 에드워즈 씨! 방금 말도 안 되는 걸 봤어요!"

지배인이 뻣뻣하게 굳더니 고개를 홱 돌렸다. 두 경찰관은 여전히 침착했다. 그들은 쉽게 흥분하는 사람들에게 익숙했다. 매일 그런 사람을 만났을 것이다.

윌리가 사람들 앞에 섰을 때는 숨을 몰아쉬느라 가슴이 오르락내리락했다. 또 한 명의 어부가 그의 바로 뒤에 서 있었다. 두 사람의 검은 피부가 땀으로 반짝였다.

윌리가 숨을 헐떡거려 죄송하다며 이렇게 말했다.

"전속력으로 한참이나 노를 저었어요. 최대한 빨리 와서 말해야 할 것 같아서요."

지배인이 말했다.

"뭘 말한다는 거지? 뭘 봤나?"

"미쳤어요! 완전히 정신 나갔어요!"

"얼른 말해봐, 윌리. 세상에나."

윌리가 말했다.

"안 믿으실 거예요. 믿을 사람이 아무도 없을 겁니다. 안 그래, 톰?"

다른 어부가 격하게 고개를 끄덕이며 말했다.

"맞아. 윌리가 옆에서 맞다고 확인해주지 않았다면 내 눈으로 보고도 안 믿었을 거예요!"

에드워즈 씨가 말했다.

"뭘 말인가? 뭘 봤는지 그냥 말하게."

"우리는 오늘 일찌감치 나갔어요. 새벽 네시쯤 나갔는데, 한 3킬로미터쯤 나갔더니 날이 밝아서 주변이 잘 보이더라고요. 해가 뜨고 우리가 바로 앞을, 45미터쯤 앞을 봤는데, 제 눈으로 보고도 믿을 수 없는 광경이 보였어요……"

에드워즈 씨가 쏘아붙였다.

"뭔가? 이것참, 얼른 말해보게!"

"늙은 괴물 거북이가 헤엄을 치고 있었어요, 어제 해변으로 끌고 왔던 거북이 말이에요. 그런데 남자애가 높다란 거북이 등에 앉아서 말을 타는 것처럼 바다에서 거북이를 타고 있었어요!"

다른 어부가 외쳤다.

"믿어주세요! 나도 봤으니까 정말이에요!"

에드워즈 씨가 두 경찰관을 보았다. 두 경찰관이 어부를 보았다.

경찰관 한 명이 말했다.

"우리가 그 말을 믿기 바라는 건 아니겠지요?"

윌리가 외쳤다.

"맹세합니다! 절대적으로 사실이에요! 조그만 남자애가 늙은 거북이의 높다란 등에 타고 있었는데, 발이 물에 닿지도 않더라고요! 하나도 안 젖고 보송보송하게, 아주 편안하고 여유 있게 앉아 있었어요! 그래서 우리가 쫓아갔죠. 당연히 쫓아갔어요. 처음에는 아주 조용히, 몰래 다가가려고 했죠, 거북이를 잡을 때처럼요. 그런데 애가 우릴 봤어요. 거리가 얼마 안 됐거든요, 아시겠죠. 여기서 저기 물가 정도밖에 안 됐어요. 우리를 본 애가 늙은 거북이한테 무슨 말을 하려는 것처럼 고개를 숙였고, 그러니까 거북이가 머리를 들고서 스피드광처럼 헤엄치기 시작했어요! 세상에, 어찌나 빠르던지! 톰이랑 나는 노를 꽤 빨리 젓는데도 그 괴물한테는 적수가 안 됐어요! 턱도 없었죠! 거북이가 최소 두 배는 빨랐어요! 두 배는 너끈히 넘었어요. 그렇지, 톰?"

톰이 말했다.

"내 생각에 세 배는 빨랐어. 왠지 알아요? 10분인가 15분 지났더니 우리보다 1.5킬로미터는 앞서 있었거든요."

지배인이 물었다.

"왜 애를 부르지 않았지? 그전에, 더 가까이 있을 때 왜 말을 걸지 않았나?"

윌리가 외쳤다.

"쉬지도 않고 불렀죠! 애가 우리를 보자마자 조용히 다가가는 건 포기하고 고함을 지르기 시작했어요. 우리 배에 태우려고 정말 오만소리를 다 했다고요. 내가 외쳤죠. '어이, 얘야! 우리랑 돌아가자! 집까지 태워줄게! 너 거기 그러고 있으면 안 된다! 아직 기회가 있을 때 얼른 뛰어내려서 헤엄쳐, 우리가 건져줄게! 얼른, 뛰어내려! 엄마가 기다리실 거야, 우리랑 가자, 응?' 이렇게도 외쳤어요. '잘 들어! 약속할게! 지금 우리랑 같이 가면 그 늙은 거북이는 절대 잡지 않겠다고 약속할게!'"

지배인이 물었다.

"대답은 하던가?"

"돌아보지도 않았어요! 높다란 등껍데기에 앉아서 늙은 거북이한테 빨리, 더 빨리 가라고 재촉하는 것처럼 몸을 앞뒤로 흔들었다고요! 누가 빨리 가서 잡아오지 않으면 꼬마를 잃어버릴 거예요!"

평소에는 분홍색이던 지배인의 얼굴이 종잇장처럼 하얗게 질렸다. 그가 날카롭게 물었다.

"어디로 갔지?"

윌리가 대답했다.

"북쪽으로요. 거의 정북향이었어요."

"알겠네. 고속 모터보트에 타지! 나랑 같이 가세, 윌리. 톰, 자네도."

지배인과 경찰관 두 명, 어부 두 명이 워터스키용 보트가 놓인 모래밭으로 달려갔다. 그들은 배를 바다로 밀었고, 깔끔하게 다린 흰 바지 차림의 지배인까지도 힘을 보태느라 무릎까지 물속으로 들어갔다. 그런 다음 다섯 명 모두 배에 올라탔다.

나는 멀어져가는 그들을 지켜보았다.

두 시간 뒤, 그들이 돌아오는 모습이 보였다. 아무것도 보지 못했다고 했다.

그날 온종일 모든 해안가 호텔의 고속 모터보트와 요트를 동원하여 바다를 수색했다. 오후가 되자 아이 아버지가 헬리콥터를 전세 냈다. 그가 직접 헬리콥터에 올랐고, 그들은 세 시간 동안 날아다녔다. 그러나 거북이나 소년의 흔적은 찾을 수 없었다.

일주일 동안 수색이 이어졌지만 아무 성과도 없었다.

이제 그 일이 있은 지 1년 가까이 지났다. 그사이에 딱 하나 중요한 소식이 있었다. 미국인들이 단체로 바하마의 나소에서 엘레우테라라는 큰 섬 근처 바다로 가서 심해 낚시를 하고 있었다. 그 지역에는 산호초와 작은 무인도가 말 그대로 수천 개나 있는데, 쌍안경을 들여다보던 요트 선장이 어느 작은 무인도에서 자그마한 사람 비슷한 형체를 보았다. 그 무인도에는 모래 해변이 있었는데, 자그마한 사람이 그곳을 걷고 있었다. 사람들은 돌아가며 쌍안경을 들여다보았고, 형체를 본 사람들 모두 입을 모아 어린애라고 말했다. 배에 탄 사람들은 당연히 술렁거리면서 얼른 낚싯줄을 거두었다. 선장이 곧장 요트를 몰아 무인도로 다가갔다. 배가 800미터 정도 떨어진 곳까지 접근하자 쌍안경을 통해서 해변의 형체가 소년임을 확인할 수 있었는데, 햇볕에 타긴 했지만 원주민이 아니라 백인 아이가 거의 확실했다. 당시 요트에서 지켜보던 사람들은 모래 해변의 소년 근처에서 거대한 거북이 같은 것도 발견했다. 그때부터 모든 일이 빠르게 벌어졌다. 아마도 다가오는 요트를 보았을 소년이 재빨리 거북이 등에 올라탔고, 거대한 짐승은 물속으로 들어가 아주 빠른 속도로 섬 주변을 헤엄치더니 시야에서 사라졌다. 요트가 두 시간 동안 수색했지만 소년도 거북이도 보이지 않았다.

이 이야기를 믿지 않을 이유는 없다. 요트에 탄 사람은 다섯 명이었는데 네 명은 미국인, 한 명은 나소 출신의 바하마인 선장이었다. 다섯 명 모두 돌아가면서 쌍안경으로 소년과 거북이를 보았다.

자메이카에서 바닷길로 엘레우테라섬까지 가려면 북동쪽으로 약 400킬로미터 가서 쿠바와 아이티 사이의 윈드워드 해협을 지나야 한다. 그런 다음에도 최소 480킬로미터를 더 가야 한다. 총 880킬로미터인 셈인데, 어린아이가 거대한 거북이 등에 타고 이동하기에는 아주 먼 길이 아닐 수 없다.

이 사건을 도대체 어떻게 생각해야 할지 누가 알 수 있을까?

언젠가는 그 아이가 돌아올지도 모르지만 내 개인적인 생각으로는 과연 그럴까 싶다. 나는 그 아이가 지금 지내는 곳에서 무척 행복하리라는 느낌이 든다.

히치하이커

The Hitchhiker

나는 차를 새로 샀다. 정말 근사한 장난감으로, 휠베이스가 길고 연료 분사장치를 갖춘 큼지막한 BMW 3.3Li 모델—3.3리터라는 뜻이다—이었다. 최고 속력은 시속 208킬로미터였는데 가속이 어마어마했다. 차체는 연파랑이고 좌석은 짙은 파란색 가죽이었는데, 부드러운 최상급 진짜 가죽이었다. 차창은 전기로 작동했고 선루프도 마찬가지였다. 라디오를 켜면 안테나가 나오고 끄면 들어갔다. 힘센 엔진은 속력이 낮을 때는 조바심을 내며 불만스럽게 으르렁거렸지만 시속 95킬로미터쯤 되면 으르렁거리는 소리를 멈추고 즐거운 듯 가르릉거리기 시작했다.

나는 혼자서 차를 몰고 런던으로 가는 중이었다. 사랑스러운 6월의 어느 날이었다. 사람들이 들판에서 건초를 만들었고 도로 양쪽에 미나리아재비가 피어 있었다. 나는 좌석에 편안히 기대어 앉아서 시속 110킬로미터로 조용히 달렸고, 핸들에 손가락을 두 개만 얹고서 속도를 꾸준히 유지했다. 저 앞에서 어떤 남자가 차에 태워달라고 엄지를 치켜드는 모습이 보였다. 내가 브레이크를 살짝 밟아 그의 앞에서 차를 세웠다. 나는 히치하이커를 보면 늘 차를 세웠다. 시골 길가에 서서 지나가는 자동차들을 바라보는 것이 어떤 느낌인지 정확히 알기 때문이었다. 못 본 척하는 운전자들, 특히 커다란 차에 좌석 세 개를 텅텅 비운 채 지나치는 운전자들이 정말 싫었다. 크고 비싼 차는 거의 멈추지 않았다. 태워주겠다는 차들은 항상 크기가 작거나 차나 낡고 녹슨 차였고, 이미 아이들이 빼곡하게 타고 있는데도 운전자가 "한 명 더 끼어 탈 수 있을 것 같은데요"라고 말할 때도 있었다.

히치하이커가 열린 차창으로 고개를 들이밀고 말했다.

"런던으로 가십니까, 선생님?"

"네. 타세요."

남자가 타자 내가 차를 출발시켰다.

그는 회색 치아에 키가 작고 쥐처럼 생긴 남자였다. 쥐의 눈처럼 검은 눈은 재빠르고 똑똑해 보였고 귀 끝은 약간 뾰족했다. 남자는 머리에 천 모자를 쓰고 커다란 주머니가 달린 회색빛 재킷을 입고 있었다. 회색 재킷과 빠르게 움직이는 눈, 뾰족한 귀 때문에 거대한 쥐 인간 같았다.

내가 그에게 물었다.

"런던 어느 쪽으로 가십니까?"

"런던을 통과해서 반대쪽으로 곧장 나갈 겁니다. 경주 때문에 엡섬에 가는 길이거든요. 오늘이 더비 경마일이니까요."

"그렇군요. 저도 가고 싶네요. 경마에 돈을 걸면 재미있잖아요."

"난 절대로 돈은 안 겁니다. 경마를 보지도 않는데요, 뭐. 멍청하고 어리석은 일이죠."

"그러면 왜 가세요?"

그는 이 질문이 마음에 들지 않는 것 같았다. 작고 쥐 같은 얼굴이 아주 멍해지더니 가만히 앉아서 도로를 똑바로 바라볼 뿐 아무 말도 하지 않았다.

"마권 판매기 관리나 뭐 그런 일을 하시나보군요."

"그건 더 어리석지요. 그 거지 같은 기계를 관리하거나 멍청한 놈들한테 마권을 파는 건 하나도 재미없어요. 바보도 할 수 있는 일이죠."

긴 침묵이 흘렀다. 나는 더이상 묻지 않기로 했다. 내가 히치하이킹을 하던 시절 운전자가 질문을 퍼부으면 얼마나 짜증이 났는지 기억났다. 어디로 가세요? 거기 왜 가세요? 직업은 뭐죠? 결혼은 했습니까? 여자친구 있어요? 여자친구 이름이 뭐죠? 몇 살입니까? 등등. 정말 싫었다.

내가 말했다.

"죄송합니다. 무슨 일을 하시든 제가 상관할 바가 아닌데 말입니다. 사실은 제가 작가거든요, 작가들은 대부분 지독하게 꼬치꼬치 캐묻죠."

"아, 책 쓰시는구나?"

"네."

"책 쓰는 건 나쁘지 않죠. 저는 그런 일을 숙련업종이라고 불러요. 제 직업도 숙련업종이죠. 내가 경멸하는 건 기술도 없이 초라하고 진부하고 판에 박힌 일을 하면서 평생을 보내는 사람들이에요. 무슨 말인지 알죠?"

"네."

"인생의 비밀은 말입니다, 아주아주 하기 힘든 일을 아주아주 잘하는 거예요."

"당신처럼 말이죠."

"바로 그거예요. 당신이랑 나처럼 말이죠."

"왜 제가 제 일을 잘한다고 생각하세요? 글 못 쓰는 작가도 얼마든지 있는데요."

"글을 못 쓴다면 이런 차를 타고 돌아다닐 리가 있어요? 이 멋진 녀석한테 돈깨나 들었을 것 같은데."

"싸진 않았지요."

"최고 속력은 얼마 나와요?"

"시속 208킬로미터예요."

"그 정도는 안 나올 텐데, 내 장담하죠."

"저는 나온다고 장담하죠."

"자동차 회사는 순 거짓말쟁이예요. 마음에 들면 아무 차나 사도 괜찮지만, 자동차 회사가 광고에서 말하는 정도까진 안 되죠."

"이 녀석은 됩니다."

"그럼 한번 증명해보시죠. 어서요, 선생님. 속력을 높여서 얼마나 나오는지 보자고요."

샐폰세인트피터의 로터리를 지나면 중앙분리대로 상하행선이 나뉜 고속도로가 길게 쭉 뻗어 있다. 우리가 로터리를 빠져나와 고속도로에 들어서자 나는 가속 페달을 힘껏 밟았다. 커다란 자동차는 벌에 쏘인 것처럼 튀어나갔다. 10초쯤 지나자 시속 145킬로미터였다.

"대단한데! 정말 멋지군요! 계속 밟아요!"

나는 가속 페달을 끝까지 밟고서 발을 떼지 않았다.

"160킬로미터! 165! 175! 185! 계속 밟아요! 늦추지 말고!"

우리는 제일 바깥쪽 차선을 달리며 다른 자동차 여러 대를 쏜살같이 지나쳤는데, 전부 가만히 서 있는 것 같았다. 초록색 미니, 커다란 크림색 시트로엥, 흰색 랜드로버, 컨테이너가 달린 커다란 트럭, 주황색 폭스바겐 미니버스……

옆자리의 남자가 펄쩍펄쩍 뛰면서 외쳤다.

"195! 더 밟아요, 더! 208까지 가봅시다!"

그 순간 경찰 사이렌의 비명이 들렸다. 그 소리가 어찌나 컸던지 꼭 차 안에서 울리는 것 같았다. 곧 오토바이를 탄 경찰관이 안쪽 차선에서 우리 차를 따라잡아 추월하더니 한 손을 들어 멈추라는 신호를 보냈다.

내가 말했다.

"아, 이런 젠장! 망했군!"

오토바이가 우리 차를 추월하려면 시속 210킬로미터 정도로 달렸을 텐데, 그래서인지 속력을 줄이는 데 한참 걸렸다. 마침내 경찰관이 도로 한쪽에 오토바이를 세웠고 내가 그 뒤에 차를 세웠다.

내가 별 설득력 없는 목소리로 말했다.

"경찰 오토바이가 이렇게 빨리 달릴 수 있는지는 몰랐네요."

"저 오토바이는 그 정도 달리죠. 선생님 차랑 같은 회사거든요. BMW R90S. 도로에서 제일 빠른 오토바이입니다. 요즘 경찰은 저걸 타더라고요."

경찰이 오토바이에서 내리더니 지지대를 펴서 오토바이를 비스듬히 세웠다. 그러고는 장갑을 벗어서 시트에 조심스럽게 놓았다. 이제 경찰관은 서두르지 않았다. 우리는 그가 원하는 곳에 이미 차를 세웠고, 경찰관도 그 사실을 잘 알았다.

내가 말했다.

"정말 큰일났네. 이 상황 정말 마음에 안 드는군요."

나의 동승자가 말했다.

"딱 필요한 말만 해요, 알겠죠? 그냥 입 닫고 가만히 앉아 있어요."

경찰관이 사형수에게 접근하는 사형 집행인처럼 천천히, 어슬렁어슬렁 다가왔다. 그는 덩치가 크고 배가 나온데다가 근육이 우람했고, 파란 반바지가 거대한 허벅지에 착 달라붙어 있었다. 보안경을 벗어서 헬멧 위에 걸치자 널찍한 빵과 김이 나는 것처럼 붉은 얼굴이 보였다.

우리는 죄를 지은 학생들처럼 가만히 앉아서 경찰관이 오기를 기다렸다.

내 동승자가 속삭였다.

"조심해야겠어요. 악마처럼 비열해 보이네요."

경찰이 운전석 쪽 열린 차창으로 다가와서 우람한 손을 창틀에 얹었다.

"뭐가 그렇게 급하십니까?"

"아닙니다, 경관님."

"뒷좌석에 금방이라도 애가 나올 것 같은 임산부라도 태웠어요? 그래서 이렇게 서둘러요?"

"아닙니다, 경관님."

"아니면, 집에 불이 나서 가족을 구하러 가는 길인가?"

위험하게 느껴질 만큼 부드럽게 비꼬는 목소리였다.

"저희 집에 불은 안 났습니다, 경관님."

"그렇다면 말입니다, 아주 지독한 곤경에 처하셨네요? 우리나라 제한 속도가 몇인지 알아요?"

내가 대답했다.

"시속 112킬로미터입니다."

"그럼 선생님은 정확히 시속 몇 킬로미터로 달리고 있었는지 말해보실래요?"

나는 어깨만 으쓱하고 아무 말도 하지 않았다.

다음으로 경찰관이 입을 열었을 때 그 목소리가 너무 커서 나는 깜짝 놀랐다. 경찰관이 고래고래 소리를 질렀다.

"자그마치 시속 193킬로미터예요! 제한 속도를 80킬로미터나 넘었다고요!"

그가 고개를 돌리더니 침을 퉤 뱉었다. 내 차 흙받이에 안착한 거대한 침덩어리가 파란색으로 아름답게 도색된 흙받이를 따라 미끄러지기 시작했다. 경찰관이 다시 고개를 돌려 조수석에 탄 남자를 빤히 보며 날카롭게 물었다.

"당신은 또 누구요?"

내가 말했다.

“히치하이커입니다. 제가 태워주는 중이었어요.”

경찰관이 말했다.

“당신한테 안 물었는데요. 저 사람한테 물었지.”

나의 동승자가 헤어크림처럼 기름지고 부드러운 목소리로 물었다.

“제가 무슨 잘못이라도 했습니까?”

“그럴 가능성이 아주 크지. 아무튼, 당신이 목격잡니다. 당신은 잠시 후에 보기로 하고. 자, 운전면허증 주시죠.”

경찰관이 이렇게 쏘아붙이며 손을 내밀었다.

내가 그에게 면허증을 주었다.

경찰관이 제복 상의 왼쪽 가슴 주머니 단추를 풀고 내가 염려하던 대로 딱지첩을 꺼냈다. 그는 내 면허증을 보면서 이름과 주소를 신중하게 베껴 적은 다음 면허증을 돌려주었다. 경찰관이 차 앞쪽으로 어슬렁어슬렁 걸어가서 번호판을 읽은 다음 역시 적었다. 그는 날짜와 시간, 위반 사항을 자세히 적은 뒤 딱지의 첫 장을 찢어내고 아랫장에 모든 정보가 정확히 적혔는지 확인한 다음 딱지를 나에게 건넸다. 경찰관은 가슴 주머니에 딱지첩을 다시 넣고 단추를 채웠다.

“이제, 당신.”

경찰이 내 동승자에게 이렇게 말하더니 차를 빙 돌아 반대편으로 갔다. 그가 반대쪽 가슴 주머니에서 작은 검은색 메모장을 꺼내 차갑게 말했다.

"이름?"

"마이클 피시."

"주소?"

"루튼 윈저 레인 14."

"이름과 주소가 진짜인지 증명할 만한 걸 주시죠."

남자가 주머니에 손을 넣어 자기 면허증을 꺼냈다. 경찰관이 이름과 주소를 확인하고 그에게 돌려준 다음 날카롭게 물었다.

"직업이 뭐죠?"

"오드 운반꾼이요."

"뭐라고요?"

"오드 운반꾼."

"철자 불러봐요."

"에이치-오-디, 씨-에이-"

"됐어요. 오드 운반꾼이 뭔지 물어봐도 되겠소?"

"경관님, 오드 운반꾼은 사다리 위에서 일하는 벽돌공한테 시멘트를 날라주는 사람입니다. 오드는 시멘트를 담는 통 이름이지요. 손잡이가 길쭉하게 생겼는데, 위쪽에 나뭇조각을 일정한 각도로 달아서……"

"됐어요, 됐어. 어느 회사 다녀요?"

"없습니다. 실직중이에요."

경찰관은 들은 내용을 전부 검은색 공책에 적었다. 그런 다음 공책을 주머니에 다시 넣고 단추를 채웠다. 그가 내 동승자에게 말했다.

"경찰서에 돌아가면 당신을 좀 조사해봐야겠어."

쥐 얼굴의 사내가 물었다.

"나요? 내가 뭘 잘못했는데요?"

"그냥, 당신 얼굴이 마음에 안 들어. 우리 파일 어딘가에 당신 사진이 있을지도 모르지."

경찰관이 자동차를 빙 돌아 운전석 차창으로 와서 나에게 말했다.

"심각한 곤경에 처했다는 건 알겠지요?"

"네, 경관님."

"이 멋진 녀석은 한참 동안 몰 일 없을 겁니다. 우리랑 볼일이 끝난 후에도 말이죠. 아마 몇 년 동안 운전을 아예 못하게 될 겁니다. 잘된 일이죠. 한동안 들어갔다 오면 좋겠군요."

내가 깜짝 놀라 물었다.

"감옥 말입니까?"

경찰관이 입을 쩝쩝 다시며 대답했다.

"당연하죠. 감방에 말입니다. 쇠창살 뒤에. 법을 어긴 다른 범죄자들이랑 같이요. 거기다가 두둑한 벌금까지 나오겠죠.

그렇게 되면 누구보다도 내가 제일 기쁠 거요. 둘 다 법정에서 봅시다. 출석요구서가 갈 겁니다."

경찰관이 돌아서서 오토바이로 걸어갔다. 그가 발로 지지대를 원위치에 돌려놓더니 다리를 번쩍 들어 시트에 올랐다. 그런 다음 발로 시동을 걸고 굉음을 내며 도로로 들어가 사라졌다.

내가 헐떡이며 말했다.

"휴! 일 났네."

나의 동승자가 말했다.

"둘이 걸렸네요. 아주 제대로 걸렸어."

"제가 걸렸다는 뜻이겠지요."

"그렇죠. 이제 어떻게 하실 겁니까, 선생님?"

"런던에 가자마자 변호사랑 얘기해봐야죠."

내가 이렇게 말한 다음 자동차 시동을 켜고 운전을 시작했다.

"감옥에 갇힌다는 말은 믿을 거 없어요. 과속으로 징역을 살지는 않죠."

"확실해요?"

"물론이죠. 면허를 취소당하고 어마어마한 벌금을 낼 수는 있겠지만, 그뿐이에요."

나는 어마어마하게 마음이 놓였다.

"참. 왜 거짓말을 했습니까?"

"누가요, 내가요? 왜 거짓말을 했다고 생각하죠?"

"오드 운반꾼인데 실직 상태라고 했잖아요. 아까 나한테는 숙련업종에 종사한다면서요."

"맞아요. 하지만 짭새한테 다 털어놔서 좋을 건 없으니까요."

내가 물었다.

"그러면 진짜로 하는 일은 뭡니까?"

남자가 음흉하게 말했다.

"아. 그건 말할 수 없죠."

"그 일이 부끄러워요?"

남자가 소리쳤다.

"부끄럽냐고요? 내가, 내 일을 부끄러워하냐고요? 난 세상 누구보다 내 일이 자랑스럽다고요!"

"그런데 왜 말을 안 하는 거죠?"

"작가들은 정말 참견쟁이군요, 응? 답변을 딱 받아내야만 직성이 풀리죠, 안 그래요?"

내가 거짓말을 했다.

"저는 뭐 어떻든 별로 상관없습니다."

남자가 곁눈질로 나를 보며 교활하고 쥐 같은 표정을 살짝 짓고 말했다.

"상관이 있는 것 같은데. 얼굴에 다 쓰여 있어요. 내가 아주 특이한 일을 하는 것 같은데 그게 뭔지 알고 싶어 좀이 쑤실

지경이라고 말입니다."

나는 남자가 내 생각을 읽는 것이 마음에 들지 않았다. 그래서 아무 말 없이 눈앞의 도로만 빤히 바라보았다.

"선생님 생각이 맞아요. 나는 사실 아주 특이한 일을 합니다. 정말로 별난 일을 하죠."

나는 그가 말을 잇도록 기다렸다.

"아시겠지만, 그래서 상대를 가려가면서 말하는 겁니다. 까놓고 말해서 선생님이 평복을 입은 짭새인지 아닌지 내가 어떻게 알아요?"

"내가 짭새처럼 보여요?"

"아니요. 그렇게 보이진 않아요. 짭새는 아니죠. 그건 바보라도 알 겁니다."

남자가 주머니에서 담배 깡통과 종이를 꺼내더니 담배를 말기 시작했다. 나는 한쪽 눈을 흘끔거리며 그를 보고 있었는데, 그 까다로운 작업을 어찌나 빨리 하는지 믿기 힘들 정도였다. 5초 만에 담배가 완성되고 모든 준비가 끝났다. 남자가 종이 가장자리를 혀로 핥아서 붙이더니 입술 사이에 담배를 물었다. 그런 다음 난데없이 그의 손에 라이터가 쥐여 있었다. 라이터가 불꽃을 뿜어 담배에 불을 붙이고는 감쪽같이 사라졌다. 정말 놀라운 묘기였다.

"담배를 이렇게 빨리 마는 사람은 처음 봅니다."

남자가 연기를 깊이 빨아들이며 말했다.

"아, 알아보시네."

"당연히 알아봤지요. 환상적이던데요."

남자가 뒤로 기대어 앉아 미소를 지었다. 자신이 담배를 얼마나 빨리 마는지 내가 알아봐서 기쁜 듯했다.

"어떻게 이렇게 할 수 있는지 알고 싶어요?"

"말해봐요."

남자가 몸 앞으로 양손을 높이 쳐들며 말했다.

"환상적인 손가락을 갖고 있기 때문이죠. 이 손가락은 말입니다, 세계 최고 피아노 연주자의 손가락보다 더 빠르고 똑똑하거든요!"

"피아노를 치세요?"

"미친 소리 말아요. 내가 피아노를 칠 것처럼 보입니까?"

나는 남자의 손가락을 흘끔 보았다. 너무나 아름다운 모양이었고, 너무나 가늘고 길고 우아했기 때문에 그의 나머지 부분과 전혀 어울리지 않았다. 뇌외과의사나 시계공의 손가락에 더 가까워 보였다.

"내 일은 피아노 연주보다 백 배는 더 어려워요. 피아노야 천치도 배울 수 있죠. 요즘은 어느 집엘 가나 쪼끄만 애들이 피아노를 배운다고요. 그렇잖아요, 응?"

"대충 그렇죠."

"물론 그렇지요. 하지만 내가 하는 일을 배울 수 있는 사람은 천만 명 중에 한 명 있을까 말까예요. 천만 명에 한 명도 안 된다고요! 어때요?"

"놀랍군요."

"놀랍다는 그 말이 딱 맞아요."

"무슨 일을 하시는지 알 것 같네요. 마술을 하시는군요. 마술사예요."

남자가 코웃음을 쳤다.

"내가요? 마술사라고요? 내가 시시한 꼬맹이들 파티에서 모자를 들고 토끼를 꺼내는 모습이 상상이 가요?"

"그렇다면 카드 선수군요. 사람들을 카드 게임으로 끌어들여서 그 놀라운 손으로 카드를 돌리는 거죠."

남자가 소리쳤다.

"내가 말입니까? 썩어빠진 카드놀이로 사기를 친다고요? 정말 그런 직업이 있다면 진짜 나쁜 짓이죠."

"좋아요. 포기하겠습니다."

나는 다시 차를 세울 일이 없도록 아주 천천히, 시속 65킬로미터가 넘지 않게 차를 몰고 있었다. 우리는 런던과 옥스퍼드를 잇는 주요 도로에 접어들어 데넘을 향해 언덕을 내려가는 중이었다.

동승자가 어느새 검은색 가죽 허리띠를 손에 들고 물었다.

"이거 본 적 없어요?"

독특한 디자인의 놋쇠 버클이 달린 허리띠였다.

"어! 내 거잖아요, 맞죠? 내 거 맞아요! 어디서 났습니까?"

남자가 싱긋 웃으며 허리띠를 이리저리 흔들었다.

"어디서 났을 것 같아요? 당연히 당신 바지에서 났죠."

내가 손을 내려 더듬더듬 허리띠를 찾았다. 사라지고 없었다. 내가 당황하여 그에게 물었다.

"우리가 차를 타고 오는 사이에 가져갔단 말입니까?"

남자가 그 작고 검은 쥐 같은 눈을 나에게서 떼지 않은 채 고개를 끄덕였다.

"불가능해요. 버클도 풀어야 하고, 허리를 한 바퀴 감싸고 있잖아요. 그걸 당신이 빼면 내가 당연히 봤겠죠. 설령 못 봤어도 느낌이 났을 거라고요."

"아, 하지만 느낌이 안 났잖아요, 응?"

남자가 의기양양하게 말하더니 허리띠를 자기 무릎에 떨어뜨렸고, 이제 그의 손가락에서 갈색 신발끈이 흔들리고 있었다. 그가 신발끈을 흔들며 외쳤다.

"그럼 이건 어떻게 된 걸까요?"

"그게 뭡니까?"

남자가 싱긋 웃으며 물었다.

"여기 누구 신발끈 잃어버리신 분 없습니까?"

내가 신발을 내려다보니 한쪽 신발끈이 없었다.

"이럴 수가! 어떻게 한 거죠? 몸을 숙이는 것도 못 봤는데요."

남자가 자랑스럽게 말했다.

"당연히 못 봤겠죠. 당신이 보기에는 내가 1센티미터도 안 움직였겠죠. 왜 그런지 알아요?"

"네. 당신은 환상적인 손가락을 가지고 있으니까요."

남자가 외쳤다.

"바로 그거죠! 눈치가 참 빠르시네."

그가 뒤로 기대어 앉아 직접 만든 담배를 빨면서 차창에 가느다란 연기를 내뿜었다. 남자는 자신이 두 번의 묘기로 나에게 큰 인상을 남겼음을 알았고, 그래서 아주 행복했다.

"늦고 싶지는 않은데요. 지금 몇시죠?"

"바로 앞에 시계 있어요."

"자동차 시계는 못 믿죠. 안 믿어요. 손목시계로는 몇십니까?"

내가 손목시계를 보려고 소매를 들추었다. 없었다. 내가 남자를 보자 그가 싱긋 웃으며 나를 마주보았다.

"시계도 가져갔군요."

남자가 내민 손바닥에 내 손목시계가 놓여 있었다.

"좋은 시계네요. 품질이 아주 뛰어나요. 18캐럿 금이니 팔기도 쉽겠고. 품질 좋은 물건을 처리하는 건 아무 문제가 없죠."

내가 약간 화를 내며 말했다.

"괜찮다면 돌려받고 싶은데요."

남자가 자기 앞 가죽 트레이에 시계를 조심스럽게 놓았다.

"난 아무것도 훔치지 않을 겁니다, 선생님. 당신은 내 친구예요. 날 태워줬잖아요."

"그렇다니 다행이네요."

"난 당신 질문에 대답을 하고 있는 것뿐이에요. 직업이 뭐냐고 물었으니 보여주는 거죠."

"또 뭘 가져갔습니까?"

남자가 다시 미소를 짓더니 주머니에서 내 물건을 하나하나 꺼내기 시작했다. 운전면허증, 열쇠가 네 개 달린 열쇠고리, 파운드 지폐 몇 장, 동전 몇 개, 출판사에서 온 편지, 일기장, 낡은 몽당연필, 라이터, 그리고 마지막으로 사파이어 주변에 진주가 빙 둘러 박힌 아내의 아름다운 반지. 진주가 하나 빠져서 내가 런던의 보석상에 가지고 가는 길이었다.

남자가 손가락으로 반지를 뒤집으며 말했다.

"이것도 사랑스러운 물건이네요. 내 생각이 맞다면 18세기, 조지 3세 시대 물건이군요."

내가 놀라며 말했다.

"맞습니다. 정확해요."

남자가 반지를 다른 물건들과 함께 가죽 트레이에 올렸다.

"소매치기이시군요."

"난 그 말이 싫습니다. 천하고 저속한 말이죠. 소매치기는 사소하고 쉬운 일, 아마추어 같은 일만 하는 천하고 저속한 사람들이에요. 눈먼 노파한테서 돈을 슬쩍하죠."

"그러면 당신은 뭐라고 부릅니까?"

"나요? 나는 핑거스미스예요. 전문 핑거스미스죠."

그는 자신을 왕립 의대 학장이나 캔터베리 대주교라고 소개하는 것처럼 자랑스럽고 위엄 있게 말했다.

"그런 단어는 들어본 적 없는데요. 당신이 만들었습니까?"

"물론 내가 만든 건 아니에요. 이 일에서 최고의 자리까지 올라간 사람들에게 주어지는 이름이죠. 예를 들어 금세공사나 은세공사를 골드스미스나 실버스미스라고 부르잖아요. 금과 은을 다루는 전문가죠. 나는 손가락을 쓰는 전문가니까 핑거스미스예요."

"흥미로운 직업이겠군요."

"놀라운 직업이죠. 아주 좋아요."

"그래서 경마장에 가는 겁니까?"

"경마장 일은 아주 쉽죠. 경주가 끝난 다음에 가만히 서서 배당금을 받으려고 줄 선 운좋은 사람들을 지켜보기만 하면 돼요. 지폐를 잔뜩 받아가는 사람이 보이면 따라가서 슬쩍하면 되지요. 오해하지 마세요, 선생님. 돈을 잃은 사람은 안 건

드려요. 가난한 사람도 그렇고요. 감당할 수 있는 사람들, 돈을 딴 사람과 부자들만 쫓아가죠."

"아주 사려 깊으시네요. 가끔 잡히기도 합니까?"

남자가 진저리를 내며 소리쳤다.

"잡혀요? 내가요? 잡히는 건 소매치기죠. 핑거스미스는 절대 안 잡혀요. 내가 작정하면 당신 의치를 가져가도 안 잡혀요!"

"저는 의치가 없는데요."

"없는 거 알아요. 아니면 내가 벌써 가져갔을 테니까!"

나는 남자의 말을 믿었다. 그 길고 가느다란 손가락이라면 뭐든 할 수 있을 것 같았다.

우리는 한참 동안 말없이 차를 타고 달렸다.

"아까 그 경찰관이 당신을 샅샅이 조사할 텐데요. 전혀 걱정 안 돼요?"

"아무도 날 조사하지 않을 겁니다."

"당연히 하겠죠. 검은색 공책에다가 당신 이름이랑 주소를 아주 주의깊게 적었잖아요."

남자가 또다시 쥐 같은 교활한 미소를 지어 보이며 말했다.

"아. 그랬지요. 하지만 머릿속에는 못 적었을 거라고 장담하죠. 기억력이 괜찮은 짭새는 한 번도 본 적 없어요. 어떤 놈들은 자기 이름도 기억 못한다니까요."

"기억력이 무슨 상관입니까? 공책에 다 적혀 있잖아요, 안 그래요?"

"네, 선생님, 그렇죠. 하지만 문제는 그자가 공책을 잃어버렸다는 겁니다. 공책이랑 딱지첩을 전부 잃어버렸어요, 내 이름이 적힌 공책, 그리고 당신 이름이 적힌 딱지첩 말입니다."

남자는 길고 섬세한 오른손 손가락으로 경찰관의 주머니에서 꺼낸 공책 두 권을 의기양양하게 들고 있었다. 그가 자랑스럽게 선언했다.

"지금까지 해본 일 중에서 제일 쉬웠어요."

나는 너무 흥분한 나머지 우유 트럭에 차를 박을 뻔했다.

"이제 그 짭새한테 우리 두 사람에 대한 정보는 하나도 없어요."

내가 소리쳤다.

"당신 천재군요!"

"이름도, 주소도, 자동차 번호도, 아무것도 없다, 이 말입니다."

"정말 대단하십니다!"

"길가 아무데나 최대한 빨리 차를 대는 게 좋을 것 같네요. 불을 피워서 태우는 게 좋겠어요."

내가 소리쳤다.

"당신 정말 멋진 사람이군요!"

"고맙습니다, 선생님. 칭찬을 받으면 언제나 기분이 좋죠."

헨리 슈거의 놀라운 이야기

The Wonderful Story of Henry Sugar

하나

헨리 슈거는 마흔한 살에 미혼이었다. 게다가 돈도 많았다.

그가 돈이 많은 것은 아버지가 부자였기 때문인데, 아버지는 이제 죽고 없었다. 그가 미혼인 것은 너무 이기적이라서 아내와 돈을 나누기 싫었기 때문이다.

헨리 슈거는 키가 188센티미터였지만 본인이 생각하는 것만큼 잘생기지는 않았다.

그는 옷에 신경을 많이 썼다. 값비싼 양복점에 가서 양복을 맞추고, 셔츠 가게에서 셔츠를 맞추고, 제화점에서 신발을 맞췄다.

헨리 슈거는 얼굴에 값비싼 애프터셰이브 로션을 발랐고, 손을 보드랍게 유지하려고 거북이 기름이 함유된 크림을 발랐다. 전속 이발사가 열흘에 한 번씩 그의 머리를 다듬었고,

그때마다 손톱 손질도 받았다.

헨리 슈거는 원래 보기 싫은 누런색이었던 위쪽 앞니를 믿기 힘들 만큼 비싼 돈을 주고 씌웠다. 또 얼굴 왼쪽의 사마귀는 성형수술로 제거했다.

헨리 슈거는 페라리 자동차를 몰았는데, 분명 시골 오두막집 한 채와 맞먹는 가격이었을 것이다.

그는 여름이면 런던에 살았지만 10월이 되면 첫 서리가 내리자마자 서인도제도나 남프랑스로 가서 친구들과 함께 지냈다. 그의 친구들도 모두 물려받은 돈이 많아 부유했다.

헨리는 평생 하루도 일한 적이 없었고, 그가 직접 만든 좌우명은 '부담스러운 일을 하는 것보다 가벼운 반감을 사는 게 낫다'였다. 친구들은 이 말이 아주 재미있다고 생각했다.

헨리 슈거 같은 사람들은 해초처럼 전 세계를 떠돈다. 이런 사람들은 특히 런던, 뉴욕, 파리, 나소, 몬테고베이, 칸, 생트로페에서 볼 수 있다. 특별히 나쁜 사람은 아니지만 좋은 사람도 아니다. 그들은 전혀 중요하지 않으며, 말하자면 장식일 뿐이다.

이러한 유형의 부자들에게는 한 가지 공통점이 있는데, 바로 지금보다 더 큰 부자가 되고 싶다는 크나큰 충동이다. 백만은 절대 충분하지 않다. 2백만도 마찬가지이다. 이들은 더 많은 돈을 갖고 싶다는 채워지지 않는 갈망을 늘 가지고 있다. 따라서 어느 날 아침 일어나보니 은행 잔고가 하나도 남아 있지 않으면 어떻게 하나, 라는 끊임없는 공포에 떨면서 산다.

이들이 부를 늘리기 위해서 쓰는 방법은 똑같다. 주식과 채권을 사들인 다음 등락을 지켜본다. 또 카지노에서 위험부담이 큰 룰렛과 블랙잭을 한다. 경마에 돈을 건다. 이들은 모두 내기를 한다. 헨리 슈거는 리버풀 경의 잔디 테니스 구장에서 열린 거북이 경주에 천 파운드를 건 적도 있었다. 그리고 더욱 바보 같은 내기에서 에스먼드 핸버리라는 남자를 상대로 두 배의 돈을 걸기도 했다. 그 내기란 헨리의 개를 정원에 풀어놓은 다음 창문을 통해서 지켜보는 것인데, 그전에 개가 제일 먼저 어디에 발을 댈 것인지 각자 추측해야 했다. 담일까, 기둥일까, 덤불일까, 나무일까? 에스먼드는 담을 골랐다. 이 내기를 하기로 마음먹고 개의 습성을 며칠이나 연구했던 헨리는 나무를 골랐고, 내기에서 이겼다.

헨리와 친구들은 이처럼 우스꽝스러운 게임을 하면서 돈이 많고 한가하다는 끔찍한 지루함을 극복하려고 애썼다.

독자들도 눈치챘겠지만, 헨리는 기회만 있으면 태연하게 친구들을 속였다. 헨리의 개를 이용한 내기는 전혀 정직하지 않았다. 여러분이 알고 싶다면, 거북이 경주도 정직하지 않았다. 헨리는 경주가 열리기 한 시간 전에 상대방의 거북이 입에 약간의 수면제 가루를 억지로 밀어넣는 부정행위를 했다.

이제 헨리 슈거가 어떤 사람인지 대충 감이 온다면 내가 하려는 이야기를 시작할 수 있을 것이다.

어느 여름 주말, 헨리는 윌리엄 윈덤 경의 집에서 며칠 지내기 위해 런던에서 자동차를 타고 길퍼드로 갔다. 윌리엄 경의 저택은 장엄했고 영지도 마찬가지였지만, 토요일 오후 헨리가 도착했을 때 이미 비가 세차게 내리고 있었다. 테니스도 크로케도 끝이었다. 야외 수영장에서 수영을 할 수도 없었다. 집주인과 손님들은 거실에 침울하게 앉아서 창문에 흘러내리는 비를 바라보았다. 대부호는 악천후에 어마어마하게 분노한다. 돈으로 어떻게 할 수 없는 불편함이기 때문이다.

거실의 누군가가 말했다.

"판돈을 크게 걸고 카나스타 카드 게임이나 하지."

사람들은 멋진 생각이라고 했지만 총 다섯 명이었으므로 한 명은 게임에서 빠져야 했다. 그들은 카드를 섞었다. 헨리가 가장 낮은 카드를, 운 나쁜 카드를 뽑았다.

네 사람이 자리에 앉아서 카드 게임을 시작했다. 게임에 못 끼어서 짜증이 난 헨리는 응접실에서 어슬렁어슬렁 나가 큰 홀로 갔다. 그는 몇 초 정도 그림을 구경하다가 죽을 만큼 지루하고 할일이 하나도 없어서 그냥 집안을 걸어다녔다. 마침내 헨리는 서재로 살금살금 들어갔다.

윌리엄 경의 아버지는 서적 수집가로 유명했기 때문에 거대한 서재의 사방 벽은 바닥에서 천장까지 책으로 가득차 있었다. 헨리 슈거는 별다른 감흥을 느끼지 못했다. 관심조차 없었다. 헨리가 읽는 책이라고는 탐정 소설과 스릴러뿐이었다. 그는 정처 없이 느릿느릿 돌아다니면서 자신이 좋아할 만한 책이 없나 살펴보았다. 그러나 윌리엄 경의 서재에는 가죽 장정에 발자크, 입센, 볼테르, 존슨, 피프스 같은 이름이 적힌 책밖에 없었다. 헨리가 생각했다. 전부 다 지루한 쓰레기밖에 없군. 그러나 그가 서재에서 나가려는 순간 다른 책들과 전혀 다른 책이 눈에 들어왔다. 너무 얇아서 양옆의 책들보다 약간 튀어나와 있지 않았다면 절대 눈에 띄지 않았을 것이다. 책장에서 꺼내보니 책이 아니라 아이들이 학교에서 쓰는 마분지 표지의 연습장이었다. 짙은 푸른색 표지에는 아무것도 적혀 있지 않았다. 헨리가 연습장을 열었다. 첫 페이지에 잉크로 쓴 손글씨로 이렇게 적혀 있었다.

눈을 쓰지 않고 볼 수 있었던 남자,
이므라트 칸 인터뷰 보고서
의학박사 존 F. 카트라이트

인도 봄베이　　1934년 12월

이거 좀 흥미로운데. 그가 책장을 넘겼다. 다음 내용은 전부 검정 잉크 손글씨로 적혀 있었다. 글씨는 또박또박 깔끔했다. 헨리는 자리에 선 채로 첫 두 장을 읽었다. 그러자 어느새 계속 읽고 싶어졌다. 재미있는 내용이었다. 흥미진진했다. 그는 작은 책을 들고 창가에 놓인 가죽 안락의자로 가서 편안하게 자리를 잡았다. 그런 다음 처음부터 다시 읽기 시작했다.

둘

다음은 헨리가 작은 파란색 연습장에서 읽은 내용이다.

나, 존 카트라이트는 봄베이 종합병원의 외과의사이다. 1934년 12월 2일 아침, 나는 의사 휴게실에서 차를 마시고 있었다. 나 외에도 의사가 세 명 더 있었는데, 모두 직접 만든 차를 마시며 휴식을 즐기고 있었다. 마셜 박사, 필립스 박사, 맥팔레인 박사였다. 그때 누가 문을 두드려서 내가 말했다.

"들어오세요."

문이 열리더니 인도인이 한 명 들어와 우리에게 미소를 지으며 말했다.

"실례합니다. 신사분들께 한 가지 부탁을 드려도 될까요?"

의사 휴게실은 아주 사적인 공간이었다. 응급 상황이 아닌

이상 의사 외에는 아무도 들어올 수 없었다.

맥팔레인 박사가 날카롭게 말했다.

"이곳은 사적인 공간입니다."

"네, 네. 저도 압니다. 이렇게 들이닥쳐서 정말 죄송합니다, 선생님들. 하지만 여러분께 보여드릴 아주 흥미로운 것이 있어서요."

우리 네 사람 모두 상당히 짜증이 나서 아무 말도 하지 않았다.

"신사분들. 저는 눈을 쓰지 않고도 보는 사람입니다."

우리는 여전히 그에게 들어오라고 하지 않았다. 그러나 내쫓지도 않았다.

"어떤 식으로든 원하시는 대로 제 눈을 가려도 좋습니다. 저는 머리에 붕대 50개를 칭칭 감아도 여러분께 책을 읽어드릴 수 있습니다."

그는 아주 진지해 보였다. 나는 호기심이 동했다.

"이리 오세요."

내가 말하자 그가 나에게 다가왔다.

"돌아서세요."

남자가 돌아섰다. 내가 그의 눈꺼풀을 감기고 눈 위에 손을 단단히 올렸다.

"자. 다른 의사들 중 한 명이 손가락을 들 겁니다. 몇 개 들었는지 말해보세요."

마셜 박사가 손가락 일곱 개를 들자 인도인이 말했다.

"일곱 갭니다."

내가 말했다.

"한번 더 하죠."

마셜 박사가 양 주먹을 꽉 쥐고 손가락을 모두 가리자 인도인이 말했다.

"하나도 안 들었습니다."

내가 그의 눈에서 손을 치우며 말했다.

"나쁘지 않군요."

마셜 박사가 나섰다.

"잠깐만. 이렇게 해보지."

휴게실 문에 박힌 못에 하얀 의사 가운이 하나 걸려 있었다. 마셜 박사가 가운을 내려서 긴 목도리처럼 둘둘 말더니 인도인의 머리에 씌우고 뒤에서 끝부분을 꽉 잡았다. 그가 말했다.

"이제 시험해봐."

내가 주머니에서 열쇠를 하나 꺼내서 물었다.

"이게 뭐죠?"

"열쇠입니다."

내가 열쇠를 다시 넣고 빈손을 들며 물었다.

"이 물건은 뭡니까?"

"아무것도 없습니다. 손이 비어 있습니다."

마셜 박사가 남자의 눈을 가렸던 가운을 벗기고 물었다.

"어떻게 하는 겁니까? 비결이 뭐죠?"

"비결 같은 건 없습니다. 제가 수년 동안 훈련해서 얻은 진짜 능력이에요."

내가 물었다.

"어떤 훈련이오?"

"죄송합니다, 선생님. 사적인 방법이라서요."

"그러면 여기 왜 오셨습니까?"

"도움을 청하러 왔습니다."

남자는 서른 살 정도에 피부가 코코넛처럼 연한 갈색이고 키가 컸다. 검정 콧수염을 짧게 길렀고 신기하게도 귀 뒤에 검은 털들이 짙게 얽혀 있었다. 그는 흰색 면 로브를 입고 맨발에 샌들을 신고 있었다.

"저, 신사분들. 저는 유랑극단에서 일해서 먹고사는 사람인데, 봄베이에 막 도착했습니다. 오늘밤에 개막 공연을 합니다."

내가 물었다.

"어디서 하죠?"

"로열팰리스 홀에서요. 아카시아 스트리트에 있습니다. 제가 간판스타예요. '이므라트 칸, 눈 없이 보는 남자'라는 프로그램이지요. 공연을 대대적으로 홍보하는 것이 제 의무입니다. 표를 못 팔면 먹을 수가 없어요."

내가 그에게 물었다.

"그게 우리랑 무슨 상관입니까?"

"아주 흥미로울 겁니다. 아주 재미있어요. 설명 드리지요. 저는 우리 극단이 새로운 마을에 갈 때마다 제일 큰 병원으로 가서 의사 선생님들께 붕대로 눈을 가려달라고 부탁합니다. 아주 전문가답게 해달라고 부탁드리지요. 눈을 여러 번, 확실하게 가렸는지 의사 선생님들이 확인하는 겁니다. 반드시 의사 선생님이 해주셔야 해요, 아니면 다들 제가 사기를 친다고 생각할 테니까요. 그렇게 붕대를 다 감고 나면 제가 거리로 나가서 위험한 행동을 합니다."

내가 물었다.

"무슨 뜻입니까?"

"그러니까, 앞이 보이지 않는 사람에게는 아주 위험한 행동을 하는 겁니다."

"뭘 하는데요?"

"아주 흥미로운 일이지요. 먼저 친절을 베풀어 제 눈에 붕대를 감아주시면 보여드릴게요. 이 사소한 부탁을 들어주신다면 저에게는 정말 크나큰 은혜입니다, 선생님들."

내가 세 의사를 보았다. 필립스 박사는 환자들에게 돌아가야 한다고 말했다. 맥팔레인 박사도 같은 말을 했다. 마셜 박사가 말했다.

"음, 안 될 거 뭐 있어? 재미있겠는데. 1분도 안 걸릴 거야."

내가 말했다.

"나도 찬성이야. 하지만 제대로 하자고. 엿볼 수 없게 확실히 해야지."

인도인이 말했다.

"정말 친절하시군요. 뭐든 원하는 대로 하십시오."

필립스 박사와 맥팔레인 박사가 휴게실을 나갔다. 내가 마셜 박사에게 말했다.

"붕대를 감기 전에 먼저 눈꺼풀을 봉하지. 그런 다음 부드럽고 단단하고 끈적거리는 물질을 덧대는 거야."

마셜 박사가 물었다.

"예를 들면?"

"밀가루 반죽 어때?"

"반죽이면 완벽하겠군."

"좋아. 자네가 병원 빵집에서 반죽을 슬쩍 가지고 오는 동안 내가 이 사람을 수술실로 데리고 가서 눈꺼풀을 봉하지."

나는 인도인을 휴게실에서 데리고 나가 긴 복도를 지나서 수술실로 갔다. 내가 높은 침대를 가리키며 말했다.

"여기 누워요."

남자가 침대에 누웠다. 나는 찬장에서 작은 병을 꺼냈다. 끝에 점안기가 달려 있었다.

"이건 콜로듐이라는 물질입니다. 눈을 감고 눈꺼풀에 바르면 굳어서 눈을 뜰 수 없을 겁니다."

"나중에 어떻게 벗겨내죠?"

"알코올로 쉽게 녹일 수 있어요. 인체에는 전혀 무해합니다. 이제 눈을 감으세요."

인도인이 눈을 감았다. 내가 양쪽 눈꺼풀에 콜로듐을 바르며 말했다.

"계속 감고 있어요. 굳을 때까지 기다리세요."

몇 분 뒤, 콜로듐이 눈꺼풀 위에 단단한 막을 형성하여 눈을 확실히 감겼다.

"눈을 떠보세요."

그가 눈을 뜨려고 했지만 떠지지 않았다.

마셜 박사가 반죽이 담긴 그릇을 가지고 들어왔다. 빵을 구울 때 쓰는 평범한 흰 반죽이었다. 부드럽고 감촉이 좋았다. 내가 반죽을 한 덩어리 떼어서 한쪽 눈에 발랐다. 눈두덩이 전체를 채우고 주변 피부에까지 바른 다음 가장자리를 세게 눌렀다. 그런 다음 반대쪽 눈에도 똑같이 했다.

"지나치게 불편하지는 않은가요?"

"괜찮습니다."

내가 마셜 박사에게 말했다.

"자네가 붕대를 감게. 난 손가락이 아직 끈적거려서."

"그러지. 자, 보게."

마셜 박사가 두툼한 탈지면을 꺼내 눈두덩이를 덮은 반죽 위에 올렸다. 탈지면이 반죽에 달라붙었다. 그가 인도인에게 말했다.

"일어나 앉으세요."

남자가 침대에 일어나 앉았다.

마셜 박사가 폭 7.5센티미터짜리 붕대를 꺼내서 남자의 머리에 감고 또 감았다. 붕대가 탈지면과 반죽을 제자리에 고정시켰다. 마셜 박사가 붕대에 핀을 꽂았다. 그런 다음 붕대를 하나 더 꺼내서 첫번째 붕대 위로 눈뿐만 아니라 얼굴과 머리 전체에 감았다.

인도인이 말했다.

"숨을 쉬어야 하니까 코는 남겨주세요."

마셜 박사가 대답했다.

"물론이죠."

그가 붕대를 다 감은 다음 마지막으로 핀을 꽂고 나에게 물었다.

"어떤가?"

"완벽하군. 절대 이 붕대를 뚫고 보지는 못할 거야."

이제 남자의 머리 전체에 두꺼운 흰색 붕대가 둘둘 말려서 튀어나온 코끝밖에 보이지 않았다. 끔찍한 뇌수술을 받은 사람 같았다.

마셜 박사가 그에게 물었다.

"느낌이 어떻습니까?"

"좋습니다. 이렇게 철저하게 눈을 가려주시다니, 두 분께 칭찬을 해드려야겠군요."

마셜 박사가 나를 보며 싱긋 웃고 말했다.

"그럼 가시죠. 앞이 얼마나 잘 보이는지 우리한테 보여줘요."

인도인이 침대에서 일어나더니 수술실 문으로 곧장 걸어가서 문을 열고 밖으로 나갔다.

내가 말했다.

"세상에! 봤나? 문손잡이를 바로 잡았어!"

마셜 박사는 갑자기 하얗게 질린 얼굴로 웃음을 뚝 그쳤다. 그가 황급히 문 쪽으로 걸어가며 말했다.

"따라가야겠어."

나도 얼른 문으로 갔다.

인도인은 병원 복도를 따라 아무렇지도 않게 걷고 있었다. 마셜 박사와 나는 그와 4.5미터 정도 떨어져 있었다. 흰 붕대를 칭칭 감아 희고 거대한 머리를 갖게 된 남자가 다른 사람들과 전혀 다를 것 없이 아무렇지도 않게 복도를 따라 어슬렁어슬렁 걸어가는 모습을 보니 정말 오싹했다. 나는 그의 눈꺼풀을 확실히 봉하고 눈두덩에 반죽을 채웠다. 그는 그 위에 탈지면을 붙이고 붕대까지 감았다. 나는 그 사실을 확실히 알았기 때문에 더 오싹했다.

복도에서 인도인 잡역부가 남자를 향해 다가오는 것이 보였다. 그는 식사가 담긴 배식차를 밀며 오다가, 흰 머리 남자를 보고 갑자기 얼어붙은 것처럼 멈췄다. 붕대를 칭칭 감은 인도인은 아무렇지도 않게 한쪽 옆으로 비켜 배식차를 피하더니 계속 걸어갔다.

내가 외쳤다.

"저걸 봤어! 배식차를 틀림없이 봤어! 저걸 피해 갔다고! 정말 믿을 수가 없군!"

마셜 박사는 대답하지 않았다. 그의 뺨이 새하얗게 질렸고 너무 충격적이라서 믿을 수 없다는 듯 얼굴 전체가 굳었다.

계단에 도착한 인도인이 아래로 내려가기 시작했다. 그는 아무 문제 없이 걸어내려갔다. 손잡이를 잡지도 않았다. 여러 사람들이 계단을 올라오고 있었는데, 다들 걸음을 멈추고 숨을 헉 들이마시더니 남자를 빤히 보다가 얼른 길을 비켰다.

계단을 다 내려간 인도인은 오른쪽으로 꺾어서 거리로 나가는 문을 향했다. 마셜 박사와 나는 그의 뒤를 바짝 쫓았다.

우리 병원 건물 입구는 길가에서 약간 들어와 있고, 아카시아 나무로 둘러싸인 장엄한 계단을 꽤 많이 걸어 내려가면 작은 정원이 나왔다. 마셜 박사와 나는 눈부신 햇살 속으로 나가 계단 꼭대기에 섰다. 저 아래 정원에 백 명 정도 되는 사람들이 보였다. 그중 최소 절반은 맨발의 아이들이었는데, 흰 머리 인도인이 계단을 걸어내려가자 다들 환호성을 지르고 소리를 치며 몰려들었다. 남자가 양손을 머리 위로 들어서 인사했다.

그때 갑자기 자전거가 시야에 들어왔다. 작은 남자애가 계단 밑 한쪽 옆에서 자전거를 붙들고 있었다. 자전거 자체는 평범했지만 뒷바퀴 차대에 가로세로 1.5미터 정도 되는 커다란 플래카드가 붙어 있고, 거기에 이렇게 적혀 있었다.

이므라트 칸, 눈 없이 보는 남자!

오늘 병원 의사들이 제 눈에 붕대를 감았습니다!

오늘밤, 그리고 이번주 내내 아카시아 스트리트 로열팰리스 홀에서 저녁 일곱시에 공연합니다.

놓치지 마세요! 당신은 기적을 목도할 것입니다!

우리의 인도인은 계단을 끝까지 내려가더니 자전거를 향해 곧장 걸어갔다. 그가 뭐라고 말하자 아이가 미소를 지었다. 인도인이 자전거에 올랐다. 사람들이 길을 내주었다. 그런 다음, 아아, 붕대로 눈을 완전히 가린 남자가 자전거를 타고 정원을 가로지르더니 도로에서 북적거리며 빵빵대는 자동차들 사이로 들어갔다! 사람들은 어느 때보다 더 크게 환호했다. 맨발의 아이들이 그를 쫓아 달리며 소리를 지르고 웃었다. 우리는 1분 정도 그를 지켜볼 수 있었다. 그는 북적거리는 도로에서 더없이 능숙하게 자전거를 탔다. 자동차들이 그의 옆을 쌩하니 지나쳤고 아이들 한 무리가 그를 쫓아 달렸다. 잠시 후 자전거는 모퉁이를 돌아 사라졌다.

마셜 박사가 말했다.

"정말 머리가 핑 도는 느낌이군. 도저히 믿을 수가 없어."

"우린 믿어야지. 붕대 밑의 반죽을 뺐을 리는 없어. 우리가 계속 지켜봤잖아. 그리고 눈을 봉한 콜로듐을 녹이려면 탈지면이랑 알코올도 있어야 되고, 최소 5분은 걸릴 거야."

"내 생각을 말해줄까? 우리가 기적을 본 것 같아."

우리는 돌아서서 천천히 병원으로 들어갔다.

셋

나는 그날 온종일 병원에서 환자를 보느라 바빴다. 저녁 여섯시에 업무가 끝나자 나는 샤워를 하고 옷을 갈아입으려고 자동차를 몰고 내 아파트로 돌아왔다. 당시 봄베이는 1년 중 가장 더운 계절이었기 때문에 해가 진 후에도 활활 타는 아궁이처럼 열기가 가득했다. 의자에 가만히 앉아만 있어도 살갗에서 땀이 스며나왔다. 얼굴은 종일 축축하게 번들거리고 셔츠가 가슴에 착 달라붙었다. 나는 시원한 물로 한참이나 샤워를 했다. 그런 다음 허리에 수건을 두르고 베란다에 앉아서 위스키소다를 마셨다. 그러고 나서 깨끗한 옷을 입었다.

일곱시 10분 전, 나는 아카시아 스트리트 로열팰리스 홀 앞이었다. 궁전이라는 뜻의 팰리스라는 이름이 어울리는 곳은 아니었다. 회합이나 무도회를 열 때 별로 크지 않은 돈을 주고 빌릴 수 있는 자그마하고 초라한 홀이었다. 동네 인도인들 상당수가 매표소 앞에서 서로 이리저리 떠밀고 있었고, 입구의 커다란 포스터에는 이번주 내내 저녁마다 '국제적인 극단'의 공연이 있다고 적혀 있었다. 포스터에 따르면 저글러와 마술사, 곡예사, 칼 삼키는 사람, 불 먹는 사람, 뱀 부리는 사람이 나오고 '라자와 호랑이 여인'이라는 단막 공연이 있다고 했다. 그러나 이 모든 프로그램 위에 제일 큰 글씨로 '이므라트 칸, 눈 없이도 보는 기적의 남자'라고 적혀 있었다.

나는 표를 사서 안으로 들어갔다.

두 시간짜리 공연이었다. 놀랍게도 나는 공연을 진심으로 즐겼다. 공연자들이 모두 뛰어났다. 나는 조리도구로 저글링을 하는 남자가 마음에 들었다. 그는 소스팬, 프라이팬, 베이킹 트레이, 커다란 접시, 캐서롤 냄비를 허공에 띄웠다. 뱀 부리는 사람이 데리고 나온 커다란 초록색 뱀은 거의 꼬리 끝으로 서서 그의 피리 소리에 맞춰 몸을 흔들었다. 불 먹는 사람은 불을 먹었고 칼 삼키는 사람은 가느다랗고 뾰족한 검을 목구멍을 통해 뱃속으로 적어도 1.2미터는 넣었다. 마지막으로 엄청난 팡파르 소리와 함께 우리의 친구 이므라트 칸이 등장했다. 병원에서 우리가 감아준 붕대는 풀려 있었다.

관객 몇 명이 무대로 불려나가 그의 눈을 가리기 위해 천과 목도리, 터번을 둘둘 감자 균형을 잡기도 힘들 정도로 머리가 거대해졌다. 그런 다음 그에게 리볼버가 주어졌다. 작은 남자애가 등장해서 무대 왼쪽에 섰다. 내가 보니 그날 아침 병원 앞에서 자전거를 잡고 있던 아이였다. 소년이 머리에 깡통을 올리고 가만히 섰다. 이므라트 칸이 조준하자 관객들은 죽은듯 고요해졌다. 그가 총을 쏘았다. 탕 소리에 우리 모두 깜짝 놀랐다. 아이의 머리 위에 놓여 있던 깡통이 날아가 바닥에서 달그락거리며 굴렀다. 아이가 깡통을 집어들고 관객들에게 총알구멍을 보여주었다. 모두들 박수치고 환호했다. 소년이 미소를 지었다.

그다음으로 아이가 나무 칸막이 앞에 서자 이므라트 칸이 소년의 몸 주변으로 칼을 연달아 던졌고 대부분 아주 가까이 꽂혔다. 정말 대단한 공연이었다. 눈을 가리지 않은 상태에서도 저렇게 정확히 던질 수 있는 사람은 많지 않은데 여기 이 사람, 이 비범한 친구는 머리에 천을 칭칭 감아 나무막대기에 꽂힌 거대한 눈덩이 같은 꼴을 하고도 칼을 휙 던져서 소년의 머리 바로 옆에, 머리카락 한 올 들어갈까 말까 할 만큼 가까이에 꽂았다. 아이는 공연 내내 미소를 지었고, 공연이 끝나자 관객들은 흥분해서 발을 구르며 소리를 질렀다.

이므라트 칸의 마지막 공연은 대단한 장관은 아니었지만 훨씬 더 인상적이었다. 커다란 금속 통이 무대 위로 올라오더니 관객을 불러서 통을 살펴보고 구멍이 없는지 확인시켰다. 구멍은 없었다. 그런 다음 붕대가 칭칭 감긴 이므라트 칸의 머리에 통을 씌웠다. 통은 어깨를 지나 팔꿈치까지 내려오는 깊이였기 때문에 그의 위팔은 몸통에 딱 붙어 고정되었다. 그러나 아래팔과 손은 뻗을 수 있었다. 누군가 그의 한 손에 바늘, 한 손에 실을 쥐여주었다. 그는 헛손질 한번 없이 바늘귀에 실을 깔끔하게 꿰었다. 나는 당황했다.

공연이 끝나자마자 무대 뒤로 찾아간 나는 작지만 깨끗한 대기실의 등받이 없는 나무 의자에 조용히 앉아 있는 이므라트 칸을 발견했다. 작은 인도인 아이가 그의 머리에 칭칭 감긴 목도리와 천을 풀고 있었다.

"아. 병원에서 오신 내 친구 의사 선생님이군요. 들어오세요, 선생님. 들어오세요."

"공연 봤습니다."

"어떻던가요?"

"아주 마음에 들더군요. 정말 대단하다고 생각했습니다."

"감사합니다. 큰 칭찬이네요."

내가 아이를 보고 고개를 끄덕이며 말했다.

"조수도 칭찬해줘야겠군요. 너 정말 용감하구나."

"이 애는 영어를 못합니다. 하지만 제가 전해드리죠."

남자가 소년에게 힌두스타니어로 재빨리 말하자 아이가 진지하게 고개를 끄덕였지만 아무 말도 하지 않았다.

"음, 오늘 아침에는 제가 당신에게 호의를 베풀었지요. 당신도 제게 호의를 베풀어주지 않겠습니까? 저랑 나가서 저녁 식사를 같이하시죠."

이제 머리에 칭칭 감긴 것들이 모두 풀렸다. 남자가 나를 보고 미소를 지으며 말했다.

"궁금하신 것 같군요, 의사 선생님. 제 말이 맞지요?"

"아주 궁금합니다. 당신과 이야기를 하고 싶어요."

나는 그의 귀 뒤에 얽혀 있는 보기 드물게 두껍고 검은 털을 보고 다시 한번 놀랐다. 이런 사람은 본 적이 없었다.

"저는 의사 선생님에게 질문을 받아본 적이 없지만, 좋습니다. 함께 저녁식사를 한다면 아주 기쁘겠군요."

"차에서 기다릴까요?"

"네, 부탁드립니다. 좀 씻고 이 더러운 옷도 갈아입어야 하니까요."

나는 내 차가 어떻게 생겼는지 설명한 다음 밖에서 기다리겠다고 말했다.

15분 뒤, 남자가 깨끗한 흰색 면 로브를 입고 맨발에 평범한 샌들을 신고 나타났다. 얼마 후 우리 두 사람은 내가 가끔 가는, 봄베이에서 가장 맛있는 커리를 만드는 작은 식당에 편안하게 앉아 있었다. 나는 커리를 먹으면서 맥주를 마셨다. 이므라트 칸은 레모네이드를 마셨다.

"나는 작가가 아니라 의사입니다. 하지만 당신 이야기를 처음부터 해주면, 눈을 쓰지 않고도 앞을 보는 이 마법 같은 힘을 어떻게 계발했는지 최대한 충실하게 적을게요. 그러면 〈브리티시 메디컬 저널〉에, 어쩌면 더 유명한 잡지에 실릴지도 몰라요. 저는 의사지, 돈 때문에 이야기를 파는 작가가 아니니까 사람들이 제 말을 훨씬 진지하게 받아들일 겁니다. 그러면 당신에게 도움이 될 거예요, 안 그런가요? 더 유명해지면 말입니다."

"아주 큰 도움이 되겠지요. 하지만 왜 그런 일을 하시려는 거죠?"

"궁금해서 미치겠으니까요. 그뿐입니다."

이므라트 칸이 커리와 밥을 한입 먹고 천천히 씹었다. 그런 다음 말했다.

"좋습니다. 그렇게 하지요."

내가 외쳤다.

"아주 좋아요! 식사를 마치고 제 아파트로 가서 아무 방해도 없이 이야기를 나누도록 하죠."

우리는 식사를 끝냈고 내가 돈을 냈다. 그런 다음 나는 이므라트 칸을 내 아파트로 데리고 갔다.

넷

거실로 들어간 나는 메모를 하려고 종이와 연필을 꺼내왔다. 나는 환자의 병력을 기록할 때 쓰는 나만의 속기법이 있기 때문에 말이 너무 빠르지만 않으면 거의 전부 다 기록할 수 있다. 나는 그날 저녁에 이므라트 칸이 들려준 이야기를 빠짐없이 적었다고 생각한다. 바로 다음과 같다. 나는 그의 말을 있는 그대로 여러분들에게 전달하겠다.

이므라트 칸이 말했다.

"저는 인도인, 힌두인입니다. 1905년에 카슈미르주 아크누르에서 태어났지요. 우리 가족은 가난하고, 아버지는 철도 검표원이었습니다. 제가 열세 살 때 인도인 마술사가 학교에 와서 공연을 했습니다. 이름도 기억나는데, 무어 교수—인도의 마술사들은 모두 '교수'라고 칭하지요—였어요. 그의 마술은 참 대단했습니다. 저는 정말 큰 감명을 받아요. 진짜 마법이라고 생각하죠. 저는, 뭐라고 해야 할까요, 이 마법을 직접 배우고 싶다는 소망이 너무나 커서 이틀 뒤 나의 새로운 영웅 무어 교수를 찾아내서 따라다녀야겠다고 결심하고 가출합니다. 그동안 저축했던 14루피를 탈탈 털어 나오지만 옷은 걸치고 있는 것밖에 없습니다. 흰 도티(인도 힌두인 남성의 전통 의복—옮긴이)와 샌들 차림이지요. 그때가 1918년이고 저는 열세 살입니다.

저는 무어 교수가 320킬로미터 떨어진 라호르로 갔다는 사실을 알아내고 혼자 삼등칸 표를 사서 기차를 타고 따라갑니다. 라호르에서 교수를 찾아내지요. 무어 교수는 아주 저렴한 무대에서 마술 공연을 하고 있어요. 저는 무어 교수에게 정말 존경한다고, 조수가 되고 싶다고 말합니다. 그러자 무어 교수가 저를 받아들이지요. 보수요? 아 네, 보수는 하루에 8안나입니다.

교수는 저에게 링킹링 트릭(쇠로 된 고리들이 서로 통과하는 것처럼 보이게 하는 마술 트릭—옮긴이)을 가르치고, 제 일은 우스꽝스러운 옷을 입고 극장 앞 길거리에 서서 링킹링을 보여주면서 공연을 보러 오라고 사람들을 끄는 것입니다.

6주일 동안은 아주 좋았습니다. 학교에 가는 것보다 훨씬 나았지요. 하지만 저는 무어 교수에게 진짜 마법은 없고 전부 속임수와 재빠른 손놀림일 뿐이라는 사실을 깨닫고서 얼마나 충격을 받는지 모릅니다. 그 즉시 교수는 더이상 영웅이 아니었지요. 나는 내가 하는 일에 흥미를 완전히 잃지만, 또 내 마음은 아주 강렬한 갈망으로 가득찹니다. 나는 무엇보다도 진짜 마법을 알아내고 요가라 불리는 신기한 힘에 대해서 뭔가 발견하고 싶습니다.

그렇게 하려면 나를 제자로 받아줄 요기를 찾아야 합니다. 쉽지 않을 거예요. 진정한 요기가 나무에서 자라는 건 아니니까요. 인도 전역에 몇 명 없습니다. 또 요기는 광신적이라고 할 만큼 신심이 깊은 사람들이에요. 그러므로 스승을 찾으려면 나 역시 신심이 아주 깊은 척해야 하지요.

아니, 저는 사실 신심이 깊지 않습니다. 사기꾼이라고 할 만한 면이 있는 셈이지요. 나는 순전히 이기적인 이유로 요가의 힘을 얻고 싶었어요. 그 힘을 사용해서 명성과 재산을 얻고 싶었지요.

그것은 진정한 요기라면 세상 그 무엇보다도 경멸할 만한 욕심입니다. 사실 진정한 요기들은 요기가 힘을 잘못 쓰면 젊은 나이에 급사한다고 믿어요. 요기가 사람들 앞에서 요가를 보여주면 안 됩니다. 절대적으로 혼자서만, 종교적 의식으로서 기술을 닦아야지, 그러지 않으면 죽게 됩니다. 하지만 저는 그렇게 믿지 않았고, 지금도 믿지 않습니다.

그래서 이제 요기 스승을 찾기 위한 저의 탐색이 시작됩니다. 저는 무어 교수와 결별하고 펀자브의 암리차르라는 마을로 가서 어느 유랑극단에 들어갑니다. 비밀을 찾으면서 동시에 생계를 꾸려야 하는데, 저는 학교에 다닐 때부터 아마추어 연기를 잘했거든요. 그래서 3년 동안 저는 극단과 함께 펀자브 전역을 돌아다니고, 결국 열여섯 살 반이 되자 간판공연을 합니다. 그동안 열심히 저축해서 이제 아주 큰돈을, 2천 루피나 되는 돈을 모으지요.

그때 바너지라는 남자의 이야기를 듣습니다. 바너지라는 사람은 실로 위대한 인도 요기 중 한 명으로, 비범한 요가의 힘을 가지고 있다고 하지요. 사람들의 말에 따르면 바너지가 공중부양이라는 아주 드문 힘을 얻었다고, 그래서 기도를 드릴 때 몸 전체가 공중으로 45센티미터 정도 떠오른다고 합니다.

그래서 나는 생각하지요. 아, 이 사람이야말로 나를 위한 스승이다. 바너지라는 분이 내가 찾아야 할 사람이다. 그래서 저는 즉시 저축한 돈을 가지고 유랑극단을 떠나 바너지가 살고 있다는 갠지스 강가의 리키케시로 갑니다.

저는 여섯 달 동안 바너지를 찾아다닙니다. 어디 있을까요? 어디? 바너지가 어디 있을까요? 네, 리키케시에 가면 사람들은 바너지가 분명히 그 동네에 있었지만 한참 전 이야기라고, 게다가 그 당시에도 그를 본 사람은 없다고 말합니다. 지금은 어디 있느냐고 물으니 다른 곳으로 갔다는 겁니다. 다른 곳 어디냐고 물으면 아, 글쎄 그걸 어떻게 알겠느냐고 말합니다. 어떻게 알겠어요? 바너지 같은 사람의 움직임을 어떻게 알겠습니까? 완전히 은둔하며 살고 있지 않습니까? 안 그래요? 그러면 제가 말하지요. 네. 네, 네, 네. 물론입니다. 당연한 말이지요. 제가 생각해도 그렇습니다.

저는 바너지라는 사람을 찾느라 저축한 돈을 전부 써버립니다. 딱 35루피만 남지요. 그런데도 못 찾습니다. 하지만 저는 리키케시에 머물면서 작은 모임 같은 데서 평범한 마술을 부리면서 생계를 꾸립니다. 무어 교수에게서 배운 마술인데, 저는 빠른 손을 타고났거든요.

그러던 어느 날, 리키케시의 작은 호텔에 앉아 있는데 바너지 요기에 대한 이야기가 들려옵니다. 어느 여행자가 말하기를 지금 바너지가 별로 멀지 않은 정글에, 하지만 빽빽한 정글에 혼자 살고 있다는 이야기를 들었다고 합니다.

하지만 어디일까요? 여행자는 어딘지 확실히 모릅니다. 그는 손가락으로 가리키며 아마 저쪽, 마을 북쪽일 거라고 말합니다.

저에게는 그걸로 충분해요. 나는 시장으로 가서 이륜마차를, 말 한 마리와 마차를 빌리려고 흥정을 시작하고, 어느 마부와 거래가 성사되려는 순간 근처에 서서 이야기를 듣고 있던 남자가 다가와서 자신도 같은 방향으로 간다고 말합니다. 중간까지 마차를 같이 타고 비용을 같이 내겠다고 제안하지요. 저는 '당연히 좋지요'라고 대답하고, 우리는 출발합니다. 남자와 내가 마차에 타고 마부가 말을 몰지요. 우리는 정글로 이어지는 아주 작은 길을 따라갑니다.

바로 그때 정말 환상적인 행운이 생깁니다! 동행인과 대화를 나누던 저는 그가 다름 아닌 위대한 바너지의 제자이며, 지금 스승을 만나러 가는 길이라는 사실을 알아내지요. 그래서 그 사람에게 저도 요기의 제자가 되고 싶다고 곧바로 말합니다.

그러자 남자가 고개를 돌려 나를 천천히, 한참 동안 물끄러미 보면서 한 3분 정도 아무 말도 하지 않습니다. 그러다가 조용히 말하지요. '아니, 불가능합니다.'

그래서 제가 생각하지요. 좋아요, 어디 두고 봅시다. 나는 바너지가 기도를 드릴 때 정말 공중부양을 하는지 묻습니다.

그가 대답합니다. '네, 사실입니다. 하지만 아무도 그 장면

을 보면 안 됩니다. 바너지 님이 기도를 드릴 때는 아무도 가까이 갈 수 없습니다.'

우리는 마차를 타고 조금 더 가면서 계속 바너지에 대해 이야기를 나누고, 나는 간단한 질문을 아주 조심스럽게 던져서 바너지에 관한 사소한 몇 가지 사실을 알아냅니다. 기도 시작 시간 같은 것들 말이지요. 곧 남자가 말합니다. '여기서 헤어져야겠군요. 저는 여기서 내립니다.'

나는 그를 내려주고 길을 계속 가는 척하지만 모퉁이를 돌자마자 마부에게 마차를 세우고 기다려달라고 합니다. 저는 얼른 마차에서 내려 길을 따라 살그머니 돌아가서 그 남자를, 바너지의 제자를 찾습니다. 그는 길에 없어요, 이미 정글 속으로 사라졌지요. 어느 길일까요? 도로의 어느 쪽일까요? 나는 가만히 서서 귀를 기울입니다.

덤불이 바스락거리는 듯한 소리가 들려요. 저는 그 남자가 틀림없다고 생각합니다. 그가 아니라면 호랑이겠지요. 하지만 그 남자예요. 앞에 가는 그 사람이 보여요. 남자는 빽빽한 정글을 헤치며 나아갑니다. 오솔길조차 없어서 키 큰 대나무와 빽빽한 풀숲을 헤치며 나아가야 합니다. 저는 남자를 몰래 따라갑니다. 제 소리가 들릴까봐 백 미터 정도 떨어져서 따라가지요. 저한테는 그 남자의 소리가 확실히 들립니다. 아주 빽빽한 정글에서 아무 소리도 내지 않고 움직일 순 없지요.

눈에 보이지 않으면 소리를 듣고 따라갈 수 있는데, 그 남자는 거의 내내 안 보였어요.

앞서 가는 사람을 좇아가는 이 긴장된 게임이 30분 정도 이어집니다. 그러다가 갑자기 남자의 소리가 뚝 끊겨요. 저는 걸음을 멈추고 귀를 기울입니다. 정글은 고요해요. 저는 남자를 놓친 게 아닐까 싶어서 겁에 질립니다. 하지만 좁은 길을 따라 걸어가자 갑자기 빽빽한 덤불 사이로 작은 공터가 보입니다. 공터에 오두막 두 채가 서 있는데, 정글의 나뭇잎과 가지로 만든 작은 오두막이에요. 심장이 덜컹 뛰고 엄청난 흥분이 몰려듭니다. 그 요기, 바너지의 집이 틀림없으니까요.

제자는 이미 사라졌습니다. 한쪽 오두막으로 들어간 것이 분명해요. 사방이 고요합니다. 그래서 저는 주변의 나무와 덤불, 모든 것을 신중하게 살핍니다. 제가 서 있는 곳에서 가까운 오두막 옆에 아주 작은 못이 있고 그 앞에 기도용 매트가 보여서 저는 여기가 바로 바너지가 명상과 기도를 하는 곳이구나, 생각합니다. 못 근처 25미터쯤 떨어진 곳에 커다란 나무가 있는데, 크고 넓게 퍼진 바오밥나무입니다. 아름답고 두꺼운 가지가 널찍하게 퍼져 있어서 거기에 침대를 올려놓고 누워 있어도 밑에서는 안 보일 정도지요. 제가 생각합니다. 저게 바로 내 나무야. 저 나무에 숨어서 바너지가 기도하러 나올 때까지 기다리자. 그러면 전부 다 볼 수 있을 거야.

하지만 제자의 말에 따르면 기도 시간은 저녁 대여섯시이기 때문에 몇 시간이나 기다려야 합니다. 그래서 저는 곧장 정글을 헤치며 도로가로 돌아와 마부에게 기다리라고 말합니다. 돈을 더 내야 하지만 이제 너무 흥분했기 때문에 돈은 아무 상관 없습니다. 그 순간 저는 그 무엇도, 돈에 대해서도 신경쓰지 않습니다.

저는 대낮 정글의 어마어마한 열기를, 또 오후의 묵직하고 축축한 열기를 견디며 마차 옆에서 기다리다가 다섯시가 다 가오자 정글 오두막으로 조용히 돌아갑니다. 심장이 두근거려서 온몸이 떨리는 것이 느껴지지요. 저는 나무에 올라가서 다른 사람의 눈에 띄지 않고 아래쪽을 지켜볼 수 있도록 나뭇잎 사이에 몸을 숨깁니다. 그리고 기다려요. 45분 동안 기다립니다.

시계요? 네, 손목시계가 있습니다. 또렷하게 기억나요. 자선 복권에서 당첨된 시계였는데, 그것을 갖게 되어서 자랑스러웠지요. 문자반에 제조사 이름이 있었어요, 루디아나 이슬라미아 시계 회사였지요. 그래서 저는 손목시계를 보면서 모든 시간을 신중하게 잽니다. 이 경험을 작은 부분까지 하나도 놓치고 싶지 않으니까요.

저는 나무에 앉아서 기다립니다.

그때 갑자기 오두막에서 남자가 한 명 나와요. 키가 크고 말랐지요. 주황색 도티 차림이고 놋쇠 주전자와 향로가 놓인 쟁반을 들고 있습니다. 남자가 못 앞의 매트로 가서 다리를 꼬고 앉은 다음 쟁반을 내려놓는데, 모든 움직임이 왠지 아주 침착하고 매끄러워 보입니다. 남자가 몸을 숙이고 한 손으로 못의 물을 퍼서 어깨 뒤로 뿌립니다. 그러고서는 향로를 들고 가슴 앞에서 천천히, 물 흐르듯 부드럽게 앞뒤로 흔듭니다. 그런 다음 손바닥을 아래로 향한 채 양손을 무릎에 놓아요. 잠시 멈춥니다. 남자가 코로 숨을 길게 들이마십니다. 제 눈에 그가 길게 숨을 들이마시는 모습이 보이더니 갑자기 그의 얼굴이 변하는 게 보여요. 남자의 얼굴 전체가 환해지는데 꼭…… 음, 꼭 피부에서 빛이 나는 것 같고, 그 얼굴의 변화가 제 눈에 보일 정도입니다.

남자가 14분 동안 그 자세로 미동도 없이 앉아 있었는데, 제가 지켜보는 앞에서, 정말 분명히, 그의 몸이 서서히…… 서서히…… 서서히 떠오릅니다. 여전히 다리를 꼬고 앉아서 손바닥을 아래로 향한 채 무릎에 얹고 있는데, 온몸이 땅에서 공중으로 서서히 떠오르고 있어요. 이제 그의 몸 아래로 햇살이 비칩니다. 땅에서 30센티미터 떠올랐어요…… 40센티미터…… 45센티미터…… 50센티미터…… 그러더니 금세 기도용 매트에서 최소 60센티미터 위로 떠올랐습니다.

저는 나무 위에서 숨을 죽이고 지켜보면서 계속 생각합니다. 자, 잘 봐, 확인해, 제대로 보고 있는지 확인해야 돼. 저기 네 앞에, 25미터쯤 떨어진 곳에서 어떤 남자가 앉은 자세로 아주 평온하게 공중에 떠 있어. 너 저 사람 보고 있어? 그래, 보고 있어. 환영이 아니라고 확신해? 속임수가 없다고 확신해? 네 상상이 아니라고 확신해? 확실한 거야? 그래, 확실해, 확실하다고. 나는 경탄에 차서 그를 빤히 바라봅니다. 제가 한참 동안 물끄러미 보고 있는데 그의 몸이 다시 천천히 땅으로 내려옵니다. 그 모습을 제가 지켜봐요. 몸이 부드럽게 아래로, 천천히 아래로 움직여 땅으로 내려오더니 마침내 엉덩이가 매트에 다시 닿습니다.

그 사람은 제 시계로 46분 동안 공중에 떠 있었어요! 제가 시간을 쟀지요.

그런 다음 그는 오래, 아주 오랫동안, 두 시간이 넘도록 돌로 만든 사람처럼 꼼짝도 없이 아주 고요하게 앉아 있습니다. 제가 보기에는 숨을 쉬는 것 같지 않아요. 눈은 감겨 있고, 얼굴은 여전히 빛나면서 약간 미소 짓고 있어요. 저는 그때 이후 평생 누구의 얼굴에서도 그런 표정을 보지 못했습니다.

마침내 그가 움직입니다. 양손을 움직여요. 그러더니 일어서서 몸을 숙입니다. 그가 쟁반을 들고 천천히 오두막으로 돌아갑니다. 저는 경이로움으로 가득찹니다. 기뻐서 어쩔 줄을 모르죠. 그래서 조심하는 것도 잊고 나무에서 얼른 내려와 오두막으로 곧장 달려가서 안으로 뛰어듭니다. 바너지가 대야 위로 몸을 숙여 손발을 씻고 있어요. 그는 저를 등지고 있지만 소리를 듣고 얼른 몸을 돌려 일어섭니다. 얼굴은 정말 깜짝 놀란 표정이고, 제일 먼저 이렇게 말합니다. '당신, 언제부터 여기 있었습니까?' 기분이 좋지 않은지 날카로운 목소리지요.

저는 즉시 사실을, 나무에 올라가서 지켜봤다는 이야기를 털어놓고, 마지막으로 이 세상 무엇보다도 그의 제자가 되고 싶다고 말합니다. 제발 제자로 받아달라고 말입니다.

그는 갑자기 폭발합니다. 바너지가 크게 분노하여 나에게 소리치기 시작합니다. '나가! 여기서 나가! 나가! 나가! 나가!' 화가 난 그가 작은 벽돌을 집어들어서 던지자 제 오른쪽 무릎 바로 아래에 맞아서 살이 찢어집니다. 흉터가 아직도 있어요. 보여드리죠. 여기, 보이시죠, 무릎 바로 아래요.

바너지의 분노가 무시무시해서 저는 정말 겁을 먹습니다. 돌아서서 도망치죠. 저는 정글을 내달려 마부가 기다리는 곳까지 가서 리키케시로 돌아갑니다. 하지만 그날 밤에 용기를 되찾아요. 저는 혼자 결심합니다. 매일 바너지의 오두막을 찾아가서 계속 조르자고, 그가 마음의 평화를 되찾기 위해서 나를 제자로 받아들일 수밖에 없을 때까지 조르자고 말입니다.

저는 결심대로 합니다. 제가 매일 바너지를 찾아가고 그의 분노가 매일 화산처럼 쏟아지죠. 바너지는 소리를 지르며 호통을 치고 저는 겁에 질린 채 가만히 서 있지만, 제자가 되고 싶다는 소망을 고집스럽게 되풀이합니다. 그렇게 닷새가 지나요. 제가 여섯번째로 찾아가자 바너지가 갑자기 아주 침착하고 아주 공손한 태도를 취합니다. 그는 저를 제자로 받을 수 없다고 설명하면서 다른 사람에게, 자기 친구에게, 하르다와르에 사는 위대한 요기에게 소개장을 써주겠다고 말합니다. 거기로 가서 도움과 가르침을 받으라는 거죠."

다섯

이므라트 칸이 말을 멈추더니 물을 한잔 달라고 했다. 내가 물을 가져다주었다. 그는 물을 한참 동안 천천히 마시더니 이야기를 이어갔다.

"그게 1922년의 일이고, 저는 거의 열일곱 살이 다 되었지요. 그렇게 해서 저는 하르다와르로 갑니다. 요기를 찾아가자 그는 위대한 바너지의 소개장이 있으니 저를 가르치겠다고 합니다."

"무슨 가르침일까요?"

"물론 모든 이야기 중에서 이게 가장 중요한 부분입니다.

그것이야말로 바로 제가 갈망하며 찾아 헤매던 것이니 저는 당연히 의욕적인 제자가 되지요.

첫번째 가르침, 가장 기본적인 가르침은 정말 어려운 운동인데, 전부 근육 통제 및 호흡과 관련이 있습니다. 그러나 몇 주 동안이나 하다보니 의욕적인 저조차도 초조해지죠. 그래서 요기에게 육체적인 힘이 아니라 정신적인 힘을 기르고 싶다고 말합니다.

그러자 요기가 대답하지요. '육체를 통제하는 힘을 기르면 마음을 통제하는 힘은 자동으로 따라옵니다.' 하지만 저는 두 가지 힘을 즉시 갖고 싶어서 요기를 계속 조르고, 결국 그가 이렇게 말합니다. '좋아요, 의식적인 마음에 집중하는 데 도움이 될 연습법을 알려주겠습니다.'

제가 묻습니다. '의식적인 마음이라고요? 왜 의식적인 마음이라고 말씀하시죠?'

'모든 인간은 두 개의 마음을, 의식적인 마음과 무의식적인 마음을 가지고 있으니까요. 무의식적인 마음은 집중을 하지만 모두가 사용하는 의식적인 마음은 집중하지 않고 분산되어 있습니다. 수천 가지 다른 일들, 주변에서 보이는 것들이나 스스로 생각하는 것들에 관여하지요. 그러므로 의식적인 마음을 집중하는 법을 배워서 딱 하나만, 다른 것은 절대 떠올리지 않고 오직 하나만을 자유자재로 마음속에 그릴 수 있어야 합니다. 이 연습을 열심히 하면 최소 3분 30초 동안 당신이 선택한 한 가지 대상에 의식적인 마음을 집중시킬 수 있습니다. 하지만 15년 정도 걸릴 겁니다.'

내가 외치지요. '15년이나요!'

요기가 말합니다. '더 오래 걸릴 수도 있어요. 보통의 경우 15년이 걸린다는 말입니다.'

'하지만 그러면 너무 늙잖아요!'

요기가 말하죠. '절망하지 마세요. 걸리는 시간은 사람에 따라 다릅니다. 10년 걸리는 사람이 있는가 하면 그보다 적게 걸리는 사람도 있고, 극히 드문 경우지만 겨우 1, 2년 만에 힘을 계발하는 특별한 사람이 등장하기도 합니다. 백만 명 중에 한 명꼴이지만요.'

내가 묻지요. '특별한 사람은 어떤 사람입니까? 보통 사람들과 다르게 생겼나요?'

요기가 대답합니다. '똑같이 생겼어요. 초라한 청소부나 공장 노동자가 특별한 사람일 수도 있습니다. 국왕이 특별한 사람일 수도 있지요. 수련을 시작하기 전에는 알아볼 수 없습니다.'

내가 묻습니다. '3분 30초 동안 딱 한 가지 대상에 마음을 집중하는 일이 그렇게 어려운가요?'

그가 대답하지요. '거의 불가능합니다. 직접 해보면 알 겁니다. 눈을 감고 뭔가를 생각하세요. 딱 한 가지 대상만 생각해야 합니다. 한번 그려보세요. 눈앞에 그려봐요. 그러면 단 몇 초 만에 마음이 방황하기 시작할 겁니다. 사소한 생각들이 슬금슬금 끼어들 거예요. 다른 그림이 떠오를 겁니다. 아주 어려운 일이에요.' 하르다와르의 요기가 그렇게 말했습니다.

이렇게 해서 저의 진짜 수련이 시작됩니다. 저는 저녁마다 자리에 앉아서 눈을 감고 가장 사랑하는 사람의 얼굴을, 바로 제 형의 얼굴을 그려봅니다. 형의 얼굴을 마음속에 그리는 일에 집중하지요. 제 마음이 방황을 시작하는 순간 수련을 멈추고 몇 분 쉽니다. 그런 다음 다시 시도해요.

3년 동안 매일 수련한 끝에 1분 30초 동안 형의 얼굴에만 완전히 집중할 수 있게 됩니다. 진전을 보이지요. 그런데 흥미로운 일이 일어납니다. 저는 수련을 하다가 후각을 완전히 잃습니다. 지금까지도 돌아오지 않았어요.

그러다가 먹고살아야 하니까 생계를 꾸리기 위해 어쩔 수 없이 하르다와르를 떠납니다. 기회가 더 많은 캘커타로 가서 마술 공연을 하면서 금방 돈을 많이 벌지요. 하지만 항상 수련을 이어갑니다. 매일 저녁 어디든 조용한 구석에 자리잡고 앉아서 형의 얼굴에 마음을 집중하는 수련을 합니다. 가끔은 개인적 의미가 없는 대상을, 예를 들어 오렌지나 안경 같은 것을 선택하는데, 그러면 더욱 어려워져요.

어느 날 저는 대학에서 마술 공연을 하기 위해 동벵골의 다카에 가는데, 거기서 우연히 불 위를 걷는 공연을 보게 됩니다. 많은 사람들이 보고 있어요. 비탈진 잔디밭 밑에 커다란 구덩이가 있습니다. 몇백 명이나 되는 구경꾼들이 비탈에 앉아서 구덩이를 내려다보고 있지요.

구덩이는 길이가 7.5미터 정도 됩니다. 그 안에 통나무와 장작, 석탄을 채우고 파라핀을 잔뜩 부어요. 파라핀에 불을 붙이자 곧 구덩이는 이글이글 타오르는 뜨거운 아궁이가 됩니다. 어찌나 뜨거운지 불을 관리하는 사람들이 보안경을 써야 할 정도지요. 강한 바람이 불어 바람이 석탄을 부채질하자 백열에 가까워집니다.

그때 불 위를 걷는 인도인이 앞으로 나옵니다. 작은 허리감개만 빼면 알몸이고 발도 맨발입니다. 군중은 조용해지죠. 불 위를 걷는 자가 구덩이로 들어가서 하얗고 뜨거운 석탄 위를 이쪽 끝에서 저쪽 끝까지 걸어갑니다. 멈추지 않아요. 서두르지도 않지요. 하얗게 타오르는 석탄 위를 맨발로 걸어 반대편 끝으로 나오는데, 발은 하나도 타지 않습니다. 그가 발바닥을 사람들에게 보여줍니다. 군중은 깜짝 놀라서 멍하니 바라보지요.

그런 다음 불 위를 걷는 자가 구덩이 위를 한번 더 걷습니다. 이번에는 더 천천히 걷는데, 그때 저는 그의 얼굴에 떠오른, 순수하고 절대적으로 집중하는 표정을 봅니다. 그래서 생각하지요. 이 사람은 요가를 수련했어. 요기가 분명해.

공연이 끝난 후 불 위를 걷는 자가 사람들을 보면서 이리 내려와 불 위를 걸어볼 용감한 자가 없느냐고 묻습니다. 사람들은 조용해요. 그때 갑자기 제 가슴속에 흥분이 차오릅니다. 기회예요. 이 기회를 잡아야 합니다. 믿음과 용기를 가져야 하죠. 반드시 시도해야 합니다. 이제 나는 3년 넘게 집중력을 수련했고, 진지하게 시험해볼 때가 되었지요.

제가 그곳에 서서 이런 생각을 하는 사이 구경꾼들 중에서 자원자가 한 명 나섭니다. 젊은 인도인이에요. 그는 불 위를 걸어보고 싶다고 말합니다. 그래서 저도 결심을 하고, 나도 하겠다며 앞으로 나섭니다. 사람들이 우리 둘 다에게 환호를 보내지요.

이제 진짜 불 위를 걷는 자가 우리에게 지시를 내립니다. 그는 다른 남자에게 먼저 해보라고 말하지요. 도티를 벗으라고, 그러지 않으면 열기 때문에 옷단에 불이 붙는다고 말합니다. 샌들도 벗어야 하지요.

젊은 인도인은 시키는 대로 합니다. 하지만 구덩이로 다가가서 그 끔찍한 열기를 느끼자 겁에 질린 표정을 짓기 시작합니다. 그가 손으로 눈가를 가리고 열기를 막으며 몇 걸음 뒷걸음질칩니다.

불 위를 걷는 남자가 말하죠. '하기 싫으면 안 해도 괜찮습니다.'

군중은 극적으로 긴장하며 지켜봅니다.

젊은 남자는 정신이 나갈 만큼 겁에 질렸지만 자신이 얼마나 용감한지 증명하고 싶어서 이렇게 말하지요. '당연히 하겠습니다.'

남자는 그렇게 말하고 구덩이에 뛰어들어요. 그가 한 발, 또 한 발 걸어갑니다. 하지만 공포에 찬 비명을 지르며 뛰쳐나오더니 쓰러집니다. 불쌍한 남자는 거기 누워서 고통으로 비명을 질러요. 발바닥이 심하게 타서 피부가 벗겨지지요. 친구 두 명이 달려나와서 그를 데리고 갑니다.

불 위를 걷는 자가 말합니다. '이제 당신 차례입니다. 준비됐습니까?'

내가 대답하지요. '준비됐습니다. 하지만 마음을 가다듬는 동안 조용히 해주시면 좋겠군요.'

구경꾼들이 아주 조용해집니다. 방금 한 사람이 심한 화상을 입고 피부가 벗겨지는 것을 보았으니 이 사람도 똑같은 짓을 할 만큼 정신이 나갔을까 싶겠지요.

구경꾼들 가운데 누군가 외칩니다. '하지 마세요! 당신 미쳤군요!' 다른 사람들도 따라서 포기하라고 소리쳐요. 저는 돌아서서 사람들을 정면으로 보면서 두 손을 들어 조용히 시킵니다. 그러자 사람들이 고함을 멈추고 저를 빤히 보죠. 이제 모든 눈이 저에게 집중됩니다.

저는 이상할 만큼 침착해집니다.

제가 머리 위로 도티를 벗어요. 샌들도 벗지요. 속옷 바람으로 거기에 섭니다. 미동도 없이 서서 눈을 감아요. 정신을 집중하기 시작합니다. 저는 불에 마음을 집중합니다. 저에게는 하얗게 타오르는 석탄밖에 보이지 않고, 석탄이 뜨겁지 않고 차갑다는 생각에 집중합니다. 나는 생각합니다. 석탄은 차가워. 석탄은 나를 태울 수 없어. 저기에는 아무 열기도 없기 때문에 석탄이 나를 태우는 것은 불가능해. 저는 30초를 흘려보냅니다. 너무 오래 기다리면 안 된다는 건 알아요, 제가 어느 한 가지 대상에 완전히 집중할 수 있는 시간은 1분 30초밖에 안 되니까요.

저는 계속 집중합니다. 어찌나 열심히 집중했는지, 일종의 최면 상태가 되지요. 제가 석탄에 발을 내딛습니다. 그런 다음 구덩이 끝까지 꽤 빠른 속도로 걸어갑니다. 그리고 짜잔, 하나도 타지 않습니다!

구경꾼들이 미친듯이 흥분합니다. 소리를 지르며 환호해요. 불 위를 걷는 자가 서둘러 다가와서 제 발바닥을 확인합니다. 그는 자기 눈을 믿지 못해요. 제 발바닥에는 탄 자국이 하나도 없지요.

그가 소리칩니다. '으윽! 이게 뭐지? 당신 요기입니까?'

제가 자랑스럽게 대답하죠. '수련중입니다, 선생님. 열심히 수련하는 중이지요.' 그런 다음 저는 옷을 입고 사람들을 피해 얼른 자리를 뜹니다.

"물론 저는 무척 신났지요. 제가 속으로 말합니다. '다가오고 있어. 적어도 힘이 생기기 시작한 거야.' 하지만 또다른 생각이 계속 떠오릅니다. 하르다와르의 요기가 저에게 한 말이지요. '일부 거룩한 사람들은 집중력을 극도로 단련해서 눈을 이용하지 않고도 볼 수 있다고 알려졌습니다.' 저는 그 말을 계속 기억하면서 저도 그런 힘을 얻고 싶다고 갈망합니다. 불 위를 걷는 데 성공한 저는 이 한 가지 목표에 모든 것을 집중하기로 결심합니다. 눈을 쓰지 않고 보는 것 말이에요."

여섯

이므라트 칸이 고작 두번째로 말을 멈췄다. 그는 물을 한 모금 더 마시고 의자에 기대어 앉아 눈을 감았다.

"순서를 정확히 기억하려고 애쓰는 중입니다. 아무것도 빠뜨리고 싶지 않아요."

"잘하고 있습니다. 계속하세요."

"좋습니다. 저는 아직 캘커타에 있고, 이제 막 불 위를 걷는데 성공한 참입니다. 이제부터 제 모든 에너지를 한 가지에 집중하기로 결심하는데, 바로 눈을 쓰지 않고 보는 것입니다.

그러므로 수련 방법을 약간 바꿀 때가 왔습니다. 이제 나는 매일 밤 초를 켜고 불꽃을 바라보기 시작합니다. 아시겠지만 촛불은 세 부분으로 나뉩니다. 제일 바깥의 노란색, 그 안의 담자색, 제일 안쪽의 검은색이지요. 저는 제 얼굴에서 40센티미터 떨어진 곳에 초를 놓습니다. 불꽃은 제 눈과 완벽한 수평을 이루지요. 높거나 낮으면 안 돼요. 완전히 수평이어야 합니다. 그러면 위나 아래를 보느라 눈 근육을 쓸 필요가 전혀 없으니까요. 우선 편안하게 자리를 잡고 불꽃 정중앙 검은 부분을 빤히 보는 것으로 시작합니다. 의식적인 마음을 집중하기 위해서, 주변 모든 것을 마음에서 비우기 위해서지요. 저는 주변 모든 것이 사라지고 다른 것은 하나도 보이지 않을 때까지 불꽃의 검은 부분을 빤히 바라봅니다. 그런 다음 천천히 눈을 감고 평소처럼 제가 선택한 하나의 대상에 집중하기 시작하는데, 아시다시피 바로 제 형의 얼굴입니다.

매일 밤 잠들기 전에 수련을 했더니 스물네 살이 되던 1929년에는 마음이 방황하는 일 없이 하나의 대상에 3분 동안 의식을 집중할 수 있었습니다. 이때, 스물네 살 때 저는 눈을 감은 채로 대상을 보는 능력을 조금씩 느끼기 시작합니다.

아주 미미한 능력에 지나지 않지요. 눈을 감고 뭔가를 열심히 보면서 맹렬히 집중하면 대상의 테두리가 보이는 듯한 이상한 느낌이 들 뿐입니다.

저는 서서히 내면의 시각을 계발하기 시작합니다.

그게 무슨 뜻이냐고 묻겠지요. 하르다와르의 요기가 저에게 말했던 그대로 설명해드리겠습니다.

자, 우리 모두는 두 종류의 시각을 가지고 있습니다. 후각과 미각, 청각 역시 두 종류를 가지고 있지요. 외면의 감각, 우리 모두가 사용하는 고도로 발달된 감각이 있고 내면의 감각도 있습니다. 내면의 감각을 계발할 수만 있다면 코가 없어도 냄새를 맡고, 혀가 없어도 맛을 느끼고, 귀가 없어도 듣고, 눈이 없어도 볼 수 있습니다. 이해가 안 가나요? 모르시겠어요? 우리의 코와 혀와 귀와 눈은 단지…… 뭐라고 말해야 할까요…… 단지 감각의 두뇌 전달을 돕는 도구일 뿐입니다.

그래서 저는 항상 내면의 시각을 계발하려고 애를 씁니다. 이제 매일 밤 촛불과 형의 얼굴로 평소처럼 연습을 하지요. 그런 다음 조금 쉽니다. 커피를 한잔 마셔요. 그런 다음 눈가리개를 하고 의자에 앉아서 눈을 쓰지 않고서 방안의 모든 물체를 보려고, 그냥 상상하는 것이 아니라 정말로 보려고 노력합니다.

그리고 서서히 성공이 다가오기 시작합니다.

곧 저는 카드 한 벌을 가지고 수련을 합니다. 카드 더미 제일 위에 놓인 카드를 가져다가 뒷면이 보이도록 들고 투시하려고 애쓰는 거죠. 다른 손에는 연필을 들고 어떤 카드라고 생각하는지 적습니다. 그러고 나서 다음 카드를 들고 똑같이 합니다. 이런 식으로 카드 한 벌을 전부 투시한 다음 제가 적은 것과 제 옆에 쌓인 카드 더미를 비교하며 확인하지요. 저는 이 수련을 시작하자마자 60에서 70퍼센트 정도 정확히 맞힙니다.

다른 수련도 합니다. 지도와 복잡한 항해도를 사서 사방 벽에 핀으로 고정시키지요. 그런 다음 눈가리개를 하고 몇 시간 동안 지도 앞에 서서 그것을 보려고, 작은 글자로 적힌 지명과 강 이름을 읽으려고 애씁니다. 저는 4년 동안 매일 저녁 이러한 수련을 합니다.

1933년에, 바로 작년이지요, 스물여덟 살이 되니 책을 읽을 수 있습니다. 저는 눈을 완전히 가리고 책 한 권을 끝까지 읽을 수 있어요.

드디어 그 힘을 갖게 된 겁니다. 그 힘을 확실하게 손에 넣은 저는 초조해서 기다릴 수가 없어서 곧장 평소의 마술 공연에 눈가리개 공연을 넣습니다.

관객들은 아주 좋아합니다. 큰 박수를 한참이나 보내지요. 하지만 단 한 명도 진짜라고 믿지는 않습니다. 모두들 이 역시 능수능란한 트릭이라고 생각해요. 게다가 저는 마술사이니까 사람들은 더더욱 제가 속이고 있다고 생각하지요. 마술사는 속이는 사람이니까요. 능수능란하게 사람들을 속이지요. 그래서 아무도 저를 믿지 않아요. 전문가답게 아주 철저히 제 눈을 가려주는 의사들조차 눈을 쓰지 않고 볼 수 있는 사람이 존재한다는 사실을 믿으려 하지 않습니다. 다른 방법으로 이미지를 뇌에 전달할 수 있을지도 모른다는 사실을 잊어요."

"다른 방법이라니, 어떤 방법 말입니까?"

"솔직히 제가 정확히 어떻게 해서 눈을 쓰지 않고 보는지 저도 잘 모릅니다. 제가 아는 것은, 붕대를 감고 나면 눈을 전혀 쓰지 않는다는 것밖에 없어요. 몸의 다른 부분으로 보는 거죠."

"어느 부분이지요?"

"피부만 드러나 있으면 어느 부분이든 상관없습니다. 예를 들어서 제 앞에 금속판을 하나 놓고 그 뒤에 책을 놓으면 저는 책을 읽을 수 없어요. 하지만 제 손을 금속판 뒤로 가져가서 손이 책을 보고 있으면 저도 책을 읽을 수 있습니다."

"시험해봐도 괜찮을까요?"

"물론 괜찮습니다."

"금속판은 없지만 문을 이용하면 되겠군요."

나는 자리에서 일어나 책장으로 가서 아무 책이나 손에 잡히는 대로 뽑았다. 『이상한 나라의 앨리스』였다. 나는 문을 열고 그에게 그 뒤에 서라고 말했다. 그런 다음 문 앞에 의자를 놓고 아무 페이지나 펼쳐서 책을 받쳐 세웠다. 그러고 나서 그와 책이 모두 보이는 곳에 자리를 잡았다.

"저 책을 읽을 수 있습니까?"

"아니요. 당연히 못 읽습니다."

"좋아요. 이제 손을 문 뒤로 뻗어도 괜찮아요. 하지만 손뿐입니다."

그가 문 가장자리 뒤로 손을 뻗어 책이 보이는 곳까지 미끄러뜨렸다. 손가락들이 서로 떨어지며 쫙 벌어지더니 곤충의 더듬이처럼 약간 떨면서 공기를 느끼는 것이 보였다. 그런 다음 손이 뒤집히고 손등이 책을 향했다.

"왼쪽 페이지 맨 처음부터 읽어보세요."

10초 정도 침묵이 흐르더니 남자가 아주 매끄럽게, 쉬지도 않고 읽기 시작했다.

"모자장수가 앨리스를 향해 다시 돌아서며 말했다. '수수께끼 답이 뭔지 생각해봤어?' 앨리스가 대답했다. '아니, 포기야. 답이 뭐야?' 모자장수가 말했다. '전혀 몰라.' 3월의 토끼가 말했다. '나도 몰라.' 앨리스가 지친 한숨을 쉬며 말했다. '넌 시간을 좀더 슬기롭게 쓰는 게 좋을 것 같아. 답도 모르는 수수께끼를 내면서 낭비하는 것보다는 말이야.'"

내가 크게 흥분하며 외쳤다.

"완벽해요! 저는 당신 말을 믿습니다! 당신은 기적이에요!"

남자가 엄숙하게 말했다.

"감사합니다, 선생님. 그렇게 말씀하시니 정말 기쁘군요."

"하나만 물읍시다. 카드에 대한 건데요, 눈앞에 뒷면이 오도록 카드를 들었을 때 손을 반대편에 놓고 읽은 겁니까?"

"통찰력이 아주 뛰어나시군요. 아니, 그렇지 않습니다. 카드의 경우에는 어쩐지 투시할 수 있었습니다."

"그건 어떻게 설명하시겠습니까?"

"설명하기 힘들어요. 다만, 카드는 아주 약한 물건이지요. 무척 얇기도 하고, 금속처럼 단단하거나 문처럼 두껍지 않습니다. 제가 드릴 수 있는 설명은 그게 전부예요. 선생님, 이 세상에는 우리가 설명할 수 없는 일이 아주 많습니다."

"그렇죠. 확실히 그래요."

"이제 집으로 데려다주시겠습니까? 아주 피곤하군요."

나는 내 차로 그를 집까지 데려다주었다.

일곱

그날 밤 나는 잠을 자지 않았다. 너무 흥분해서 잠을 이룰

수가 없었다. 나는 방금 기적을 목격했다. 이 남자 때문에 전 세계의 의사들이 180도 바뀔 것이다! 이 사람이 의학 자체를 바꿔놓을 수 있다! 의사의 관점에서 봤을 때 그는 분명 살아 있는 사람들 중에서 가장 소중하다! 우리 의사들이 그를 찾아서 안전하게 지켜야 한다. 우리가 그를 돌봐야 한다. 놓아줘서는 안 된다. 정확히 어떤 방법을 통해서 눈을 쓰지 않고 이미지를 뇌로 보내는지 알아내야 한다. 그것만 알아내면 시각장애인도 볼 수 있고 청각장애인도 들을 수 있을 것이다. 이 믿기 힘든 사람이 인도 전역을 돌아다니면서 싸구려 집에서 살고 이류 극장에서 공연을 하도록 모르는 척 내버려두어서는 절대 안 된다.

나는 이런 생각으로 너무 흥분했고, 잠시 후 공책과 펜을 가져다가 그날 저녁 이므라트 칸이 들려준 이야기를 전부, 아주 신중하게 적기 시작했다. 그의 이야기를 들을 때 내가 적어둔 메모를 보면서 다섯 시간 동안 쉬지도 않고 썼다. 다음 날 아침 여덟시, 병원에 갈 시간이 되었을 때 나는 가장 중요한 부분을, 당신이 방금 읽은 부분을 끝냈다.

그날 아침 병원으로 출근한 나는 차를 마시는 휴게 시간이 되어서야 의사 휴게실에서 마셜 박사를 만났다.

나는 우리에게 주어진 쉬는 시간 10분 이내에 할 수 있는 최대한의 이야기를 했다. 그런 다음 내가 말했다.

“난 오늘 저녁에 극장에 다시 갈 생각이야. 그 사람이랑 다시 이야기를 해야만 해. 떠나지 말라고 설득해야 돼. 우린 그를 놓치면 안 돼.”

“나도 같이 가지.”

“좋아. 우선 공연을 본 다음 그 사람과 저녁식사를 같이 하자고.”

그날 저녁 여섯시 사십오분, 나는 차에 마셜 박사를 태우고 아카시아 스트리트로 갔다. 내가 차를 세운 뒤 우리 두 사람은 로열팰리스 홀까지 걸어갔다.

내가 말했다.

“뭔가 잘못됐어. 다들 어디 갔지?”

홀 앞에 사람들이 없고 문은 닫혀 있었다. 공연을 알리는 포스터는 그대로 있었지만 검은색 인쇄체로 ‘금일 공연 취소’라고 크게 써놓은 것이 보였다. 잠긴 문 옆에 나이 많은 문지기가 서 있었다.

내가 문지기에게 물었다.

“무슨 일입니까?”

“누가 죽었어요.”

“누가요?”

나는 이렇게 물었지만, 이미 누구인지 알고 있었다.

“눈을 쓰지 않고 보는 사람이요.”

내가 소리쳤다.

"어떻게 죽었습니까? 언제? 어디서요?"

"자다가 죽었다고 하더군요. 잠자리에 들었다가 깨어나지 못했대요. 살다보면 그런 일도 있죠."

우리는 차로 천천히 걸어 돌아왔다. 나는 슬픔과 분노에 압도당했다. 어젯밤에 이 귀중한 남자를 돌려보내지 말았어야 했다. 내가 데리고 있어야 했다. 그에게 내 침대를 내주고 그를 돌봐야 했다. 그가 내 시야에서 벗어나게 하지 말았어야 했다. 이므라트 칸은 기적을 행하는 자였다. 그는 평범한 사람은 다가갈 수 없는 신비하고 위험한 힘들과 교류했다. 게다가 그는 모든 규칙을 어겼다. 사람들 앞에서 기적을 행하면서 돈까지 받았다. 그리고 무엇보다도 최악은, 외부인에게 비밀을 일부 누설했다는 점이다. 바로 나에게 말이다. 이제 그는 죽었다.

마셜 박사가 말했다.

"이렇게 됐군."

"그래. 다 끝났어. 그가 어떻게 눈을 쓰지 않고도 볼 수 있었는지 아무도 알아내지 못할 거야."

이것은 이므라트 칸과의 두 번의 만남 동안 일어난 모든 일을 기록한 진실하고 정확한 보고서이다.

(서명) 의학박사 존 F. 카트라이트

....

1934년 12월 4일 봄베이

여덟

"이런, 이런, 이런. 이거 정말 흥미롭군."

헨리 슈거는 연습장을 덮고 가만히 앉아서 서재 창가에 내리는 비를 물끄러미 바라보며 계속 혼잣말을 했다.

"이건 엄청난 정보야. 내 인생을 바꿀 수도 있어."

헨리가 말하는 정보란 이므라트 칸이 수련을 해서 뒷면만 보고도 카드를 읽게 되었다는 부분이었다. 도박꾼 헨리, 정직하다고 할 수 없는 도박꾼 헨리는 수련을 해서 뒷면만 보고도 카드를 읽을 수만 있으면 큰 재산을 벌 수 있다는 사실을 바로 깨달았다.

헨리는 뒷면만 보고 카드를 읽어내면 얼마나 놀라운 일들을 할 수 있을지 잠시 음미했다. 카나스타와 브리지와 포커를 할 때마다 이길 것이다. 더 좋은 점은, 전 세계 카지노 어디를 가든 블랙잭처럼 판돈이 큰 각종 카드 게임을 싹쓸이할 수 있다는 것이었다!

헨리가 아주 잘 알듯이 카지노에서는 거의 모든 것이 결국 카드 한 장에 달려 있고, 무슨 카드인지 미리 알면 승리는 따 놓은 셈이었다!

그러나 할 수 있을까? 수련을 해서 정말 뒷면을 보고 카드를 읽을 수 있을까?

헨리는 안 될 것도 없다고 생각했다. 촛불 수련이 특별히 어려운 일 같지는 않았다. 그리고 이 책에 따르면 할일은 그것뿐이었다. 불꽃 한가운데를 보면서 가장 사랑하는 사람의 얼굴에 집중하려고 노력하는 것 말이다.

해내려면 몇 년쯤 걸릴지도 몰랐지만, 카지노에 갈 때마다 돈을 딸 수 있다면 그깟 수련 몇 년쯤 기꺼이 하지 않을 사람이 세상 어디에 있을까?

헨리가 소리 내어 말했다.

"세상에. 하겠어! 하고 말 거야!"

그는 서재 안락의자에 조용히 앉아서 작전 계획을 세우기 시작했다. 무엇보다도 자신이 무엇을 하는지 아무에게도 말하지 않을 것이다. 헨리는 친구들이 우연히 발견해서 비밀을 알아내지 못하도록 이 작은 책을 훔칠 것이다. 그런 다음 어디를 가든 가지고 다닐 것이다. 이 책은 그의 성서가 될 것이다. 헨리가 밖으로 나가서 살아 있는 진짜 요기를 만나 가르침을 받을 수는 없지만 이 책이 대신 그의 요기가 되어줄 것이다. 그의 스승이 될 것이다.

헨리는 자리에서 일어나 얇은 파란색 연습장을 재킷 안에 넣었다. 그는 서재에서 나가 주말 동안 쓰기로 한 위층 침실로 곧장 올라갔다. 그런 다음 여행가방을 꺼내 옷가지 아래에 책을 숨겼다. 헨리가 아래층으로 다시 내려가서 식료품실의 집사를 찾아가 말했다.

"존. 초 한 자루만 찾아주겠나? 평범한 흰색 초면 되네."

집사는 이유를 절대 묻지 않도록 훈련받는다. 그들은 명령에 따를 뿐이었다.

"촛대도 필요하십니까?"

"그래. 초랑 촛대."

"알겠습니다. 방으로 가져다드릴까요?"

"아니야. 자네가 찾을 때까지 내가 여기서 기다리지."

집사가 금방 초와 촛대를 찾아오자 헨리가 말했다.

"자도 하나 찾아주겠나?"

집사가 자를 찾아주었다. 헨리는 고맙다고 말하고 자기 방으로 돌아갔다.

침실로 들어간 헨리는 문을 잠그고 커튼을 전부 쳐서 방을 어둡게 만들었다. 그런 다음 초를 촛대에 꽂아 침대 옆 탁자에 올려놓고 의자를 끌어당겼다. 헨리가 의자에 앉아보니 흡족하게도 눈이 심지와 정확한 수평을 이루었다. 이제 그는 자를 이용해서 얼굴과 초의 간격을 40센티미터로 조정했는데, 이 역시 책에서 말한 조건이었다.

인도인은 가장 사랑하는 사람의 얼굴을 그려보았는데, 바로 자기 형이었다. 헨리는 형이 없었다. 그래서 대신 자기 얼굴을 그려보기로 했다. 헨리가 라이터로 심지에 불을 붙이자 노란 불꽃이 붙더니 꾸준히 타올랐다.

헨리는 가만히 앉아서 촛불을 빤히 보았다. 책 내용이 맞았다. 불꽃을 자세히 보면 세 부분으로 나뉘어 있었다. 바깥쪽은 노란색이고 그 안쪽은 담자색, 마지막으로 한가운데는 아주 새까맣고 작은 마법의 영역이었다. 헨리는 작고 검은 부분을 바라보았다. 그는 검은 부분에 초점을 맞춘 채 계속 보았고, 그러자 놀라운 일이 벌어졌다. 헨리의 마음이 완전히 텅 비더니 뇌가 더이상 조바심을 내며 초조해하지 않았고, 갑자기 헨리 자신이, 그의 온몸이, 정말로 불꽃 안에 갇혀 아무것도 없는 작고 검은 부분 속에 안락하고 편안하게 앉아 있는 느낌이 들었다.

헨리는 아무런 문제도 없이 자기 얼굴의 이미지가 시야 안으로 헤엄쳐 들어오게 내버려두었다. 그는 얼굴에, 오로지 얼굴에만 집중했다. 다른 생각은 전부 막아버렸다. 헨리는 완벽하게 해냈지만 그 상태는 15초 정도밖에 가지 않았다. 15초가 지나자 마음이 방황하기 시작했고, 그는 어느새 카지노에 대해서, 돈을 얼마나 많이 딸 것인지에 대해서 생각하고 있었다. 헨리는 초에서 시선을 떼고 잠깐 쉬었다.

헨리의 첫번째 시도였다. 그는 전율을 느꼈다. 해냈다. 오래 유지할 수 없었던 것은 인정한다. 그러나 그 인도인 친구도 첫번째 시도에서는 실패하지 않았던가.

몇 분 후, 헨리는 다시 시도했다. 잘됐다. 시계가 없어서 시간을 잴 수는 없었지만 처음보다 길다는 것은 확실히 느낄 수 있었다.

헨리가 외쳤다.

"대단해! 난 성공할 거야! 해낼 거야!"

그는 평생 무슨 일에 대해서도 이렇게까지 흥분한 적이 없었다.

그날부터 헨리는 어디를 가든 무엇을 하든 반드시 매일 아침저녁으로 초를 보며 연습했다. 종종 낮에도 연습했다. 그는 평생 처음으로 진정한 열정을 가지고 무언가에 자신을 내던졌다. 그의 발전은 놀라웠다. 6개월이 지나자 헨리는 적어도 3분 동안 자기 얼굴에 완전히 집중할 수 있었고, 그의 마음에 딴생각은 단 하나도 들어오지 못했다. 하르다와르의 요기가 인도인 친구에게 한 말에 따르면 15년 동안 수련을 해야 가능한 일이었다!

그러나 잠깐! 요기는 다른 말도 했다. 그의 말에 따르면, (여기서 헨리는 그 작은 파란색 연습장을 백 번은 찾아보았다) 극히 드물지만 1, 2년 만에 힘을 계발시키는 특별한 사람도 있다고 했다.

헨리가 외쳤다.

"그게 바로 나야! 분명 나야! 내가 바로 요가의 힘을 믿기 힘들 정도로 빨리 습득하는 백만 명 중의 한 명이야! 와, 만세! 조금만 있으면 내가 유럽과 아메리카에서 모든 카지노의 판돈을 싹쓸이하겠지!"

그러나 이때 헨리는 비범한 인내심과 뛰어난 감각을 드러냈다. 그는 카드 한 벌을 꺼내서 뒷면만 보고 읽을 수 있는지 시험하는 일을 서두르지 않았다. 사실 헨리는 온갖 카드 게임을 아주 멀리했다. 그는 촛불 수련을 시작하자마자 브리지와 카나스타와 하는 포커를 그만두었다. 게다가 부자 친구들과 어울리는 주말과 파티도 포기했다. 헨리는 요가의 힘을 습득하겠다는 단 하나의 목표에만 매진했고, 다른 것들은 전부 목표를 이룰 때까지 기다려야 했다.

10개월째의 어느 날, 헨리는 이므라트 칸이 앞서 그랬듯이 눈을 감은 채 사물을 보는 능력을 어렴풋이 감지했다. 눈을 감고 강한 집중력을 발휘해서 뭔가를 빤히 보면 대상의 테두리가 정말로 보였다.

헨리가 외쳤다.

"되고 있어! 내가 진짜로 하고 있어! 정말 대단한걸!"

이제 헨리는 그 어느 때보다도 촛불 수련에 열심히 매진했고, 한 해가 거의 지났을 때는 최소 5분 30초 동안 자기 얼굴 이미지에 집중할 수 있었다!

이제 헨리는 카드로 시험해볼 때가 되었다고 생각했다. 이렇게 마음먹었을 때 그는 런던 아파트의 거실에 있었고, 자정이 거의 다 된 시각이었다. 헨리가 카드 한 벌과 연필, 종이를 꺼내 왔다. 흥분으로 몸이 떨렸다. 그는 카드 한 벌을 뒷면이 위로 오도록 앞에 놓고 맨 위 카드에 집중했다.

처음에는 카드 뒷면 문양밖에 보이지 않았다. 붉고 가는 선으로 그려진 아주 평범한 문양으로, 세상에서 가장 흔한 카드 디자인이었다. 헨리는 이제 카드 문양 자체가 아니라 카드 앞면에 집중했다. 그는 아주 강렬한 힘을 쏟아 보이지 않는 카드 앞면에 집중했고, 다른 어떤 생각도 마음에 들여놓지 않았다. 30초가 지났다.

그런 다음 1분……

2분……

3분……

헨리는 움직이지 않았다. 그의 집중력은 강력하고 절대적이었다. 그는 카드의 앞면을 그려보고 있었다. 다른 어떤 생각도 그의 머릿속에 들어오지 않았다.

4분째가 되자 무슨 일인가 일어나기 시작했다. 천천히, 마법처럼, 그러나 아주 뚜렷하게, 검은 상징이 스페이드로 변하더니 숫자 5가 같이 나타났다.

스페이드 5!

헨리가 집중을 풀었다. 그런 다음 떨리는 손가락으로 카드를 뒤집었다.

정말 스페이드 5였다!

그가 의자에서 벌떡 일어나며 큰소리로 외쳤다.

"해냈다! 내가 앞면을 봤어! 제대로 하고 있어!"

헨리는 잠시 휴식을 취한 뒤 다시 시도했는데, 이번에는 스톱워치로 시간이 얼마나 걸리는지 확인했다. 3분 58초 뒤, 그는 다이아몬드 킹 카드를 읽었다. 그리고 맞았다!

다음번에도 헨리는 카드를 맞혔고, 시간은 3분 54초가 걸렸다. 4초 줄었다.

헨리는 흥분하고 기진맥진해서 땀을 흘리고 있었다. 그가 혼잣말을 했다.

"오늘은 이 정도면 충분해."

헨리는 자리에서 일어나 잔에 위스키를 가득 따른 다음 앉아서 쉬면서 성공의 기쁨을 만끽했다.

헨리가 스스로에게 말했다. 이제 내가 해야 할 일은 바로 볼 수 있을 때까지 카드로 연습을 하고 또 하는 것밖에 없어. 그는 할 수 있다고 확신했다. 두번째 시도 만에 시간을 4초나 줄였다. 이제 촛불 수련을 그만두고 카드에만 집중할 것이다. 밤이고 낮이고 계속 연습할 것이다.

그리고 헨리는 정말 그렇게 했다. 이제 가까운 장래에 정말로 성공할 기미가 보이자 그는 어느 때보다 더욱 열광적이었다. 헨리는 먹을 것과 마실 것을 사러 나갈 때만 빼면 아파트를 떠나지 않았다. 그는 온종일, 그리고 종종 밤늦게까지 스톱워치를 옆에 두고 카드 위로 몸을 웅크린 채 뒤집힌 앞면을 읽어내는 시간을 줄이려고 애썼다.

한 달 안에 1분 30초까지 줄였다.

6개월 동안 맹렬하게 집중하며 노력한 끝에 헨리는 카드를 20초 안에 읽게 되었다. 그러나 그것도 너무 길다. 카지노에서 딜러가 다음 카드를 받겠느냐고 묻고 나서 대답을 기다릴 때 20초 동안이나 보고 결정할 수는 없다. 3, 4초 정도는 괜찮겠지만, 그 이상은 안 된다.

헨리는 계속했다. 그러나 속도를 높이기가 점점 더 어려워졌다. 매일 아주 열심히 연습했지만 20초에서 19초로 줄이는 데 1주일이 걸렸다. 19초에서 18초로 줄이는 데에는 거의 2주가 걸렸다. 헨리가 10초 만에 카드를 읽어낼 때까지 7개월이 더 흘렀다.

그의 목표는 4초였다. 헨리는 최대 4초 안에 카드 앞면을 읽지 못하면 카지노를 성공적으로 속일 수 없을 것임을 알았다. 그러나 목표가 가까워질수록 더 어려워졌다. 10초에서 9초로 줄이는 데 4주가 걸렸고, 9초에서 8초로 줄이는 데에는 다시 5주가 걸렸다. 그러나 이 단계까지 오자 헨리는 노력이 더이상 귀찮지 않았다. 이제 열두 시간 연속으로 노력해도 아무 문제가 없을 만큼 집중력이 계발되었다. 그리고 헨리는 자신이 결국 이뤄낼 것임을 확실히 알았다. 성공할 때까지 멈추지 않을 것이었다. 매일 낮 매일 밤 헨리는 스톱워치를 옆에 놓고 카드 위에 몸을 웅크리고 앉아서 엄청난 집중력을 발휘하며 꿈쩍하지 않는 마지막 몇 초를 기록에서 떨쳐내기 위해 싸웠다.

마지막 3초가 최악이었다. 7초에서 헨리의 목표인 4초까지 도달하는 데 정확히 11개월이 걸렸다!

그 위대한 순간은 어느 토요일 저녁에 찾아왔다. 헨리의 앞 탁자에 카드가 뒷면이 위로 오게끔 놓여 있었다. 그는 스톱워치를 누르고 집중하기 시작했다. 바로 붉은 얼룩이 보였다. 얼룩은 재빨리 모양을 갖추어 다이아몬드가 되었고, 거의 곧장 왼쪽 위 모서리에 숫자 6이 나타났다. 헨리가 스톱워치를 한번 더 누르고 시간을 확인했다. 4초였다! 그가 카드를 뒤집었다. 다이아몬드 6이었다! 해냈다! 딱 4초 만에 읽어냈다!

헨리는 다른 카드로 다시 시도했다. 4초 만에 스페이드 퀸을 읽었다. 헨리는 카드 한 벌을 전부 읽으면서 매번 시간을 쟀다. 4초! 4초! 4초! 계속 똑같았다! 마침내 해냈다! 다 끝났다! 헨리는 출격할 준비가 되었다!

얼마나 걸렸을까? 그가 집중적으로 노력한 기간은 정확히 3년 3개월이었다.

이제 카지노로 가자!

언제 시작해야 할까?

당장 오늘밤에 하지 못할 이유가 어디 있을까?

오늘은 토요일이다. 토요일 밤에는 모든 카지노가 붐빈다. 훨씬 좋다. 눈에 띌 확률이 더 적다. 헨리는 침실로 가서 디너 재킷과 검정 타이 차림으로 갈아입었다. 토요일에 런던의 대형 카지노에 가려면 정장을 입어야 했다.

그는 로드 하우스에 가기로 정했다. 런던의 합법적인 카지노는 백 곳이 훌쩍 넘지만 일반 대중에게는 열려 있는 카지노는 하나도 없다. 회원만 들어갈 수 있다. 헨리는 최소 열 군데 카지노의 회원이었는데, 로드 하우스를 제일 좋아했다. 영국에서 제일 고급스럽고 제일 배타적인 카지노였다.

아홉

로드 하우스는 런던 중심부에 위치한 장엄한 조지 시대 대저택으로, 2백 년 넘도록 어느 공작의 개인 저택이었다. 지금은 도박업자가 인수했다. 예전엔 귀족들이, 또 종종 왕족까지 모여서 평온하게 휘스트 게임을 하던 천장이 높다란 최고급 방들이 요즘에는 전혀 다른 게임을 하는 새로운 부류의 사람들로 가득했다.

헨리는 로드 하우스로 가서 커다란 정문 앞에 차를 세웠다. 그는 시동을 끄지 않고 차에서 내렸다. 녹색 제복을 입은 종업원이 곧장 나와서 대신 주차해주었다.

도로 양쪽 연석을 따라 롤스로이스가 열두 대 정도 서 있었다. 로드 하우스 회원은 전부 대부호였다.

얼굴을 절대 잊지 않는 것이 직업인 데스크 뒤의 남자가 말했다.

"아니, 안녕하십니까, 슈거 씨! 몇 년 만이시네요!"

"바빴어요."

헨리는 조각을 새겨넣은 마호가니 목조 난간이 달린 널찍하고 멋진 층계를 올라 환전소로 들어갔다. 그곳에서 그는 천 파운드짜리 수표를 썼다. 담당 직원이 헨리에게 커다란 분홍색 플라스틱 직사각형 패를 열 개 주었다. 각각 백 파운드라고 적혀 있었다. 패를 주머니에 넣은 헨리는 너무 오랜만에 온 터라 먼저 분위기를 파악하려고 몇 분 동안 여러 게임룸을 돌아다녔다. 오늘밤에는 사람이 아주 많았다. 뚱뚱한 여자들이 모이통 주변에 모여든 통통한 암탉처럼 룰렛 휠 주변에 모여 서 있었다. 가슴과 손목은 보석과 금으로 치장되어 있었다. 파란 머리가 많았다. 남자들은 디너 재킷 차림이었는데, 키 큰 사람이 하나도 없었다. 헨리가 생각했다. 왜 돈 많은 남자들은 전부 다리가 짧을까? 다리가 무릎에서 끝나고 허벅지는 아예 없는 것 같았다. 대부분 배가 불룩하고 얼굴이 붉었고, 입에는 시가를 물고 있었다. 그들의 눈은 탐욕으로 번득였다.

이 모든 것들이 헨리의 눈에 들어왔다. 카지노에서 도박을 하는 부자들을 보면서 혐오감을 느낀 것은 평생 처음이었다. 지금까지 헨리는 항상 이들을 동료로, 같은 집단과 계층의 일원으로 보았다. 그런데 오늘밤에는 천박해 보였다.

헨리가 생각했다. 지난 3년간의 수련으로 습득한 요가의 힘이 자신을 아주 약간 바꿔놓은 것은 아닐까?

헨리는 룰렛을 보며 서 있었다. 사람들은 휠을 돌렸을 때 작고 흰 공이 작은 칸들 중 어디에 들어갈지 맞히려 애를 쓰며 긴 초록색 테이블에 돈을 놓았다. 헨리가 휠을 보았다. 갑자기, 무엇보다도 습관 때문에, 그는 어느새 휠에 집중하기 시작했다. 어렵지 않았다. 헨리는 완벽하게 집중하는 기술을 너무나 오랫동안 연마했기 때문에 완벽한 집중은 습관 비슷한 것이 되었다. 순식간에 완벽하고 절대적으로 휠에 집중했다. 소음, 사람들, 불빛, 시가 연기의 냄새 등 방안의 다른 모든 것이 마음에서 사라졌고, 헨리는 가장자리에 흰색 숫자가 조그맣게 적힌 둥글고 잘 닦인 룰렛 휠만 보았다. 숫자는 1부터 36까지였고 1과 36 사이에 0이 있었다. 그의 눈앞에서 모든 숫자가 아주 빠른 속도로 흐릿해지면서 사라지더니 딱 하나, 18만이 남았다. 헨리의 눈에 보이는 숫자는 18밖에 없었다. 처음에는 약간 흐릿하고 초점이 맞지 않았지만 점차 테두리가 선명해지고 흰색이 점점 밝아지더니 뒤에서 밝은 불을 켠 것처럼 빛나기 시작했다. 그리고 더 커졌다. 숫자가 헨리를 향해 돌진하는 것 같았다. 헨리가 집중을 풀자 방의 모습이 다시 시야 안으로 헤엄쳐 들어왔다.

딜러가 말하고 있었다.

"모두 거셨습니까?"

헨리가 주머니에서 백 파운드 패를 꺼내 초록색 탁자 위 18이라고 적힌 네모 칸에 놓았다. 테이블 전체가 사람들이 건 돈으로 뒤덮여 있었지만 18에 건 사람은 헨리밖에 없었다.

딜러가 휠을 돌렸다. 작고 흰 공이 통통 튀면서 휠 가장자리를 따라 경쾌하게 미끄러졌다. 사람들이 지켜보았다. 모든 눈이 작은 공을 향했다. 휠이 느려지더니 멈추었다. 공은 몇 번 더 움직이며 머뭇거리다가 18번 칸에 깔끔하게 들어갔다.

딜러가 외쳤다.

"18번입니다!"

사람들이 한숨을 쉬었다. 딜러의 조수가 길쭉한 손잡이가 달린 나무 밀대로 다른 번호에 건 패 더미를 쓸어갔다. 그러나 헨리의 패는 가져가지 않았다. 딜러가 그에게 36배를 돌려주었다. 백 파운드를 걸었으니 3천6백 파운드였다. 딜러는 헨리에게 천 파운드짜리 패 3개, 백 파운드짜리 패 6개를 주었다.

헨리는 자신의 놀라운 힘을 느끼기 시작했다. 원한다면 이곳의 판돈을 싹쓸이할 수 있을 듯한 기분이었다. 그는 이 고급스럽고 강력하고 비싼 카지노를 단 몇 시간 만에 파멸시킬 수 있었다. 헨리는 백만 파운드를 쓸어갈 수 있고, 카지노를 서성이며 굴러들어오는 돈을 지켜보던 무표정하고 날씬한 신사들은 겁에 질린 쥐떼처럼 허둥지둥 뛰어다닐 것이다.

그렇게 해볼까?

크나큰 유혹이었다.

그러나 그렇게 하면 끝장이다. 헨리는 유명해질 테고, 전 세계 어떤 카지노에도 두 번 다시 발을 들이지 못할 것이다. 그래서는 안 된다. 주의를 끌지 않도록 무척 조심해야 한다.

헨리는 아무렇지 않은 척 룰렛 게임룸을 나와 블랙잭 게임룸으로 들어갔다. 먼저 문간에 서서 양상을 살폈다. 탁자가 네 개 있었다. 블랙잭 탁자는 초승달처럼 구부러진 특이한 모양으로, 게임을 하는 사람들은 반원 바깥쪽의 등받이 없는 높다란 의자에 앉고 딜러는 안쪽에 서 있었다.

카드(로드 하우스에서는 네 벌을 섞어서 썼다)를 한쪽 끝이 열린 '슈'라는 상자에 넣어두고 딜러가 한 장씩 꺼낸다. 슈에 들어 있는 첫번째 카드의 뒷면 외에는 아무것도 보이지 않는다.

카지노가 블랙잭이라고 부르는 것은 아주 단순한 게임이다. 보통은 판툰, 트웬티원 또는 뱅테앵(프랑스어로 21의 뜻—옮긴이)이라는 세 가지 이름 중 하나로 알고 있을 것이다. 게임을 하는 사람은 자신이 가진 카드의 숫자를 모두 더했을 때 21에 최대한 가깝게 만들도록 노력하는데, 21을 넘으면 패배이고 딜러가 돈을 갖는다. 게임을 하는 사람은 자기 차례가 되면 21점을 넘길 위험을 무릅쓰고 카드를 한 장 더 받을지, 지금 가진 카드를 유지할지 결정해야 한다. 그러나 헨리에게는 그런 문제가 없을 것이다. 그는 4초 안에 딜러가 줄 카드를 "꿰뚫어볼" 테니 카드를 받을지 안 받을지 판단할 수 있을 것이다. 헨리는 블랙잭을 광대극으로 바꾸어놓을 수 있었다.

집에서 게임을 할 때와 달리 모든 카지노는 블랙잭 베팅에 우스꽝스러운 규칙을 정해놓았다. 집에서 할 때는 베팅을 하기 전에 자신의 첫번째 카드를 볼 수 있고, 좋은 카드면 더 많은 금액을 베팅한다. 그러나 카지노는 이것을 허락하지 않는다. 그들은 탁자에 둘러앉은 모든 사람들이 첫번째 카드를 받기 전에 베팅을 하도록 고집한다. 게다가 카드를 한 장 더 받고 나서 베팅 금액을 올려서도 안 된다.

이러한 규칙들 중 무엇도 헨리에게는 방해가 되지 않았다. 딜러의 바로 왼쪽에 앉기만 하면 딜러가 카드를 나눠줄 때마다 슈에 들어 있는 첫번째 카드를 받게 된다. 첫번째 카드의 뒷면이 또렷하게 보일 것이고, 헨리는 베팅을 하기 전에 카드를 "꿰뚫어볼" 것이다.

이제 문 안쪽으로 약간 들어온 헨리는 조용히 서서 네 탁자 중 어디든 딜러의 왼쪽 자리가 비기를 기다렸다. 20분을 기다린 끝에 그는 결국 원하던 자리를 차지했다.

헨리가 등받이 없는 높은 의자에 앉아서 룰렛에서 딴 천 파운드짜리 패 하나를 딜러에게 주며 말했다.

"전부 25파운드짜리로 바꿔줘요."

딜러는 검은 눈에 회색 피부를 가진 다소 젊은 남자였다. 그는 절대 미소를 짓는 법이 없었고 필요할 때에만 말했다. 손가락이 유별나게 가늘었고 그 속에는 산수가 있었다. 딜러가 헨리의 패를 받아 탁자에 난 구멍으로 떨어뜨렸다. 딜러의 앞에 놓인 목재 트레이에는 여러 가지 색의 동그란 칩들이 일렬로 깔끔하게 정리되어 있었는데, 25파운드, 10파운드, 5파운드짜리가 각각 백 개쯤 되어 보였다. 딜러가 엄지와 검지로 25파운드 칩 여러 개를 한꺼번에 집어서 탁자 위에 높이 쌓았다. 그는 세어보지도 않았지만 칩이 정확히 스무 개임을 알았다. 저 민첩한 손가락은 한 개에서 스무 개까지의 칩을 아주 정확히 집을 수 있었고 절대 틀리지 않았다. 딜러가 스무 개의 칩을 한번 더 집자 총 40개가 되었다. 그가 탁자에 놓인 칩 더미를 헨리 쪽으로 밀었다.

헨리는 칩을 앞에 쌓으면서 슈 안에 든 첫번째 카드를 흘깃 보았다. 집중력을 발휘하자 숫자 10이라는 것을 4초 만에 읽어낼 수 있었다. 그는 칩 여덟 개, 즉 2백 파운드를 내밀었다. 로드 하우스 블랙잭에서 허용된 최대 베팅 금액이었다.

헨리는 10을 받았고, 두번째 카드로는 9를 받아서 총 19가 되었다. 19를 받으면 누구나 그대로 지킨다. 꼿꼿하게 앉아서 딜러가 20이나 21을 만들지 않기만을 바랄 뿐이다. 그래서 헨리의 차례가 돌아오자 딜러는 "19"라고 말하더니 다음 차례로 넘어가려 했다.

"잠깐."

헨리가 말했다.

딜러가 동작을 멈추고 헨리를 돌아보았다. 그가 눈썹을 추켜올리고 냉정한 검은 눈으로 헨리를 보며 약간 비꼬듯이 물었다.

"19인데 카드를 더 받으시겠습니까?"

딜러는 이탈리아 억양으로 말했는데, 목소리에서 비꼬는 기색뿐만 아니라 나무라는 듯한 어투도 느껴졌다. 19에 더해서 실패하지 않을 카드는 에이스(1로 친다)와 2, 두 종류밖에 없었다. 19가 나온 상태에서, 게다가 2백 파운드나 걸고서 카드를 더 받는 사람은 바보밖에 없을 것이다.

다음 카드가 슈 안에 빤히 보이게 놓여 있었다. 최소한 뒷면은 확실히 보였다. 딜러는 아직 카드를 건드리지 않았다.

헨리가 말했다.

"네. 카드를 한 장 더 받겠소."

딜러가 어깨를 으쓱하고 슈에서 카드를 꺼내 뒤집었다. 클로버 2가 헨리 앞에, 10과 9와 함께 깔끔하게 놓였다.

헨리가 말했다.

"고맙군요. 아주 좋아요."

"21."

딜러가 말했다. 그의 까만 눈이 다시 헨리의 얼굴을 흘깃 보더니 말없이, 주의깊게, 알 수 없다는 듯 거기 머물렀다. 헨리가 딜러의 균형을 무너뜨렸다. 그는 19를 만들어놓고 카드를 더 받는 사람을 평생 한 번도 본 적 없었다. 그런데 이 사람은 19를 만든 다음 침착하고 확고한 태도로 카드를 더 받았다. 그 자체가 놀라웠다. 게다가 이기기까지 했다.

헨리는 딜러의 눈에 떠오른 표정을 읽고 자신이 바보 같은 실수를 저질렀음을 곧 깨달았다. 지나치게 똑똑하게 굴었다. 관심을 끌고 말았다. 다시는 그러면 안 된다. 이제부터 헨리는 자기 힘을 어떻게 쓸지 아주 신중하게 결정해야 한다. 가끔은 져야 하고, 종종 멍청한 짓도 해야 한다.

게임이 계속되었다. 헨리는 너무나 유리한 입장이었기 때문에 승리하는 빈도를 합리적인 수준으로 유지하기가 어려웠다. 그는 가끔 실패할 것을 뻔히 알면서도 세번째 카드를 받았다. 그리고 한번은 처음으로 받을 카드가 에이스라는 것을 뻔히 알면서 최소 금액을 건 다음, 카드를 확인한 후 더 큰 돈을 걸지 않은 자신을 큰소리로 욕하는 쇼까지 했다.

한 시간 만에 헨리는 정확히 3천 파운드를 땄고 거기서 멈추었다. 그는 주머니에 칩을 넣고 환전소로 돌아가서 칩을 돈으로 바꾸었다.

헨리는 블랙잭에서 3천 파운드, 룰렛에서 3천6백 파운드, 총 6천6백 파운드를 땄다. 66만 파운드도 쉽게 딸 수 있었다. 헨리는 사실 자신이 전 세계 그 누구보다도 빨리 돈을 벌 수 있을 것이라고 생각했다.

출납 담당직원은 헨리의 칩과 패를 받으면서 근육 하나 움찔하지 않았다. 그는 금속 테 안경을 쓰고 있었는데, 안경 뒤의 창백한 눈은 헨리에게 관심이 없었다. 그의 눈은 오로지 카운터에 놓인 칩만 보았다. 이 남자 역시 손가락에 산수가 있었다. 그러나 그것만이 아니었다. 그의 온 신경에 산수, 삼각법, 계산법, 대수, 유클리드 기하학이 있었다. 남자는 뇌에 수십만 개의 전선이 연결된 인간 계산기였다. 그는 헨리의 칩 120개를 5초 만에 셌다.

남자가 물었다.

"수표를 써드릴까요, 슈거 씨?"

출납 담당직원은 아래층 데스크에 앉아 있는 사람과 마찬가지로 모든 회원의 이름을 알았다.

헨리가 말했다.

"아니, 괜찮아요. 현금으로 가져가겠소."

안경 뒤의 목소리가 말했다.

"원하시는 대로 해드리죠."

그런 다음 남자가 돌아서서 수백만 파운드가 들어 있을 사무실 뒤쪽 금고로 갔다.

로드 하우스의 기준에서 헨리가 딴 돈은 푼돈에 불과했다. 지금 아랍의 석유 재벌들이 런던에 체류중이었는데, 그들은 도박을 좋아했다. 극동 지방의 수상쩍은 외교관들과 일본 사업가들과 탈세를 일삼는 영국 부동산업자들도 마찬가지였다. 사람들은 런던의 대형 카지노에서 매일 엄청난 금액을 따거나 잃었는데, 대부분은 잃었다.

직원이 헨리의 돈을 가지고 돌아와 지폐 다발을 카운터에 놓았다. 작은 집 한 채나 큰 자동차 한 대를 사고도 남을 만한 돈이었지만 로드 하우스의 출납 담당직원은 별로 큰 인상을 받지 않았다. 그는 마치 껌이라도 한 통 내주는 사람처럼 자신이 헨리에게 내주는 돈에 신경을 전혀 쓰지 않았다.

헨리가 주머니에 돈을 넣으면서 속으로 생각했다.

'두고 봐, 이 친구야. 한번 두고 보라고.'

헨리가 밖으로 걸어나갔다. 문 앞에서 녹색 제복을 입은 남자가 말했다.

"차 가져다드릴까요, 선생님?"

"아직요. 먼저 선선한 바람을 좀 쐬고 싶군요."

헨리는 거리를 따라 어슬렁어슬렁 걸었다. 자정이 거의 다 된 시각이었다. 밤은 시원하고 상쾌했다. 거대한 도시는 아직 완전히 깨어 있었다. 커다란 돈뭉치 때문에 재킷 안주머니가 불룩해진 것이 느껴졌다. 헨리가 한 손으로 불룩한 부분을 만지다가 부드럽게 톡톡 쳤다. 한 시간 일한 것치고는 많은 돈이었다.

앞으로는 어떻게 될까?

다음 행보는 무엇이 될까?

헨리는 한 달에 백만 파운드도 벌 수 있었다.

원한다면 더 많이 벌 수도 있었다.

그가 벌 수 있는 돈에 한계는 없었다.

헨리는 서늘한 밤의 런던 거리를 배회하면서 다음 행보에 대해 생각하기 시작했다.

자, 이 이야기가 실제로 있었던 일이 아니라 지어낸 이야기였다면 놀랍고 감동적인 결말을 만들어내야 했을 것이다. 그렇게 하기 어렵지는 않을 것이다. 뭔가 극적이고 특이한 결말 말이다. 그러므로 현실에서 헨리에게 실제 어떤 일이 일어났는지 여러분에게 이야기하기 전에 여기서 잠깐 멈추고 유능한 소설가라면 이 이야기를 어떻게 마무리했을지 생각해보자. 소설가의 메모장에는 이렇게 적혀 있을 것이다.

1. 헨리가 죽는다. 앞서 이므라트 칸이 그랬던 것처럼 헨리는 요기의 규칙을 어기고 자신의 힘을 사적 이익을 위해서 썼다.
2. 독자가 깜짝 놀랄 만큼 유별나고 흥미로운 방식으로 죽는 것이 가장 좋을 것이다.
3. 예를 들어, 헨리가 아파트로 돌아가서 돈을 세면서 만족스러워한다. 그러다가 갑자기 몸이 안 좋아진다. 가슴에 통증을 느낀다.

4. 두려워진 헨리는 곧장 침대에 누워 쉬기로 한다. 그가 옷을 벗고 알몸으로 파자마를 입으려고 옷장으로 걸어간다. 벽에 기대어 세워진 전신 거울 앞을 지나가던 헨리가 걸음을 멈추고 거울에 비친 알몸의 자신을 바라본다. 그는 자동적으로, 습관 때문에, 집중하기 시작한다. 그런데……

5. 어느새 헨리는 자기 피부를 "꿰뚫어보고" 있다. 조금 전에 카드를 "꿰뚫어보았던" 것과 똑같은 방식으로 자기 모습을 "꿰뚫어본다." 엑스레이 사진과 같지만 훨씬 더 정밀하다. 엑스레이는 뼈를 비롯해서 밀도가 무척 높은 부분만 볼 수 있지만 헨리는 전부 볼 수 있다. 그는 동맥과 정맥, 전신에서 흐르는 피를 본다. 헨리의 간, 신장, 내장이 보이고 뛰는 심장도 보인다.

6. 헨리가 통증이 느껴지는 가슴 쪽을 보자…… 그의 시야에 들어온 것은…… 오른쪽 심장으로 이어지는 커다란 정맥 안의 작고 검은 덩어리이다. 작고 검은 덩어리가 정맥 안에서 무엇을 하고 있는 걸까? 혈관이 막힌 것이 분명하다. 혈전이 틀림없다. 혈전이다!

7. 처음 봤을 때는 혈전이 움직이지 않는 것 같다. 그러다가 갑자기 움직이기 시작한다. 1, 2밀리미터밖에 되지 않는 매우 작은 움직임이다. 뒤에서 밀려온 피가 혈전을 지나치면서 밀자 작은 혈전이 다시 움직인다. 갑자기 1센티미터 정

도, 정맥을 따라 심장 쪽으로 휙 움직인다. 헨리는 공포에 질려 바라본다. 헨리는, 세상의 거의 모든 사람들이 알고 있듯이, 혈전이 자유롭게 풀려나 정맥 안에서 돌아다니기 시작하면 결국 심장에 도달한다는 것을 안다. 혈전이 심장에 도착하면 대부분 죽는다……

소설의 결말로는 그리 나쁘지 않지만, 이 이야기는 소설이 아니다. 실화이다. 이 이야기에서 사실이 아닌 부분은 헨리의 이름과 카지노 이름밖에 없다. 헨리의 이름은 헨리 슈거가 아니었다. 그의 이름은 보호해야 한다. 아직까지도 보호해야 한다. 우리가 카지노를 실제 이름으로 부를 수 없는 이유는 뻔하다. 그러나 그 외에는 전부 진실이다.

그리고 이것은 실제 이야기이기 때문에 실제 결말로 끝맺어야 한다. 실제 결말은 꾸며낸 결말만큼 극적이거나 무섭지 않을지도 모르지만, 그래도 흥미롭다. 실제로 일어난 일은 다음과 같다.

열

헨리는 런던 거리를 한 시간 정도 걸어다니다가 로드 하우스로 돌아왔다. 그리고 자동차를 찾아 아파트로 향했다. 그는 이해할 수가 없었다. 어마어마한 성공을 거두었는데 왜 거의 흥분되지 않는지 알 수 없었다. 3년 전에, 요가 수행을 시작하기 전에 이런 일이 있었다면 헨리는 너무 흥분해서 제정신이 아니었을 것이다. 길거리에서 춤을 추고 가장 가까운 나이트클럽으로 달려가서 샴페인을 터뜨리며 축하했을 것이다.

재미있는 사실은 헨리가 조금도 흥분하지 않았다는 것이다. 그는 우울했다. 왠지 모든 것이 지나치게 쉬웠다. 헨리는 베팅을 할 때마다 승리를 확신했다. 전율도, 긴장감도, 돈을 잃을 위험도 없었다. 물론 헨리도 알았다. 지금부터 세상을 돌아다니며 수백만을 벌 수 있다는 것을. 하지만 그래봤자 무슨 재미가 있을까?

헨리는 원하는 대로 얻을 수 있으면 그 무엇도 재미가 없다는 사실을 서서히 깨닫고 있었다. 특히 돈의 경우에는 더욱 그랬다.

또하나. 요가의 힘을 습득하기 위해서 그가 거쳐온 과정이 삶을 보는 눈을 완전히 바꾸었을 수도 있지 않을까?

물론 가능한 일이었다.

헨리는 차를 몰고 집으로 돌아와 곧장 잠자리에 들었다.

다음날 아침, 그는 느지막이 일어났다. 그러나 어젯밤보다 기운이 나지는 않았다. 그리고 침대에서 나와 침대 옆 작은 테이블에 그대로 놓여 있는 커다란 돈뭉치를 보자 갑작스럽고 격렬한 혐오감이 치솟았다. 헨리는 이 돈을 원하지 않았다. 이유는 도저히 설명할 수 없었지만 헨리가 저 돈뭉치 중에서 단 한 장도 원하지 않는다는 사실은 그대로였다.

헨리가 돈뭉치를 집어들었다. 전부 20파운드짜리 지폐로, 정확히 330장이었다. 그는 침실에 딸린 발코니로 나가 짙은 빨간색 실크 파자마 차림으로 서서 거리를 내려다보았다.

헨리의 아파트는 커즌 스트리트에 있었는데, 런던에서 가장 비싸고 고급스러운 메이페어 지역의 한가운데였다. 커즌 스트리트 한쪽 끝은 버클리 광장으로 이어지고 반대쪽 끝은 파크 레인으로 이어진다. 헨리는 지상보다 세 층 높은 4층에 살았고, 금속 난간이 달린 작은 발코니는 거리 위로 튀어나와 있었다.

때는 6월이었고, 햇살이 가득한 아침이었으며, 시간은 열한시쯤이었다. 일요일이지만 몇몇 사람들이 인도에서 어슬렁거리며 걷고 있었다.

헨리는 돈뭉치에서 20파운드짜리 지폐를 한 장 빼서 발코니 너머로 떨어뜨렸다. 바람이 지폐를 잡아채더니 파크 레인 쪽 인도로 날렸다. 헨리는 그것을 바라보며 서 있었다. 지폐는 공중에서 펄럭펄럭 뒤척이다가 결국 길 건너편에, 어느 노인의 바로 앞에 내려앉았다. 그는 초라하고 긴 갈색 외투와 축 늘어진 모자 차림으로 혼자 천천히 걷고 있었다. 노인이 펄럭거리며 자기 옆얼굴을 스치는 지폐를 보고 멈춰 서서 그것을 주웠다. 그가 양손으로 지폐를 들고 빤히 바라보았다. 그런 다음 뒤집어서 보더니 얼굴 가까이로 가져가 다시 보았다. 그러고는 고개를 들어 위를 보았다.

헨리가 양손을 모아 입에 대고 소리쳤다.

"거기요! 가지세요! 선물입니다!"

노인은 지폐를 들고 가만히 서서 저 위 발코니의 형체를 올려다보았다. 헨리가 외쳤다.

"주머니에 넣으세요! 집으로 가져가요!"

그의 목소리가 거리를 따라 멀리 퍼졌고, 많은 사람들이 걸음을 멈추고 올려다보았다.

헨리가 지폐를 한 장 더 빼서 아래로 던졌다. 저 아래 구경꾼들은 움직이지 않았다. 가만히 보기만 했다. 그들은 무슨 일이 벌어지고 있는지 전혀 몰랐다. 어떤 남자가 저 위 발코니에 서서 뭐라고 소리치더니 종잇조각 같은 것을 던졌을 뿐이었다. 다들 펄럭이며 떨어지는 종잇조각을 지켜보았는데, 이번에는 길 건너편 인도에 팔짱을 끼고 서 있던 젊은 남녀 근처에 떨어졌다. 남자가 팔짱을 풀고 떨어지는 종이를 잡으려다가 놓쳤지만 곧 땅에 떨어진 것을 주웠다. 그가 지폐를 자세히 살폈다. 이제 길 양쪽의 구경꾼들이 모두 젊은 남자를 보고 있었다. 많은 사람들의 눈에 종잇조각이 지폐와 아주 비슷해 보였기 때문에 사실을 알아내려고 기다리고 있었다.

젊은 남자가 펄쩍펄쩍 뛰며 소리질렀다.

"20파운드 지폐예요! 20파운드 지폐라고요!"

헨리가 소리쳤다.

"가져요! 당신 줄게요!"

남자가 지폐를 든 팔을 쭉 뻗고 같이 소리쳤다.

"진심이에요? 정말 가져도 돼요?"

갑자기 길 양쪽이 흥분으로 웅성거렸고, 다들 곧장 움직이기 시작했다. 사람들이 도로 한가운데로 달려나와 발코니 아래로 모여들더니 머리 위로 양손을 들고 소리치기 시작했다.

"저요! 저도 한 장 주세요! 여기 한 장 더 떨어뜨려주세요, 선생님! 몇 장 더 줘요!"

헨리가 지폐를 대여섯 장 빼서 아래로 던졌다.

종잇조각들이 바람을 타고 흩어져 나풀나풀 떨어지자 비명과 고함이 들렸고, 모여든 사람들이 각자 손을 뻗으면서 전형적인 난투극이 본격적으로 벌어졌다. 그러나 분위기가 무척 좋았다. 사람들은 웃고 있었다. 다들 아주 재미있는 장난이라고 생각했다. 어떤 남자가 4층에서 파자마 차림으로 엄청난 액수의 지폐를 허공에 던지고 있었다. 그 자리의 몇 명은 지금까지 평생 20파운드짜리 지폐를 본 적도 없었다.

그러나 이제 뭔가 다른 일이 일어나기 시작했다.

도시의 거리들을 따라 소식이 퍼지는 속도는 보통 빠른 것이 아니다. 헨리가 돈을 뿌리고 있다는 소식이 커즌 스트리트를 따라 퍼지더니 그 너머의 크고 작은 거리들로 흘러갔다. 사방에서 사람들이 달려왔다. 몇 분 만에 천 명쯤 되는 남자, 여자, 아이들이 헨리의 발코니 밑에서 도로를 막고 있었다. 인파 때문에 길이 막힌 운전자들까지 차에서 내려 가담했다. 갑자기 커즌 스트리트에 혼돈이 찾아왔다.

이제 헨리는 팔을 휘둘러 지폐 다발을 전부 공중에 뿌렸다. 6천 파운드가 넘는 돈이 비명을 지르는 사람들을 향해 팔랑팔랑 떨어졌다.

그뒤에 이어진 쟁탈전은 정말 장관이었다. 사람들은 지폐가 땅에 떨어지기 전에 잡으려고 팔짝팔짝 뛰었고, 서로 밀고 뿌리치면서 소리를 지르고 넘어졌고, 곧 한덩어리로 얽혀서 고함을 지르고 싸웠다.

갑자기 헨리의 등뒤 아파트 현관에서 초인종 소리가 거리의 소음보다 크고 길게 울렸다. 그가 안으로 들어가 현관문을 열었다. 밖에는 검은 콧수염을 기른 커다란 경찰관이 허리에 양손을 얹고 서 있었다. 그가 화를 내며 고함쳤다.

"당신! 당신이군! 당신이 도대체 무슨 짓을 하고 있는지 알아요?"

"안녕하십니까, 경관님. 사람들이 모여든 건 죄송합니다. 이렇게 될 줄 몰랐어요. 그냥 돈을 좀 나눠주고 있었거든요."

"폐를 끼치고 있어요! 방해를 하고 있다고요! 대혼란을 부추겨서 거리를 완전히 막았잖아요!"

"죄송하다고 했잖습니까. 다시는 안 그러겠습니다, 약속할게요. 곧 다들 흩어질 겁니다."

경찰관이 허리에서 한 손을 떼고 손바닥에 쥐고 있던 20파운드 지폐를 내놓았다.

"아하. 경관님도 한 장 주우셨군요! 잘됐네요! 정말 잘됐어요!"

"장난 그만 쳐요! 저기 뿌린 20파운드 지폐에 대해서 진지한 질문을 몇 가지 해야 하니까."

경찰관이 가슴 주머니에서 공책을 꺼내며 말을 이었다.

"돈이 정확히 어디서 났습니까?"

"제가 땄습니다. 어젯밤에 운이 좋았지요."

헨리는 계속해서 돈을 딴 클럽 이름을 댔고, 경찰관이 공책에 받아 적었다. 헨리가 덧붙였다.

"확인해보세요. 사실이라고 말해줄 겁니다."

경찰관이 공책을 내리고 헨리의 눈을 보며 말했다.

"솔직히 말하자면 당신 말을 믿습니다. 사실대로 말하고 있는 것 같군요. 하지만 그렇다고 해도 당신이 한 짓은 전혀 용

서되지 않아요."

"저는 아무 잘못도 안 했는데요."

경찰관이 다시 흥분하기 시작하며 소리쳤다.

"정말 지독히도 멍청한 애송이로군! 멍청이에 얼간이라고요! 운이 좋아서 이렇게 어마어마한 돈을 따놓고서 줘버리고 싶다고 창밖으로 던지면 안 되죠!"

헨리가 싱긋 웃으며 물었다.

"왜 안 되죠? 돈을 처분하기에는 좋은 방법인데요."

"돈을 처분하는 방법으로는 빌어먹을 만큼 바보 같은 짓이지요! 왜 도움이 될 만한 곳에 돈을 주지 않죠? 예를 들면 병원에 말입니다. 아니면 고아원이나. 아이들에게 크리스마스 선물을 사줄 돈도 넉넉지 않은 고아원이 전국에 널려 있어요! 그런데 당신처럼 힘든 게 뭔지도 모르는 멍청이가 길거리에다가 돈을 뿌리다니! 화가 납니다, 정말로 화가 나요!"

"고아원이라고요?"

"그래요, 고아원! 난 잘 알아요, 나 역시 고아원에서 자랐으니까!"

경찰관은 이 말을 남기고 돌아서서 계단을 재빨리 내려갔다.

헨리는 꼼짝도 하지 않았다. 경찰관의 말이, 그리고 특히 그 말을 하면서 내뿜던 진정한 분노가 우리 주인공의 미간을 정확히 강타했다.

헨리가 소리 내어 외쳤다.

"고아원이라고? 괜찮은 생각인데? 하지만 고아원 하나만 도울 건 또 뭐야? 수많은 고아원을 도우면 되잖아?"

그런 다음, 아주 빠르게, 모든 것을 바꿀 위대하고 놀라운 아이디어가 떠오르기 시작했다.

헨리는 현관문을 닫고 안으로 들어갔다. 갑자기 강렬한 흥분이 뱃속에서 요동쳤다. 그는 집안을 서성이면서 이 놀라운 아이디어를 가능하게 만들 중요한 점들을 확인했다.

"하나. 나는 평생 매일 아주 큰돈을 손에 넣을 수 있어.

둘. 12개월에 한 번 이상 같은 카지노에 가면 안 돼.

셋. 한 카지노에서 너무 많이 따면 안 돼, 그러면 의심을 살 거야. 하룻밤에 2만 파운드로 제한해야겠어.

넷. 하룻밤에 2만 파운드씩 1년 365일이면 얼마지?"

헨리가 연필과 종이를 꺼내 계산한 다음 소리 내서 말했다.

"730만 파운드군.

아주 좋아. 다섯. 계속 돌아다녀야 해. 한 도시에 2, 3일 이상 연속으로 머물러선 안 돼. 소문이 날 거야. 런던에서 몬테카를로. 거기서 또 칸으로. 비아리츠. 도빌. 라스베이거스. 멕시코시티. 부에노스아이레스. 나소. 등등.

여섯. 내가 딴 돈으로 가는 나라마다 제일 좋은 고아원을 짓는 거야. 로빈 후드가 되자. 도박업자와 카지노 주인의 돈을 빼앗아서 아이들에게 주는 거야. 진부하고 감상적이라고? 꿈이라면 그렇겠지. 하지만 현실이 되면, 내가 진짜로 그렇게 만들면 전혀 진부하거나 감상적이지 않아. 엄청나겠지.

일곱. 날 도와줄 사람, 집에 앉아서 돈을 전부 관리하고, 건물을 사고, 모든 것을 조직할 사람이 필요해. 재무를 관리할 사람. 내가 믿을 수 있는 사람. 존 윈스턴이 어떨까?"

열하나

존 윈스턴은 헨리의 회계사였다. 그는 헨리의 소득세, 투자, 그 밖에 돈과 관련된 모든 문제를 처리했다. 헨리는 그를 18년 동안 알았고, 그래서 두 남자 사이에 우정이 피어났다. 그러나 지금까지 존 윈스턴은 헨리를 평생 단 하루도 일한 적 없는 한가하고 돈 많은 한량으로 알고 있었다는 점을 기억하자.

헨리가 계획을 이야기하자 존 윈스턴이 말했다.

"미쳤군요. 지금까지 카지노를 이길 시스템을 생각해낸 사람은 아무도 없어요."

헨리가 주머니에서 아직 뜯지도 않은 새 카드를 한 벌 꺼내며 말했다.

“좋아요. 잠깐 블랙잭을 해보죠. 당신이 딜러를 맡아요. 카드에 표시가 되어 있다는 말은 하지 마요. 새 거니까.”

두 남자는 엄숙하게, 거의 한 시간 동안, 버클리 광장이 내려다보이는 윈스턴의 사무실에 앉아서 블랙잭을 했다. 성냥개비를 패로 썼는데, 한 개비에 25파운드였다. 15분이 지나자 헨리는 윈스턴보다 적어도 3만 4천 파운드가 많았다!

존 윈스턴은 믿을 수가 없었다. 그가 말했다.

“어떻게 한 겁니까?”

헨리가 말했다.

“카드를 테이블에 올려놔봐요. 앞면이 안 보이게 뒤집어서.”

윈스턴이 시키는 대로 했다.

헨리가 맨 위 카드에 4초 동안 집중하더니 이렇게 말했다.

“하트 잭이군.”

맞았다.

“다음 건…… 하트 3이군.”

맞았다. 헨리는 카드 한 벌을 하나하나 전부 맞혔다.

존 윈스턴이 말했다.

“계속해요. 어떻게 하는 건지 말해봐요.”

평소에는 침착하고 아주 정확한 이 남자가 책상 위로 몸을 숙이고 두 개의 별처럼 밝고 큰 눈으로 헨리를 빤히 보고 있었다. 그가 말했다.

"헨리 씨가 지금 절대로 불가능한 일을 하고 있다는 사실은 알고 있습니까?"

"불가능하지 않아요. 아주 어려울 뿐이죠. 이걸 할 수 있는 사람은 이 세상에 나밖에 없어요."

존 윈스턴의 책상 위 전화기가 울렸다. 그가 수화기를 들고 비서에게 말했다.

"내가 됐다고 할 때까지 전화 연결하지 말아요, 수전. 내 아내 전화도 안 돼요."

윈스턴이 고개를 들고 헨리가 말을 잇기를 기다렸다.

헨리는 정확히 어떻게 해서 이 힘을 얻었는지 존 윈스턴에게 설명했다. 그는 어쩌다 공책을 발견했는지 이야기하고 이므라트 칸에 대해 말한 다음 지난 3년 동안 쉬지 않고 노력하면서 집중 훈련을 했다고 설명했다.

헨리가 이야기를 끝내자 존 윈스턴이 말했다.

"불 위도 걸어봤어요?"

"아니, 안 할 겁니다."

"카지노 카드 게임에서 이게 통할 거라고 생각하는 이유는 뭡니까?"

그러자 헨리는 지난밤에 로드 하우스에 갔던 이야기를 했다. 존 윈스턴이 외쳤다.

"6천 파운드, 6천 파운드라니! 정말로 돈을 그렇게 많이 땄다고요?"

"아니 방금 당신한테서 3만 4천 파운드를 따는 데 한 시간도 안 걸렸잖아요!"

"그랬지요."

"내가 딸 수 있는 돈을 생각하면 6천 파운드는 아주 적은 편이에요. 더 많이 따지 않으려고 힘들게 노력해야 했다고요."

"헨리 씨는 지구에서 가장 부유한 사람이 될 거예요."

"나는 지구에서 가장 부유한 사람이 되고 싶지 않아요. 이젠 싫어."

그런 다음 헨리는 고아원 설립 계획에 대해서 말했다. 그가 이야기를 끝내고 이렇게 말했다.

"같이하겠어요, 존? 나의 재무 담당자, 나의 관리자이자 다른 모든 것이 되어주겠어요? 매년 수백만 파운드가 들어올 거예요."

신중하고 분별 있는 회계사 존 윈스턴은 그 어떤 제안에도 충동적으로 동의하지 않았다. 그가 말했다.

"먼저 당신이 일하는 모습을 보고 싶군요."

그래서 그날 밤, 두 사람은 같이 커즌 스트리트의 리츠 클럽으로 갔다. 헨리가 말했다.

"이제 로드 하우스는 당분간 가면 안 되니까."

첫번째 룰렛 휠에서 헨리는 27번에 백 파운드를 걸었다. 27이 나왔다. 두번째에는 4에 걸었고, 역시 4가 나왔다. 총 7천2백 파운드를 땄다.

헨리 옆에 서 있던 아랍인이 말했다.

"난 방금 5만 5천 파운드를 잃었는데. 어떻게 그렇게 잘 맞히십니까?"

헨리가 말했다.

"운이죠. 그냥 운이 좋은 거예요."

두 사람은 블랙잭 게임룸으로 갔고, 거기서 헨리는 30분 만에 1만 파운드를 땄다. 그러고선 그만두었다.

두 사람이 거리로 나오자 존 윈스턴이 말했다.

"이제 헨리 씨 말을 믿습니다. 저도 함께할게요."

"내일부터 시작하죠."

"정말 매일 밤 이렇게 할 생각이에요?"

"그래요. 한 곳에서 다른 곳으로, 한 나라에서 다른 나라로 아주 빨리 움직여야 해요. 매일 은행을 통해서 수익을 보내지요."

"1년이면 총 얼마가 되는지 알고나 있습니까?"

헨리가 경쾌하게 말했다.

"수백만 파운드죠. 1년에 7백만 정도예요."

"그렇다면 이 나라에서는 일을 추진할 수 없어요. 세무서에서 다 가져갈 거예요."

"어디든 원하는 데로 가요. 나는 이러나저러나 똑같으니까. 당신을 전적으로 믿어요."

"그럼 스위스로 가겠습니다. 하지만 내일 당장 가는 건 아니에요. 간단하게 일을 관두고 비행기를 타고 떠날 수는 없습니다. 당신처럼 아무 책임도 없고 딸린 식구도 없는 독신이 아니니까요. 아내와 아이들한테 말해야 합니다. 회사 파트너에게도 알려야 하고요. 집도 팔아야 해요. 스위스에서 집도 구하고 아이들도 전학시켜야 해요. 헨리 씨, 이런 일은 시간이 걸린다고요!"

헨리가 주머니에서 방금 딴 1만 7천5백 파운드를 꺼내서 윈스턴에게 주며 말했다.

"얼마 안 되지만 자리를 잡을 때까지 도움이 될 거예요. 하지만 서둘러요. 난 빨리 시작하고 싶으니까."

일주일도 지나지 않아서 존 윈스턴은 스위스 로잔으로 갔고, 제네바 호수가 내려다보이는 아름다운 언덕 높은 곳에 사무실을 얻었다. 가족은 준비가 되는 대로 곧 윈스턴을 따라올 것이다.

그리고 헨리는 카지노로 가서 일을 시작했다.

열둘

1년 뒤, 헨리가 로잔의 존 윈스턴에게 보낸 총 금액은 8백만 파운드가 약간 넘었다. 돈은 일주일에 5일간 매일 오퍼니지 주식회사라는 스위스 회사로 송금되었다. 돈이 어디서 나오는지, 또 어떻게 쓰일지 존 윈스턴과 헨리를 빼면 아무도 몰랐다. 스위스 당국은 결코 돈의 출처를 궁금해하지 않는다. 헨리는 은행을 통해서 돈을 보냈다. 월요일에는 은행이 문을 닫는 금요일, 토요일, 일요일 치까지 합쳐졌기 때문에 항상 송금액이 제일 컸다. 헨리는 놀랄 만큼 빠른 속도로 돌아다녔고, 존 윈스턴이 헨리의 소재에 대해 아는 것이라고는 특정한 날짜에 돈을 보낸 은행 주소밖에 없을 때가 많았다. 어느 날은 마닐라의 은행에서 돈을 보냈다. 다음날은 방콕에서 돈을 보냈다. 돈은 라스베이거스에서, 퀴라소에서, 프리포트에서, 그랜드케이맨에서, 산후안에서, 나소에서, 런던에서, 비아리츠에서 왔다. 대형 카지노가 있는 어느 도시에서나 돈이 들어왔다.

열셋

7년 동안 모든 일이 잘 굴러갔다. 거의 5천만 파운드가 로잔으로 들어왔고 은행에 안전하게 보관되었다. 존 윈스턴은 벌써 고아원을 세 군데나 지었는데, 프랑스, 영국, 미국에 각각 하나씩이었다. 다섯 곳은 설립중이었다.

그때 약간의 문제가 생겼다. 카지노들은 보통 비밀 정보를 주고받는다. 헨리는 한 카지노에서 하룻밤에 지나치게 많은 돈을 따지 않으려고 항상 유별날 만큼 조심했지만 결국 소문이 퍼질 수밖에 없었다.

헨리가 약간 경솔하게도 같은 마피아가 소유한 라스베이거스의 카지노 세 군데에서 1만 달러씩을 땄던 날 밤, 카지노들이 헨리의 존재에 대해서 알게 된 것이다.

그에게 벌어진 일은 이랬다. 카지노에 다녀온 다음날 아침, 헨리가 공항으로 가려고 호텔방에서 짐을 싸고 있을 때 노크 소리가 나더니 벨보이가 들어와서 남자 둘이 로비에서 헨리를 기다리고 있다고 속삭였다. 게다가 또다른 남자들이 뒷문을 지키고 있다고 했다. 벨보이는 아주 건장한 남자들이라고, 지금 아래층으로 내려가면 목숨을 부지할 가능성이 별로 없을 것 같다고 말했다.

헨리가 벨보이에게 물었다.

"왜 여기까지 와서 말해주는 거지? 왜 내 편을 들지?"

"저는 누구의 편도 아닙니다. 하지만 손님이 어젯밤에 돈을 많이 땄다는 사실은 다들 알고 있어요. 그래서 손님께 알려드리면 좋은 선물을 받을지도 모른다고 생각했지요."

"고맙네. 하지만 어떻게 빠져나가지? 자네가 날 여기서 내보내주면 천 달러를 주지."

"그야 간단하지요. 옷을 벗고 제 제복으로 갈아입은 다음 여행가방을 들고 로비를 통해서 나가세요. 하지만 먼저 저를 묶어놓고 가셔야 합니다. 제가 손발이 묶인 채 바닥에 누워 있어야 손님을 도왔다는 의심을 피할 수 있어요. 손님이 총을 가지고 있어서 어쩔 수 없었다고 말할게요."

"당신을 묶을 끈은 어디 있지?"

벨보이가 씩 웃으며 말했다.

"여기 제 주머니에 있습니다."

헨리가 금색과 녹색이 섞인 벨보이의 제복을 입어보니 사이즈가 그럭저럭 맞았다. 그런 다음 그는 끈으로 벨보이를 단단히 묶고 입에 손수건을 쑤셔넣었다. 마지막으로 벨보이가 나중에 가져갈 수 있도록 양탄자 밑에 백 달러짜리 지폐 열 장을 밀어넣었다.

로비에 내려가자 키가 작고 어깨가 떡 벌어진 검은 머리 건달 두 명이 엘리베이터에서 내리는 사람들을 지켜보고 있었다. 그러나 금색과 녹색이 섞인 벨보이 제복 차림으로 여행 가방을 들고 엘리베이터에서 내려 민첩하게 로비를 가로지른 다음 회전문을 통해 거리로 나가는 사람에게는 눈길도 주지 않았다.

공항에 도착한 헨리는 비행편을 바꿔 로스앤젤레스행 다음 비행기를 탔다. 그가 생각했다. 이제부터는 쉽지 않겠군. 하지만 벨보이가 헨리에게 좋은 아이디어를 주었다.

로스앤젤레스, 가까운 할리우드, 그리고 영화계 사람들이 전부 살고 있는 비벌리힐스에서 헨리는 업계 최고의 분장사를 찾았다. 바로 맥스 엥겔먼이었다. 헨리는 그를 찾아갔고, 맥스를 보자마자 마음에 들었다.

헨리가 그에게 물었다.

"얼마나 버십니까?"

"아, 1년에 4만 달러 정도요."

"제가 10만 달러를 드리죠. 저와 함께 가서 제 분장을 맡아 주시면요."

"도대체 무슨 일인데요?"

"말씀드리죠."

맥스는 헨리가 모든 이야기를 털어놓은 두번째 사람이었다. 헨리가 카드의 앞면을 어떻게 읽는지 보여주자 맥스가 소스라치게 놀라 소리쳤다.

"세상에, 이봐요! 한 재산 벌 수 있겠는데요!"

"이미 벌었습니다. 열 재산은 벌었죠. 하지만 열 재산 더 벌고 싶군요."

헨리는 맥스에게 고아원에 대해서 이야기했다. 그는 존 윈스턴의 도움으로 이미 일곱 개 국가에 고아원 일곱 개를 세운 차였다.

맥스는 나치가 쳐들어오자 빈에서 미국으로 도망친 작고 거무스름한 남자였다. 그는 결혼을 하지 않았고 매인 곳도 없었다. 맥스는 정말로 열광했다. 그가 외쳤다.

"미쳤군요! 평생 들어본 이야기 중에서 가장 미친 소리예요! 까짓것, 나도 함께하죠! 갑시다!"

그때부터 맥스 엥겔먼은 어디든 헨리와 함께 다녔고, 온갖 가발과 가짜 턱수염, 구레나룻, 콧수염, 기상천외한 분장 도구가 담긴 여행가방도 같이 가지고 다녔다. 그는 자신의 고용주를 별로 눈에 띄지 않는 3, 40명의 인물 중 하나로 탈바꿈시킬 수 있었다. 이제 카지노 관리자들 모두가 헨리를 찾고 있었지만 그를 헨리 슈거 씨로 보는 사람은 단 한 명도 없었다. 사실 헨리와 맥스는 라스베이거스 소동이 벌어지고 겨우 1년 후에 그 위험한 도시로 돌아갔고, 따뜻하고 별빛 찬란한 밤에 헨리는 예전에 방문했던 대형 카지노들 중 첫번째 업장에서 정확히 8만 달러를 땄다. 그는 나이 많은 브라질 외교관으로 분장했고, 카지노들은 무슨 일을 당했는지 결코 깨닫지 못했다.

이제 헨리는 절대 본모습으로 카지노에 가지 않았기 때문에 당연히 가짜 신분증과 여권처럼 여러 가지 사소한 문제들도 처리해야 했다. 예를 들어 몬테카를로에서는 카지노에 들어갈 때 항상 여권을 제시해야 한다. 헨리는 맥스의 도움을 받아 몬테카를로에 열한 번이나 더 갔는데, 매번 다른 분장에 다른 여권을 가지고 있었다.

맥스는 이 일을 정말 사랑했다. 그는 헨리를 위해 새로운 인물을 만드는 것을 정말 좋아했다. 맥스는 이렇게 선언하곤 했다.

"오늘은 완전히 새로운 인물이 있어요! 이따 한번 보세요! 오늘 헨리 씨는 쿠웨이트에서 온 아랍 수장이 될 겁니다!"

"우리한테 아랍 여권이 있었어요? 아랍 서류랑?"

"다 있어요. 존 윈스턴이 셰이크 아부 빈 베비 전하라는 이름으로 근사한 여권을 보내줬거든요!"

일은 이런 식으로 계속되었다. 몇 년 만에 맥스와 헨리는 형제와도 같은 사이가 되었다. 그들은 십자군 원정을 떠난 형제, 하늘을 날아다니며 전 세계 카지노의 돈을 짜내서 곧장 스위스의 존 윈스턴에게 보내는 두 남자였고, 스위스의 오퍼니지 주식회사는 점점 더 부유해졌다.

열넷

헨리 슈거는 작년에 예순세 살의 나이로 죽었고, 그의 과업은 끝났다. 헨리는 딱 20년 동안 이 일을 했다.

그가 개인적으로 기록한 공책에는 21개의 나라나 제도에 위치한 371개의 주요 카지노 목록이 적혀 있었다. 헨리는 거기에 적힌 모든 카지노에 여러 번 다녀왔고, 절대 돈을 잃지 않았다. 존 윈스턴의 회계에 따르면 헨리는 총 1억 4천4백만 파운드를 벌었다.

헨리 슈거는 전 세계에 자리를 잘 잡고 매끄럽게 운영되는 고아원 21개를 남겼는데, 그가 방문했던 나라마다 하나씩이었다. 로잔의 존과 직원들이 모든 고아원을 관리하고 자금을 댔다.

그런데 맥스 엥겔먼도 존 윈스턴도 아닌 내가 어떻게 이 모든 사실을 알까? 그리고 애초에 어쩌다가 이 이야기를 쓰게 되었을까? 지금부터 알려주겠다.

헨리가 세상을 떠난 직후, 스위스의 존 윈스턴이 나에게 전화를 걸었다. 그는 자신을 오퍼니지 주식회사의 대표라고만 소개한 다음 조직의 간략한 역사를 쓰고 싶은데 자신을 만나러 로잔으로 와주지 않겠느냐고 말했다. 나는 윈스턴이 내 이름을 어떻게 알게 되었는지 모른다. 어쩌면 작가 목록을 보면서 아무나 찍었을지도 모른다. 그는 후한 보수를 주겠다면서 이렇게 덧붙였다.

"얼마 전에 대단한 사람이 세상을 떠났습니다. 이름은 헨리 슈거였지요. 저는 사람들이 그가 한 일에 대해서 약간은 알아야 한다고 생각합니다."

아무것도 몰랐던 나는 책으로 쓸 만큼 정말 재미있는 이야기냐고 물었다. 그러자 이제 1억 4천4백만 파운드를 관리하는 남자가 말했다.

"알겠습니다. 잊어버리세요, 다른 사람에게 부탁하죠. 작가는 많으니까요."

이 말이 나를 자극했다.

"잠깐만요. 적어도 헨리 슈거라는 사람이 누구인지, 어떤 일을 했는지 말해줄 수 없습니까? 그런 사람은 들어본 적도 없는데요."

존 윈스턴은 나와 5분간 통화를 하면서 헨리 슈거의 비밀스러운 이력에 관해서 이야기했다. 그것은 더이상 비밀이 아니었다. 헨리는 죽었고 다시는 도박을 하지 않을 것이다. 나는 이야기를 들으면서 완전히 마음을 빼앗겼다.

"바로 다음 비행기를 타겠습니다."

"고맙습니다. 정말 감사드립니다."

로잔으로 간 나는 일흔 살이 넘은 존 윈스턴과 역시 비슷한 나이의 맥스 엥겔먼을 만났다. 두 사람 모두 헨리의 죽음으로 인한 충격에서 아직 벗어나지 못했고, 13년 넘도록 늘 헨리 슈거의 곁을 지켰던 맥스는 더욱 그랬다. 맥스가 그늘진 얼굴로 말했다.

"난 그를 사랑했습니다. 위대한 사람이었어요. 자기 생각은 하나도 안 했지요. 자기가 딴 돈을 1페니도 갖지 않았습니다. 이동하거나 먹는 데 필요한 비용만 빼고요. 한번은 비아리츠에서 그런 일이 있었습니다. 헨리는 은행에 가서 존에게 50만 프랑을 보내고 돌아온 참이었죠. 점심시간이었어요. 둘이서 어느 가게에 들어가서 오믈렛과 포도주 한 병으로 간단한 점심을 먹었습니다. 그런데 계산서가 나왔는데 헨리한테 돈이 하나도 없는 거예요. 저도 없었지요. 사랑스러운 사람이었습니다."

존 윈스턴은 자신이 아는 것을 전부 나에게 이야기했다. 그는 1934년 봄베이에서 존 카트라이트 박사가 이므라트 칸의 이야기를 적은 짙은 파란색 공책 원본을 보여주었고, 나는 그것을 한 자 한 자 그대로 베껴 적었다.

존 윈스턴이 말했다.

"헨리는 이 공책을 항상 가지고 다녔습니다. 결국에는 다 외웠지요."

그런 다음 윈스턴이 20년 동안 매일 헨리가 딴 돈을 기록한 오퍼니지 주식회사의 회계 장부를 보여주었는데, 정말 경이로웠다.

윈스턴이 이야기를 마치자 내가 말했다.

"이 이야기에는 큰 빈틈이 있습니다, 윈스턴 씨. 헨리의 여행에 대해서, 그가 전 세계 카지노에서 겪은 모험에 대해서는 거의 아무 말도 하지 않으셨잖아요."

"그건 맥스의 이야기예요. 맥스는 같이 다녔으니 다 알지요. 그런데 자기가 직접 써보고 싶다는군요. 벌써 쓰기 시작했습니다."

"그렇다면 맥스가 전부 다 쓰면 되지 않습니까?"

"그러고 싶지 않답니다. 헨리와 자신의 이야기만 쓰고 싶다는군요. 끝내기만 하면 정말 환상적인 이야기가 될 겁니다. 하지만 이제 맥스도 나만큼 늙었으니 과연 끝낼 수 있을지 모르겠군요."

"마지막 질문입니다. 그분을 계속 헨리 슈거라고 부르지만 본명은 아니라고 하셨지요. 제가 이야기를 쓸 때 그의 정체를 밝히길 바라지 않으십니까?"

"아닙니다. 맥스와 저는 그의 이름을 절대 밝히지 않기로 약속했습니다, 아, 조만간 새어나가겠지요. 어쨌든 영국에서는 꽤 유명한 가문 출신이었으니까요. 하지만 애써 알아내지는 말아주시면 감사하겠습니다. 헨리 슈거 씨라고만 불러주세요."

그래서 나는 그렇게 했다.

책장수

T h e   B o o k s e l l e r

그 당시 여러분이 트래펄가 광장에서 채링크로스 로드로 걸어갔다면 몇 분 지나지 않아 오른쪽에서 창문 위에 '윌리엄 버기지—희귀 서적'이라고 적힌 가게가 보였을 것이다.

창문을 들여다보면 사방 벽을 바닥부터 천장까지 가득 채운 책들이 보였을 것이고, 문을 열고 들어가면 런던의 헌책방마다 스민 찻잎과 낡은 마분지의 미묘한 냄새가 달려들었을 것이다. 그곳에는 거의 언제나 고객 두세 명이, 외투에 중절모자를 쓰고서 초판을 찾아 제인 오스틴과 트롤럽과 디킨스와 조지 엘리엇 세트를 뒤적이는, 말없고 그림자 같은 형체들이 있었을 것이다.

근처를 서성이며 고객을 주시하는 책방 주인은 어디에도 보이지 않았을 것이다. 책을 훔치는 대신 정말 돈을 내고 사고 싶은 사람이 있었다면 가게 안쪽 '사무실—돈 내는 곳'이라고 적힌 문을 열고 들어가야 했을 것이다. 사무실로 들어가면 각자 책상 앞에 앉아서 일에 열중한 윌리엄 버기지 씨와 조수 뮤리얼 토틀 양을 발견했을 것이다.

버기지 씨는 값비싼 18세기 마호가니 2인용 책상 앞에 앉아 있었을 것이고 토틀 양은 조금 떨어진 곳에서 약간 더 작지만 우아함은 절대 뒤지지 않는 책상, 낡은 녹색 가죽을 덧댄 리젠시 책상을 쓰고 있었을 것이다. 버기지 씨의 책상에는 그날 발행된 〈런던 타임스〉와 〈데일리 텔레그래프〉, 〈더 맨체스터 가디언〉, 〈더 웨스턴 메일〉, 〈더 글래스고 헤럴드〉가 한 부씩 놓여 있었을 것이다. 또 두껍고 손때가 많이 탄 붉은색 『명사록』 최신판도 근처에 있었을 것이다. 토틀 양의 책상에는 전기 타자기, 뚜껑이 없고 평범하지만 아주 멋진, 편지지와 편지 봉투가 담긴 상자, 상당히 많은 클립과 스테이플러와 기타 비서 업무에 필요한 물건들이 있었을 것이다.

그렇게 자주는 아니지만 가끔 손님이 사무실로 들어와 자신이 고른 책을 토틀 양에게 건넸을 것이고, 토틀 양은 표지 안쪽 빈 종이에 연필로 적힌 가격을 확인하고, 돈을 받고, 필요하면 책상 왼쪽 서랍 어딘가에서 잔돈을 꺼내서 주었을 것이다. 버기지 씨는 사무실에 드나드는 손님들을 굳이 흘끔거리는 법이 절대 없었고, 누가 질문을 하면 토틀 양이 대답했을 것이다.

버기지 씨도 토틀 양도 가게에서 일어나는 일에 전혀 관심이 없는 듯했다. 사실 버기지 씨는 책을 훔치고 싶은 사람이 있다면 뭐 한번 잘해보라는 듯한 태도였다. 그는 가게 책장에 귀중한 초판이라고는 단 한 권도 없다는 사실을 아주 잘 알았다. 경매에서 산 싸구려 책들 중에 이블린 워나 글래스워시가 초기에 발표한 다소 희귀한 책이 섞여 들어왔을지도 모르고, 보즈웰과 월터 스콧과 로버트 루이스 스티븐슨과 그 밖의 작가들의 괜찮은 세트가, 종종 소가죽으로 책의 반 또는 전체를 장정한 세트가 분명히 있었다. 그러나 그런 책들은 외투 주머니에 슬쩍 넣을 수 있는 물건이 아니었다. 설사 어떤 악당이 정말로 책 여섯 권을 훔쳐서 걸어나간다 해도 버기지 씨는 그 일로 잠을 설치지 않았을 것이다. 책방의 1년 수입이 뒷방 사업으로 며칠 만에 버는 수입보다 적다는 사실을 뻔히 아는데 굳이 왜 그러겠는가? 중요한 것은 뒷방에서 일어나는 일이었다.

2월 어느 날 아침, 날씨가 나쁘고 진눈깨비가 사무실 창유리에 비스듬히 내려 허옇고 축축한 날, 버기지 씨와 토틀 양은 평소처럼 각자의 자리에 앉아서 각자의 일에 열중하고 있었다. 아니, 푹 빠졌다고도 할 수 있었다. 메모지를 놓고 금빛 파커 펜을 든 버기지 씨는 〈더 타임스〉를 보며 뭔가를 적었다. 이따금 『명사록』을 들춰 보면서 몇 가지를 추가로 적기도 했다.

우편물을 뜯어보던 토틀 양이 수표를 몇 장 확인하고 총액을 계산하다가 말했다.

"오늘은 세 건이네."

버기지 씨가 고개도 들지 않고 물었다.

"총 얼마지?"

"1천6백."

"체스터의 주교 집에서는 아직 아무 소식도 없었지, 맞나?"

"주교는 궁에 살아, 빌리. 집이 아니라."

"주교가 어디 살든 상관없어. 하지만 이렇게 답이 빨리 오지 않는 경우에는 좀 불안하잖아."

"사실은, 오늘 아침에 답이 왔어."

"별말 없이 내놨어?"

"전액을."

"다행이군. 주교를 상대한 적은 처음이라 너무 나간 건 아닌가 확신이 없었거든."

"변호사가 수표를 보내왔어."

버기지 씨가 고개를 들고 날카롭게 물었다.

"편지도 있었어?"

"응."

"읽어봐."

토틀 양이 편지를 찾아서 읽기 시작했다.

"안녕하십니까. 귀하께서 4일에 보내신 서신과 관련하여 537파운드 전액의 수표를 동봉합니다. 스미선 브릭스 앤드 엘리스 배상."

토틀 양이 잠시 멈췄다가 말을 이었다.

"괜찮은 것 같은데, 안 그래?"

"이번엔 괜찮지. 하지만 변호사가 끼어들면 안 돼. 주교는 이제 그만두자고."

"주교를 빼는 건 찬성이야. 하지만 갑자기 백작이나 상원의원, 뭐 그런 쪽을 전부 빼자는 건 아니겠지?"

"상원의원은 괜찮아. 그쪽이랑은 문제가 없었으니까. 백작이랑도 문제가 없었지. 공작도 한 명 있지 않았나?"

"도싯 공작이었지. 작년에. 천 파운드가 넘었어."

"아주 좋아. 내가 첫 장에서 그 사람을 바로 골랐던 기억이 나는군."

그가 말을 멈추고 새끼손톱으로 앞니 사이에 낀 음식물 찌꺼기를 빼내더니 말을 이었다.

"내 말은 이거야. 작위가 높을수록 멍청하다는 거지. 사실 작위가 붙은 사람은 다 확실한 멍청이야."

"그렇지 않아, 빌리. 어떤 사람들은 정말로 대단한 일을 해서 작위를 받는다고. 페니실린 발명이나 에베레스트 등정처럼 말이야."

"세습 작위를 말하는 거야. 작위를 가지고 태어난 사람은 전부 높은 확률로 멍청이지."

"그건 맞아. 귀족을 상대할 때는 아주 사소한 문제도 하나 없었어."

버기지 씨가 의자에 기대어 앉아서 토틀 양을 진지하게 바라보며 말했다.

"있잖아, 이쯤 되면 왕족을 상대로도 한번 해볼 만할지 몰라."

"오, 정말 좋아. 한 방 날려서 한 재산 벌자."

버기지 씨는 토틀 양의 옆모습을 계속 바라보았는데, 그런 그의 눈이 약간 음탕하게 번득였다. 아주 높은 기준으로 보면 토틀 양의 외모가 실망스럽다는 사실을 누구든 인정하지 않을 수 없을 것이다. 사실대로 말하자면 어떤 기준으로 봐도 실망스러웠다. 얼굴은 말처럼 길었고, 역시 다소 긴 치아는 누르스름했다. 피부도 마찬가지였다. 그녀에게 할 수 있는 최고의 칭찬은 가슴이 넉넉하다는 것이었지만, 여기에도 흠이 있었다. 흉곽 한쪽 끝에서 반대쪽 끝까지 길고 단단하게 한 덩이로 솟아오른 모양이라서 처음 흘깃 보면 두 개의 가슴이 각각 자라난 것이 아니라 크고 길쭉한 빵이 한 덩어리 있는 것 같았다.

하지만 그러고 보면, 버기지 씨도 까다롭게 굴 입장은 아니었다. 누구든 그를 처음 봤을 때 머릿속에 곧장 떠오르는 단어는 "지저분하다"였다. 버기지는 땅딸막하고 근육이 축 늘어진데다가 올챙이배에 대머리였고, 얼굴 중에서 보이는 부분이 별로 없었기 때문에 어떻게 생겼는지 그저 추측할 수밖에 없었다. 얼굴 대부분이 검고 텁수룩하고 약간 곱슬곱슬한 거대한 머리카락 덤불에 가려져 있었는데, 유감스럽지만 요즘은 너무 흔한 패션이 된데다, 멍청한 관습이자 말하자면 좀 더러운 습관이다. 이렇게 많은 남자들이 자기 얼굴의 특징을 숨기고 싶어하는 이유는 우리 같은 평범한 인간의 이해를 넘어서는 일이다. 그런 사람들은 코와 뺨과 눈의 털도 기를 수만 있다면 길렀을 텐데, 그러면 결국 얼굴은 하나도 보이지 않고 짐승 같은 흉한 털뭉치밖에 없었을 것이다. 이런 식으로 수염을 기른 남성을 보면 우리는 털을 무성하게 기르는 것이 볼품없거나 보기 싫은 것을 숨기기 위한 일종의 연막이라는 결론에 도달할 수밖에 없다.

버기지 씨의 경우에는 정말 그랬기 때문에 수염이 있다는 것이 우리 모두에게, 특히 토틀 양에게 아주 다행이었다. 버기지 씨가 탐내는 듯한 눈빛으로 조수를 물끄러미 보다가 말했다.

"귀염둥이, 수표를 얼른 처리하는 게 어때? 그러고 나면 내가 살짝 제안할 게 있는데."

토틀 양이 방금 말한 사람을 어깨 너머로 돌아보더니 누런 이 끝을 드러내며 선웃음을 지었다. 버기지 씨가 그녀를 "귀염둥이"라고 부르는 것은 늘 그의 가슴에서, 그리고 다른 부위에서, 육욕이 솟아오르기 시작했다는 확실한 표시였다.

토틀 양이 말했다.

"지금 말해봐, 자기."

"수표부터 처리해."

버기지 씨는 가끔 명령조로 말했는데, 토틀 양은 그것이 멋지다고 생각했다.

이제 토틀 양은 그녀가 일간 회계 감사라고 이름 붙인 과정을 시작했다. 바로 버기지 씨의 모든 은행 계좌와 그녀의 모든 계좌를 확인하고 마지막으로 받은 수표를 어느 계좌에 넣을지 결정하는 일이었다. 현재 버기지 씨의 이름으로 개설된 계좌는 정확히 66개, 토틀 양의 계좌는 22개였다. 은행 계좌는 런던 전역과 일부 교외 지역의 바클레이 은행, 로이즈 은행, 내셔널 웨스트민스터 은행 여러 지점에 흩어져 있었다. 잘못된 것은 없었다. 사업이 점차 번창하자 둘 중 아무나 세 은행 중 한 곳의 어느 지점이든 들어가서 몇백 파운드만 넣으면 당좌 예금 계좌를 어렵지 않게 만들 수 있었다. 계좌를 만들면 수표책과 예금 입금장, 월별 정산서를 보내겠다는 증서를 주었다.

어떤 사람이 같은 은행의 여러 지점, 심지어 수많은 지점에 계좌를 만들어도 직원이 아무 말 하지 않는다는 사실을 버기지 씨는 일찌감치 깨달았다. 각 지점은 고객을 철저하게 관리하기 때문에 지금처럼 컴퓨터화된 세상에서도 고객의 이름이 다른 지점이나 본점으로 흘러가지 않는다.

반대로 은행은 법률에 따라 저축 예금 계좌에 1천 파운드 이상 들어 있는 모든 고객의 명단을 세무서에 제출해야 한다. 또한 이자 수입도 보고해야 한다. 그러나 당좌 예금은 이자가 붙지 않기 때문에 이러한 법률이 적용되지 않는다. 당좌 예금은 수표가 초과 발행되지 않는 한, 또 거의 없는 일이지만 잔고가 터무니없이 늘어나지 않는 한 어디로도 통지가 가지 않는다. 예를 들어 10만 파운드의 당좌 예금을 보면 은행 직원 한두 명이 눈썹을 치켜올릴 수도 있고, 그렇게 되면 그 고객은 일부를 예금 계좌에 넣고 이자를 받는 게 어떠냐고 예의 바르게 제안하는 지점장의 편지를 반드시 받을 것이다. 그러나 버기지 씨는 이자에 조금도 관심이 없었고, 누구의 눈썹도 치켜올리게 만들고 싶지 않았다. 그래서 버기지 씨와 토틀 양은 여든여덟 개의 계좌를 만들었다. 한 계좌의 예금이 2만 파운드를 넘지 않도록 주시하는 것은 토틀 양의 일이었다. 버기지 씨는 그 이상의 돈은 누군가의 눈썹을 치켜올리게 할 것이고, 몇 달 또는 몇 년 동안 손도 대지 않은 채 들어 있으면 특히 그럴 것이라고 생각했다. 두 동업자는 사업 이익의 75퍼센트를 버기지 씨가, 25퍼센트를 토틀 양이 갖기로 합의했다.

토틀 양의 일간 회계 감사는 여든여덟 개 계좌의 잔고를 모두 적어두는 목록을 살펴본 다음 그날의 수표 한 장 또는 여러 장을 어느 계좌에 넣을지 결정하는 것이었다. 그녀의 파일 캐비닛에는 은행 계좌당 하나씩 총 여든여덟 개의 파일과 여든여덟 개의 수표책, 여든여덟 개의 예금 입금장이 있었다. 토틀 양의 업무가 복잡한 것은 아니었지만 예상치 못한 상황에서도 빠르게 판단하고 혼동을 일으키지 말아야 했다. 지난주만 해도 네 군데 지점에서 네 개의 계좌를 만들어야 했는데, 세 개는 버기지 씨, 하나는 토틀 양의 명의였다. 그때 버기지 씨가 이렇게 말했었다.

"곧 우리 이름으로 된 계좌가 백 개가 넘을 거야."

"2백 개면 어때서?"

"언젠가 이 지역 은행이 동나서 당신과 내가 새 계좌를 만들려면 선더랜드나 뉴캐슬까지 가야 할 날이 올 거야."

그러나 토틀 양은 지금 일간 회계 감사 때문에 바빴다. 그녀가 마지막 수표와 예금 입금장을 봉투에 넣으며 말했다.

"다 됐어."

"지금 우리 계좌에 총 얼마나 있지?"

토틀 양이 책상 중간 서랍의 잠금장치를 풀고 평범한 연습장을 꺼냈다. 그녀는 표지에 '학창 시절 수학 공책'이라고 적어놓았다. 토틀 양은 이 공책이 엉뚱한 사람 손에 들어갔을 때 눈속임을 할 기발한 한 수라고 생각했다. 그녀가 쓰던 페이지를 찾아서 숫자를 적으면서 말했다.

"오늘 넣을 예금까지 더할게. 됐어. 오늘까지 당신은 총 66개 지점에 132만 643파운드가 있어. 지난 며칠 동안 수표를 현금으로 바꾸지만 않았으면."

"안 바꿨어. 당신은 얼마나 있지?"

"나는…… 43만 725파운드야."

"아주 좋아. 우리가 이 정도 액수를 모으는 데 얼마나 걸렸지?"

"11년. 나한테 하려는 아주 자그마한 제안이 뭐야, 자기?"

버기지 씨가 금빛 펜을 내려놓고 의자에 기대어 앉아 그 흐리멍덩하고 음탕한 눈으로 다시 그녀를 보면서 말했다.

"아. 그냥 생각을 좀 해봤는데…… 내가 정확히 무슨 생각을 했냐면…… 도대체 나 같은 백만장자가 왜 이 얼어죽을 만큼 추운 날씨 속에 앉아 있어야 하느냐는 거야. 당신처럼 멋진 여자랑 어디 호사스러운 수영장 옆에 누워서 5분마다

시원한 샴페인을 시킬 수도 있는데 말이야."

토틀 양이 활짝 웃으며 외쳤다.

"그러게 말이야."

"그럼 책을 꺼내서 우리가 안 가본 데가 어딘지 한번 볼까?"

토틀 양이 맞은편 책장으로 걸어가서 『르네 레클러가 선정한 세계 최고의 호텔 300선』이라는 약간 두꺼운 책을 꺼냈다. 그녀가 자리로 돌아와서 말했다.

"이번엔 어디로 갈까, 자기?"

"북아프리카로 하지. 지금이 2월이니까 북아프리카 정도는 가야 정말 따뜻할 거야. 이탈리아는 아직 별로 안 따뜻하고, 스페인도 마찬가지지. 빌어먹을 서인도제도는 싫어. 거긴 충분히 가봤어. 북아프리카에서 우리가 아직 안 가본 데가 어디지?"

토틀 양이 책장을 넘기며 말했다.

"그렇게 쉽진 않아. 우리가 가본 데는 페스의 팔레 자메랑…… 타루단트의 가젤 도르…… 튀니스의 튀니스 힐튼이야. 우리 둘 다 거긴 별로 마음에 안 들었고……"

"우리 지금까지 그 책에 나온 호텔 몇 군데나 가 봤지?"

"마지막으로 세봤을 때 마흔여덟 군데였을 거야."

"죽기 전에 3백 군데 호텔을 전부 가볼 거야. 그게 나의 크나큰 야망이지. 다 가본 사람은 아무도 없을걸."

"르네 레클러 씨는 다 가봤을 것 같은데."

"그게 누구야?"

"이 책을 쓴 사람."

"그 사람까지 치면 안 되지."

버기지 씨가 의자에 앉은 채 몸을 옆으로 기울여 생각에 잠긴 듯 왼쪽 엉덩이를 천천히 긁으며 말을 이었다.

"아무튼 그 사람도 다 안 가봤을 게 뻔해. 이런 여행안내서를 쓸 때는 아무나 대신 보내니까."

토틀 양이 외쳤다.

"이거다! 마라케시의 호텔 라 마무니아."

"그게 어디야?"

"모로코야. 아프리카 대륙 맨 위 왼쪽 구석 근처."

"계속해봐. 뭐라고 쓰여 있어?"

"이렇게 쓰여 있어. '윈스턴 처칠이 제일 좋아해서 자주 찾았던 호텔로, 그는 발코니에서 아틀라스의 일몰을 그리고 또 그렸다.'"

"난 그림 안 그리는데. 또 뭐래?"

토틀 양이 계속 읽었다.

"'제복을 입은 무어인 종업원이 격자 모양의 타일 주랑이 있는 정원으로 안내하면 천일야화의 삽화 속으로 들어가는 기분이 든다……'"

"그게 훨씬 낫군. 계속 읽어봐."

"'투숙을 끝내고 요금을 지불할 때는 현실을 다시 만날 것이다.'"

"우리 같은 백만장자는 아무 걱정도 없지. 가자고. 내일 떠나는 거야. 여행사에 당장 전화해. 일등석으로. 가게는 열흘 동안 닫고."

"오늘은 편지 안 쓰려고?"

"편지는 무슨. 우린 오늘부터 휴가야. 빨리 여행사에 연락해."

이제 그가 반대쪽으로 몸을 기울이고 오른 손가락으로 오른쪽 엉덩이를 긁기 시작했다. 토틀 양이 그를 보았고, 버기지 씨도 그녀가 보고 있다는 것을 알았지만 신경쓰지 않았다. 그가 말했다.

"여행사에 전화해."

"그리고 여행자수표를 준비하는 게 좋겠네."

"5천 파운드 준비해. 내가 수표를 쓰지. 내가 내는 거야. 수표책 줘. 제일 가까운 은행으로 골라. 그리고 어디랬지, 아무튼 그 호텔에 전화해서 제일 큰 스위트룸을 달라고 해. 제일 큰 스위트룸은 항상 비어 있으니까."

24시간 뒤, 버기지 씨와 토틀 양은 마라케시 라 마무니아 호텔 수영장에서 일광욕을 하면서 샴페인을 마시고 있었다.

토틀 양이 말했다.

"이게 바로 사는 거지. 아예 은퇴해서 이렇게 기후 좋은 곳에 커다란 집을 사는 게 어때?"

"뭐하러 은퇴를 해? 런던 최고의 사업이 아주 잘 굴러가고 있는데. 나는 개인적으로도 이 사업이 아주 재미있단 말이야."

수영장 반대편에서는 모로코인 직원 열두 명이 투숙객들을 위해서 근사한 뷔페식 점심식사를 준비중이었다. 어마어마한 크기의 차가운 바닷가재, 큼직한 분홍색 햄, 아주 작은 로스트치킨, 여러 가지 밥, 열 종류 정도의 샐러드가 있었다. 요리사가 숯불에 스테이크를 구웠다. 손님들이 덱체어나 매트리스에서 일어나 손에 접시를 들고 뷔페 주변으로 몰려들기 시작했다. 몇몇은 수영복 차림이고 몇몇은 가벼운 여름옷 차림이었는데, 대부분 밀짚모자를 쓰고 있었다. 버기지 씨가 그들을 지켜보았다. 거의 예외 없이 영국인이었다. 돈이 아주 많은 이 영국인들은 붙임성 좋고, 점잖고, 과체중이고, 목소리가 크고, 한없이 굼떴다. 버기지 씨는 자메이카와 바베이도스와 그 비슷비슷한 곳에서 이런 사람들을 보았다. 상당수는 서로 아는 사이가 분명했는데, 그건 물론 영국에서도 비슷비슷한 계층이기 때문이었다. 그러나 저런 사람들은 아는 사이든 아니든 서로를 받아들였다. 모두 이름 없고 배타적인 같은 클럽 소속이었기 때문이다. 이 클럽의 회원은 누구나, 미묘한 사회적 연금술을 통해서, 늘 흘깃만 봐도 같은 회원을 알아보았다. 그들은 생각한다. 그래, 저 남자는 우리랑 같아. 저 여자는 우리랑 같아. 버기지 씨는 그들과 같지 않았다. 그는 클럽에 속해 있지도 않고 앞으로도 절대 속하지 않을 것이다. 그는 벼락부자였는데, 벼락부자는 수백만 파운드를 가지고 있어도 받아들여지지 않았다. 버기지 씨는 또한 지나치게 천박했고, 이 역시 받아들여질 수 없었다. 돈이 정말 많은 사람들도 버기지 씨만큼, 혹은 그보다 더 천박할 수 있지만 방식이 달랐다.

버기지 씨가 수영장 너머의 투숙객들을 보면서 말했다.

"저기 있군. 저 사람들이 우리의 일용할 양식이지. 저 사람들 전부 미래의 고객이 될 수 있어."

"정말 그러네."

버기지 씨는 파란색, 빨간색, 초록색이 섞인 줄무늬 매트리스에 누워서 한쪽 팔을 세워 얼굴을 받치고 투숙객들을 보고 있었다. 수영복 바지 위로 뱃살이 여러 겹 튀어나왔고 그 틈새로 땀이 흘렀다. 이제 버기지 씨의 시선이 옆 매트리스에 기대어 누운 토틀 양으로 옮겨갔다. 진홍색 비키니가 토틀 양의 빵덩어리 가슴을 감싸고 있었다. 비키니 하의는 대담할 만큼 짧고 아주 약간 작아서 허벅지 안쪽 높이 검은 털의 흔적이 보였다.

"점심이나 먹자고, 귀염둥이. 그런 다음 우리 방으로 돌아가서 낮잠을 좀 자는 게 어때?"

토틀 양이 누런 이를 드러내며 고개를 끄덕이자 그가 말했다.

"그런 다음 편지를 좀 써야겠어."

토틀 양이 외쳤다.

"편지라고? 싫어! 휴가 온 줄 알았는데!"

"휴가 맞아, 귀염둥이. 하지만 좋은 사업 기회를 낭비할 순 없잖아. 호텔에서 타자기를 빌려준대. 내가 벌써 확인했어. 『명사록』도 빌려주고. 세계 어디든 근사한 호텔은 영국 『명사록』을 가지고 있지. 아부를 해야 되니까 지배인들은 누가 중요한 사람인지 알아야 하거든."

토틀 양이 약간 부루퉁해져서 말했다.

"당신 이름은 거기 없겠지."

"없어. 그건 장담하지. 하지만 거기 실린 사람들 중에서 나보다 돈이 많은 사람도 많진 않을걸. 이 세상에서 중요한 건 내가 누구냐가 아니야, 귀염둥이. 내가 누구를 아느냐도 아니고. 중요한 건 뭘 가지고 있느냐야."

"휴가 와서 편지 쓴 적은 없잖아."

"모든 일에는 처음이 있는 법이야, 귀염둥이."

"신문도 없이 어떻게 편지를 써?"

"이런 호텔은 전부 영국 신문을 항공우편으로 받는다는 거 잘 알잖아. 도착했을 때 로비에서 〈더 타임스〉를 샀어. 내가 어제 사무실에서 보던 거랑 같은 날짜 신문이니까 벌써 숙제를 대충 다 한 셈이지. 이제 슬슬 저 바닷가재를 먹고 싶군. 저보다 큰 바닷가재 본 적 있어?"

"하지만 여기서 편지를 부칠 건 아니지?"

"당연히 아니지. 날짜는 비워뒀다가 돌아가자마자 써서 부칠 거야. 일을 미리 처리해두는 것뿐이야."

토틀 양이 수영장 너머 식탁에 놓인 바닷가재를, 또 그 주변으로 몰려든 사람들을 빤히 보더니 손을 뻗어서 버기지 씨의 허벅지로, 수영복 바지 안 깊숙이 손을 넣었다. 그녀가 털이 부숭부숭한 허벅지를 쓰다듬으며 말했다.

"왜 그래, 빌리. 휴가 때 늘 그랬던 것처럼 편지는 잠깐 쉬는 게 어때?"

"하루에 천 파운드나 되는 돈을 벌 기회를 포기하자는 말은 아니지? 게다가 4분의 1은 당신 거야, 그걸 잊지 마."

"회사 편지지도 없는데. 이 호텔 편지지를 쓸 수는 없잖아, 안 그래?"

버기지 씨가 의기양양하게 말했다.

"편지지 가져왔어. 상자째 가져왔지. 봉투까지."

"아이구 알았어. 바닷가재 좀 가져다줄래, 자기?"

"같이 가자."

버기지 씨가 일어나서 몇 년 전 호놀룰루에서 산, 거의 무릎까지 내려오는 수영복 바지 차림으로 수영장을 빙 돌아 어기적어기적 걸어갔다. 수영복 바지는 초록색, 노란색, 흰색 꽃무늬였다. 토틀 양이 일어나서 그를 따라갔다.

버기지 씨가 분주하게 뷔페를 만끽하고 있는데 뒤에서 어떤 남자가 말하는 목소리가 들렸다.

"피오나, 스미스-스위딘 부인 뵌 적 없지……? 그리고 이쪽은 헤지코크 부인이셔."

"안녕하세요."

"안녕하세요."

목소리들이 말했다.

버기지 씨가 고개를 돌려 말하는 사람들을 보았다. 수영복 차림의 남녀와 면 원피스를 입은 나이 많은 부인 두 명이었다. 그가 생각했다. 저 이름들. 들어본 적 있는 이름이야. 맞아…… 스미스-스위딘…… 헤지코크 부인. 버기지 씨는 어깨를 으쓱하고 접시에 음식을 계속 담았다.

몇 분 후 버기지 씨와 토틀 양은 파라솔 밑 작은 탁자 앞에 앉아서 각자 어마어마한 크기의 바닷가재를 반 마리씩 먹어

치우고 있었다. 그가 입안 가득 음식을 넣고 물었다.

"있잖아, 헤지코크 부인이라는 이름 기억나?"

"헤지코크 부인? 우리 고객 중 한 명이야. 그랬을 거야. 그런 이름은 절대 잊을 수 없지. 왜?"

"스미스-스위딘 부인은? 뭐 생각나는 거 있어?"

"그러고 보니 생각나. 둘 다 기억나. 그건 갑자기 왜 물어?"

"둘 다 여기 있거든."

"세상에! 어떻게 알아?"

"게다가 둘이 같이 있어! 둘이 친구야!"

"그럴 리가!"

"아, 맞다니까!"

버기지 씨가 어떻게 알게 되었는지 토틀 양에게 말했다. 그가 마요네즈가 노랗게 묻은 포크로 가리키며 말했다.

"저쪽이 그 사람들이야. 저 키 큰 남자한테 이야기하는 뚱뚱하고 나이 많은 두 여자 말이야."

토틀 양이 홀린 듯이 바라보며 말했다.

"있잖아. 난 우리 고객을 실제로 본 적이 한 번도 없어, 우리가 이 사업을 하는 내내 말이야."

"나도 그래. 하나는 확실하지. 내가 제대로 골랐어, 안 그래? 저 사람들은 진짜 부자야. 확실해. 그리고 멍청하고. 그건 더욱 확실하지."

"위험할 수도 있다고 생각해, 빌리? 두 사람이 아는 사이라서 말이야."

"빌어먹게도 이상한 우연이지. 하지만 위험하다고는 생각 안 해. 두 사람 다 입도 뻥긋 안 할 거야. 그게 우리 사업의 아름다운 부분이지."

"당신 말이 맞는 것 같네."

"여기서 위험한 건 저 사람들이 숙박부에서 내 이름을 발견하는 것밖에 없어. 저 사람들 이름도 그렇지만 내 이름도 아주 드무니까. 바로 떠오를 거야."

"투숙객은 숙박부를 안 봐."

"맞아, 안 보지. 아무도 우리를 귀찮게 하지 않을 거야. 지금까지 그런 적도 없고 앞으로도 마찬가지겠지."

토틀 양이 말했다.

"바닷가재 정말 맛있다."

버기지 씨가 바닷가재를 더 먹으면서 선언했다.

"정력에 좋은 음식이지."

"굴이겠지, 자기."

"굴을 말하는 게 아니야. 굴도 성기능에 좋지만, 바닷가재가 더 세. 어떤 사람들은 바닷가재 한 접시만 먹어도 미칠 수 있어."

토틀 양이 의자에 앉은 채 엉덩이를 흔들며 말했다.

"혹시, 당신처럼 말이야?"

"어쩌면 그럴지도 모르지. 한번 두고 보자고, 응, 귀염둥이?"

"그래."

"너무 비싸서 다행이야. 개나 소나 바닷가재를 살 수 있으면 전 세계가 섹스광으로 가득할 거야."

"많이 먹어."

점심식사가 끝나자 두 사람은 자기들의 스위트룸으로 올라갔고, 거대한 침대에서 아주 잠깐 서툴게 뒹굴었다. 그런 다음 낮잠을 잤다.

이제 두 사람은 알몸에 실내 가운만 걸친 채 개인 응접실에 앉아 있었는데, 버기지 씨는 짙은 보라색 실크 가운, 토틀 양은 파스텔 분홍색과 옅은 초록색이 섞인 가운이었다. 버기지 씨는 『명사록』을 커피 탁자에, 하루 전 날짜의 〈더 타임스〉를 무릎에 올려놓고 소파에 기대어 앉았다.

토틀 양은 손에 공책을 들고 호텔 타자기가 놓인 책상 앞에 앉았다. 두 사람 모두 다시 샴페인을 마시고 있었다.

버기지 씨가 말했다.

"이게 제일 좋군. 에드워드 리슈먼 경. 부고면 맨 위에 났어. 항공역학 엔지니어링 회장. '영국 일류 기업가'라고 쓰여 있군."

"좋아. 아내가 살아 있나 확인해봐."

버기지 씨가 소리 내어 읽었다.

"'유족으로는 부인과 세 자녀가 있다.' 그리고…… 잠깐만…… 『명사록』에 이렇게 쓰여 있어. '취미 활동, 산책과 낚시. 소속 클럽, 화이츠 앤드 더 리폼.'"

"주소는?"

"윌트셔 앤도버 더 레드 하우스."

"리슈먼 철자가 어떻게 돼?"

토틀 양이 묻자 버기지 씨가 철자를 불러주었다.

"얼마로 할까?"

"많이. 돈이 많았어. 9백 정도로 해봐."

"『조어대전』도 넣을까? 낚시를 했다니까."

"그래. 초판으로. 420파운드. 나머지는 외우고 있겠지? 얼른 쳐. 좋은 건수가 또 있으니까."

토틀 양이 타자기에 편지지를 끼우고 아주 빠른 속도로 타자를 치기 시작했다. 그녀는 여러 해 동안 이런 편지를 수천 통은 썼기 때문에 잠깐 멈춰서 단어를 생각할 필요가 전혀 없었다. 토틀 양은 총액이 9백 파운드나 350파운드, 520파운드 등이 되도록 조합하는 방법도 알았다. 버기지 씨가 고객이 감당할 수 있겠다고 생각하는 어떤 금액이든 맞출 수 있었다. 버기지 씨도 알고 있듯이 이 사업의 비결 중 하나는 절대로 지나친 욕심을 부리지 않는 것이었다. 대상이 누구든, 아무리 유명한 백만장자라 해도 절대 천 파운드를 넘기지 않는다.

토틀 양이 타자기로 친 편지는 다음과 같았다.

윌리엄 버기지—희귀 서적

런던 채링크로스 로드 27a

리슈먼 부인 배계

사랑하는 남편을 여의신 이 애통한 시기에 귀찮게 해드리게 되어 매우 유감스럽지만, 아쉽게도 현재 상황에서 저에게는 다른 대안이 없습니다.

저는 고인이 되신 남편분을 여러 해 동안 모시는 기쁨을 누렸는데, 송장은 항상 화이츠 클럽을 통해 보내드렸고, 리슈먼 경이 그토록 열정적으로 수집하시던 서적들도 대부분 그렇게 보냈습니다.

리슈먼 경은 늘 대금을 신속히 지급해주셨고 아주 호쾌하게 거래하는 신사분이셨습니다. 아래에 리슈먼 경이 최근에 구매하신 목록을 첨부합니다. 돌아가시기 얼마 전에 주문하셨고 서적은 평소와 같은 방법으로 보내드렸습니다.

이러한 종류의 서적은 아주 희귀한 경우가 많고 따라서 값이 좀 나가기도 한다는 사실을 먼저 설명드려야겠군요. 일부는 개인 출판이며, 일부는 사실 우리나라에서 출판이 금지되어 있기 때문에 훨씬 더 값이 나갑니다.

부인, 저는 항상 절대적인 신용을 지키며 사업을 하고 있사오니 그 부분은 걱정하지 않으셔도 됩니다. 이 분야에서 수년간 쌓아온 저의 명성은 제가 얼마나 입이 무거운지 보여주는 최고의 보증입니다. 대금만 지불해주시면 이 일에 대해서는 더이상 아무 이야기도 듣지 못하실 것입니다. 물론 부인께서 고인이 되신 남편분의 성애 문학 소장품을 우연히 찾으신다면 얘기가 달라지겠지만요. 그럴 경우 제가 기꺼이 매입 요청을 드리겠습니다.

서적:

『조어대전』 아이작 월튼, 초판.

상태 양호하고 깨끗함. 일부 모서리 닳음. 희귀본. 420

『모피를 입은 비너스』 레오폴드 폰자허-마조흐, 1920년판.

커버 포함. 75

『성애의 비밀』 덴마크어 번역본. 40

『60세 넘은 당신이 어린 여성을 즐겁게 해주는 방법』 삽화본. 파리 개인 출판. 95

『체벌의 기술—지팡이, 회초리, 그리고 채찍』 독일어 번역

본. 영국에서는 출판 금지됨.	115
『세 명의 엉큼한 수녀들』 양호하고 깨끗한 판본.	60
『구속—수갑과 비단 끈』 삽화본.	80
『십대는 왜 나이 많은 남자를 더 좋아하는가』 삽화본. 미국.	90
『런던 에스코트 및 호스티스 백과』 현재 판본.	20
총액	995

윌리엄 버기지 배상

토틀 양이 타자기에서 편지지를 빼며 말했다.

"다 됐다. 한 통은 끝냈어. 하지만 내 성경이 없으니 돌아가서 편지를 부치기 전에 이름을 확인해야 하는 거 알지?"

"그렇게 해."

토틀 양의 '성경'이란 이 사업을 시작한 후 그들이 편지를 보낸 모든 고객의 이름과 주소를 기록한 어마어마한 양의 색인 카드였다. 색인 카드를 만드는 것은 같은 집안에서 두 사람이 버기지의 송장을 받는 일이 없도록 최대한 확인하기 위해서였다. 만약 같은 집안에서 두 사람이 송장을 받으면 편지를 비교해볼 위험이 늘 존재했다. 또한 첫번째 남편이 죽고 송장을 받았던 부인이 두번째 남편이 죽었을 때 송장을 또 받지 않도록 예방하는 역할도 했다. 두 번이나 송장을 받으면 당연히 비밀이 탄로나고 말 것이다. 부인이 재혼하면서 성을 바꿀 수도 있기 때문에 이 위험한 실수를 확실히 피할 방법은 없지만, 토틀 양은 그러한 함정을 알아차리는 직관력이 생겼고, 성경도 도움이 되었다.

토틀 양이 물었다.

"다음은?"

"라이오넬 앤스트루서 소장이야. 여기 있어. 『명사록』에 15센티미터 정도 실려 있군. '클럽, 아미 앤드 네이비. 취미 활동, 말 타고 여우 사냥하기.'"

"말에서 떨어져 목이 부러졌나보네. 『여우사냥꾼의 회고록』 초판으로 시작할게, 괜찮지?"

"그래. 220파운드. 총액은 5백에서 6백 사이로."

"알았어."

"그리고 『승마용 회초리의 따끔함』도 넣고. 여우사냥을 즐기는 사람들한테는 회초리가 자연스럽지."

이런 식으로 계속되었다.

마라케시에서의 휴가는 아주 기분좋게 흘러갔고, 9일 후 버기지 씨와 토틀 양은 그들이 먹은 수많은 바닷가재의 껍데기처럼 살갗이 빨갛게 탄 채 채링크로스 로드의 사무실로 돌아와 있었다. 그들은 평소의 자극적인 일상에 얼른 다시 적응했다. 매일 편지가 발송되고 수표가 들어왔다. 사업이 얼마나 매끄럽게 굴러가는지 놀라울 정도였다. 물론 이 사업을 뒷받침하는 심리는 무척 견고했다. 남편을 잃은 부인이 가장 슬플 때에 참을 수 없을 만큼 끔찍한 것, 빨리 처리한 뒤 잊어버리고 싶은 것, 다른 누구도 알아내지 않기를 바라는 것을 불쑥 들이미는 것이다. 게다가 곧 장례식도 치러야 한다. 그러므로 부인은 이 천박한 일이 방해가 되지 않도록 얼른 돈을 낸다. 버기지 씨는 자기 일을 잘 알았다. 몇 년 동안이나 사업을 했지만 항의도, 분노에 찬 답장도 받은 적 없었다. 들어오는 것은 수표가 든 봉투밖에 없었다. 자주는 아니지만 아무 반응이 없을 때도 가끔 있었다. 버기지 씨의 주장을 믿지 못하는 부인들은 그의 편지를 폐지 바구니에 던져버릴 만큼 용감했지만, 그뿐이었다. 누구도 감히 송장에 반박하지 못했는데, 고인이 된 남편이 아내의 믿음이나 바람만큼 순수했다고 절대적으로 확신할 수는 없었기 때문이다. 남자는 절대 순수하지 않다. 물론 많은 경우 부인은 사랑하는 남편이 음란하고 나이 많은 놈팡이였음을 잘 알았고, 따라서 버기지 씨의 송장을 받아도 전혀 놀라지 않았다. 그런 경우에는 더 빨리 돈을 지불했다.

마라케시에서 돌아와 한 달쯤 지난 꿉꿉하고 비 내리는 3

월 오후, 버기지 씨는 사무실에서 고급 2인용 책상에 발을 올리고 편안하게 기대어 앉아서 세상을 떠난 저명한 제독에 대한 내용을 토틀 양에게 불러주고 있었다. 그가 『명사록』을 읽으며 말했다.

"취미 활동, 원예, 요트 타기, 우표 수집……"

그때 가게와 연결된 문이 열리고 손에 책을 든 청년이 들어와서 말했다.

"버기지 씨 되십니까?"

버기지 씨가 남자를 올려다보더니 토틀 양 쪽을 손짓하며 말했다.

"저쪽이요. 저쪽에 물어봐요."

청년은 가만히 서 있었다. 남색 외투는 날씨 때문에 축축했고 머리카락에서 물방울이 뚝뚝 떨어지고 있었다. 그는 토틀 양을 보지 않았다. 버기지 씨에게 시선을 고정하고 있었다. 남자가 다소 경쾌하게 말했다.

"돈 필요 없으세요?"

"저 여자가 받을 겁니다."

"왜 당신이 안 받지요?"

"저 여자가 출납 담당이니까요. 책을 사고 싶으면, 어서 사세요. 저쪽에서 상대해줄 거요."

"저는 당신과 거래하고 싶은데요."

버기지 씨가 고개를 들어 청년을 보며 말했다.

"방금 말했을 텐데. 저리로 가서 사시오, 젊은 양반."

남자가 말했다.

"당신이 주인이지요? 윌리엄 버기지 씨 되시죠?"

버기지 씨가 책상에 발을 올린 채 말했다.

"그렇다면 어쩔 거요."

"맞습니까, 아닙니까?"

"당신이 무슨 상관이오?"

"그렇다는 거군요. 안녕하십니까, 버기지 씨."

이제 청년의 목소리는 경멸과 조롱이 섞여 묘하게 날이 서 있었다.

버기지 씨가 책상에서 발을 내리고 아주 살짝 똑바로 앉았다.

"어린놈이 아주 건방지구만. 응? 그 책을 갖고 싶으면 저쪽에 돈을 내고 꺼지면 돼. 알겠어?"

청년이 가게로 이어지는, 아직 열려 있는 문을 향해 몸을 돌렸다. 문 너머 가게에는 아주 드문 유형의 손님이, 레인코트를 입은 두 남자가 책을 꺼내 살펴보고 있었다.

청년이 상냥하게 불렀다.

"어머니. 들어오세요, 어머니. 버기지 씨가 여기 계시네요."

예순 살 정도 된 자그마한 여자가 들어와서 청년 옆에 섰다. 그녀는 나이에 비해 몸매가 좋았고 한때 분명 매혹적이었을 얼굴에서 고통과 피로의 기색이 느껴졌으며 옅은 파란색 눈은 슬픔으로 흐리멍덩했다. 검정 외투와 단순한 검정 모자 차림이었다. 그녀는 가게로 이어지는 문을 닫지 않았다.

"버기지 씨. 제 어머니 노스코트 부인입니다."

이름을 기억하는 일을 담당하는 토틀 양이 버기지 씨 쪽으로 재빨리 고개를 돌리고 입을 작게 움직여 경고했다. 버기지 씨가 무슨 뜻인지 알아듣고 최대한 예의바르게 말했다.

"제가 뭘 도와드리면 될까요, 부인?"

여자가 검정 핸드백을 열고 편지를 꺼냈다. 그녀가 조심스럽게 편지를 펼치더니 버기지 씨에게 내밀며 말했다.

"그러면 당신이 이 편지를 제게 보내셨나요?"

버기지 씨가 편지를 받아서 꽤 자세히 살펴보았다. 의자에 앉은 채 오른쪽으로 몸을 돌린 토틀 양이 그를 지켜보고 있었다.

"네. 제 편지와 제 송장이군요. 전부 정확하고 틀림없네요. 무슨 문제인가요, 부인?"

"저는 정말 확실한지 물어보려고 왔어요."

"유감이지만 그렇습니다, 부인."

"하지만 정말 믿을 수가 없군요…… 제 남편이 이런 책들을 샀다니 믿을 수가 없어요."

"봅시다, 당신 남편이신, 그…… 그…… 어……"

"노스코트."

토틀 양이 말했다.

"네, 노스코트 씨. 물론 노스코트 씨죠. 그분이 여기 자주 오시지는 않았어요. 1년에 한두 번 정도 오셨지만, 좋은 고객이자 아주 훌륭한 신사분이셨습니다. 부인, 삼가 조의를 표합니다."

"감사합니다, 버기지 씨. 하지만 다른 사람이랑 헷갈리지 않았다고 정말 확신하시나요?"

"절대 아닙니다, 부인. 그럴 가능성이 전혀 없어요. 저기 제 유능한 비서가 실수는 없었다고 확인해줄 겁니다."

토틀 양이 자리에서 일어나 편지를 받으려고 버기지 씨에게 다가가며 말했다.

"제가 좀 봐도 될까요?"

그런 다음 편지를 살피며 말을 이었다.

"네. 제가 직접 타자를 쳤어요. 실수는 없습니다."

"토틀 양은 저와 일한 지 아주 오래됐습니다. 우리 사업을 속속들이 다 알죠. 토틀 양이 실수를 했던 기억은 없군요."

토틀 양이 말했다.

"그러길 바랄 뿐이죠."

버기지 씨가 말했다.

"자, 그렇습니다, 부인."

노부인이 말했다.

"하지만 가능하지가 않아요."

버기지 씨가 대답했다.

"하지만 남자는 남자죠. 남자라면 누구나 가끔 재미를 찾게 돼 있는데, 그렇다고 뭐 잘못한 건 없잖아요, 안 그렇습니까 부인?"

그는 의자에 꼼짝도 않고 자신만만하게 앉아서 이 소동이 끝나기를 기다리고 있었다. 자신이 이 상황을 통제하는 기분이었다.

여자는 꼿꼿하게 가만히 서서 버기지 씨의 눈을 똑바로 보고 있었다. 그녀가 말했다.

"송장에 적으신 이 기묘한 책들 말인데요, 점자로 인쇄되어 있나요?"

"뭐요?"

"점자요."

"무슨 말씀을 하시는지 모르겠군요, 부인."

"모르실 줄 알았어요. 점자여야만 제 남편이 읽을 수 있거든요. 남편은 지난 전쟁 때, 40년도 더 전에 알라메인 전투에서 시력을 잃었고, 그뒤 평생 앞을 보지 못했답니다."

사무실이 갑자기 아주 고요해졌다. 어머니와 아들은 미동도 없이 서서 버기지 씨를 보고 있었다. 토틀 양이 돌아서서 창밖을 내다보았다. 버기지 씨가 무슨 말을 하려는 것처럼 목을 가다듬었지만 아무 말도 하지 않았다. 열린 문 가까이 대화가 다 들릴 만한 거리에 서 있던 레인코트 차림의 두 남자가 사무실로 조용히 들어왔다. 한 명이 버기지 씨에게 플라스틱 카드를 내밀며 말했다.

"런던경찰국 중대범죄과 리처즈 경위입니다."

그런 다음 벌써 자기 책상으로 다가가던 토틀 양을 보고 말했다.

"거기 있는 종이 하나도 건드리지 말아요, 아가씨. 그대로 둬요. 두 분 다 저희와 함께 가주셔야겠습니다."

아들은 어머니의 팔을 가볍게 잡고 사무실에서 나와 가게를 지나 거리로 나갔다.

헨리 슈거
로알드 달 베스트 단편 3

초판 1쇄 2021년 1월 4일
초판 4쇄 2024년 1월 26일

지은이 로알드 달 | 옮긴이 허진

편집 이희연 정소리 | 디자인 윤종윤 이주영 | 마케팅 배희주 김선진
브랜딩 함유지 함근아 고보미 박민재 김희숙 박다솔 조다현 정승민 배진성
저작권 박지영 형소진 최은진 서연주 오서영 | 모니터링 양은희
제작 강신은 김동욱 이순호 | 제작처 한영문화사

펴낸곳 (주)교유당 | 펴낸이 신정민
출판등록 2019년 5월 24일 제406-2019-000052호

주소 10881 경기도 파주시 회동길 210
전화 031) 955-8891(마케팅) | 031) 955-2680(편집) | 031) 955-8855(팩스)
전자우편 gyoyudang@munhak.com

인스타그램 @gyoyu_books | 트위터 @gyoyu_books | 페이스북 @gyoyubooks

ISBN 979-11-91278-03-3 04840
979-11-91278-00-2 (세트)